· 语文阅读推荐丛书 ·

贾平凹散文精选

贾平凹 / 著

人民文学出版社

图书在版编目（CIP）数据

贾平凹散文精选／贾平凹著.—北京：人民文学出版社，2018
（2021.7重印）
（语文阅读推荐丛书）
ISBN 978-7-02-014393-1

Ⅰ.①贾… Ⅱ.①贾… Ⅲ.①散文集—中国—当代 Ⅳ.①I267

中国版本图书馆 CIP 数据核字（2020）第 139379 号

责任编辑　孔令燕
装帧设计　李思安　崔欣晔
责任印制　任　祎

出版发行　人民文学出版社
社　　址　北京市朝内大街166号
邮政编码　100705
网　　址　http://www.rw-cn.com

印　　刷　三河市龙林印务有限公司
经　　销　全国新华书店等

字　　数　184千字
开　　本　650毫米×920毫米　1/16
印　　张　18　插页1
印　　数　56001—61000
版　　次　2018年6月北京第1版
印　　次　2021年7月第10次印刷

书　　号　978-7-02-014393-1
定　　价　32.00元

如有印装质量问题，请与本社图书销售中心调换。电话：010-65233595

目　次

导读 …………………………………… 1

月迹 …………………………………… 1
一棵小桃树 …………………………… 4
丑石 …………………………………… 8
天上的星星 …………………………… 10
落叶 …………………………………… 13
静虚村记 ……………………………… 15
"卧虎"说 ……………………………… 19
五味巷 ………………………………… 21
风雨 …………………………………… 26
观沙砾记 ……………………………… 28
一位作家 ……………………………… 30
入川小记 ……………………………… 35
秦腔 …………………………………… 40
读书示小妹生日书 …………………… 48
商州又录 ……………………………… 52
陋室
　　——陕西平民志之四 …………… 68
弈人 …………………………………… 71

闲人	*75*
祭父	*80*
狐石	*90*
我的老师	*93*
名人	*96*
好读书	*102*
三目石	*105*
哭三毛	*107*
再哭三毛	*110*
附：三毛致贾平凹的信	*113*
生活一种	
——答友人书	*116*
我不是个好儿子	*118*
四十岁说	*124*
说花钱	*128*
说生病	*131*
孙犁论	*134*
安妥我灵魂的这本书	*136*
说话	*144*
说奉承	*146*
说请客	*150*
读张爱玲	*153*
朋友	*155*
进山东	*159*
孤独地走向未来	*164*
藏者	*166*
释画(六篇)	*168*
灵山寺	*174*

通渭人家 …………………………………… *178*

山中王者 …………………………………… *185*

数幅木刻年画 ……………………………… *186*

吉祥的一次 ………………………………… *189*

五十大话 …………………………………… *191*

十篇短信 …………………………………… *194*

说舍得 ……………………………………… *198*

抚仙湖里的鱼 ……………………………… *199*

茶事 ………………………………………… *203*

在女儿婚礼上的讲话 ……………………… *209*

从棣花到西安 ……………………………… *211*

六棵树 ……………………………………… *215*

松云寺 ……………………………………… *224*

写给母亲 …………………………………… *226*

知识链接 …………………………………… *229*

导　读

　　贾平凹是当代文坛影响最大、作品最多的著名作家之一，是当代文坛屈指可数的文学奇才，也是当代中国可以进入世界文学史册的为数不多的作家之一。他从上世纪七十年代开始发表作品，迄今四十余年，以兼具中国传统审美精神与探索性、现代性蜚声文坛，尤以长篇小说和散文创作成就最高。贾平凹称，他创作的最大追求就是用中国传统美的表现方法，真实地表达现代中国人的生活和情绪。他用众多优质的文学实践，一次次创造着文学领域的奇迹，成为中国当代文学当之无愧的一座高峰。

　　1952年农历二月，贾平凹出生于秦岭深处的陕西丹凤县棣花村，父亲是乡村教师，母亲是农民。少年时，家庭遭受毁灭性摧残，沦为"可教子女"。1972年以偶然的机遇，进入西北大学学习汉语言文学。此后，一直生活在西安，从事文学编辑兼写作。贾平凹自小喜欢写作，曾经在少年时候参加劳动的间隙尝试写作，用细腻的语言描写他看到的世界。正式发表作品是1974年，从此走上文学道路，引起文坛关注。贾平凹坚持文学创作四十余年，一直笔耕不辍，创作了十六部长篇小说，不可计数的诗歌、散文和中短篇小说，尤以长篇小说和散文创作成就最大，几乎拿遍了国内外各种文学奖项。

1978年,以《满月儿》获得全国第一届短篇小说奖,1982年以《腊月·正月》获全国第三届优秀中篇小说奖,1989年以散文集《爱的踪迹》获第一届全国优秀散文(集)奖,2005年以《贾平凹长篇散文精选》获第三届鲁迅文学奖,2008年,以长篇小说《秦腔》获得了第七届茅盾文学奖。之后十余年间,贾平凹又陆续创作出了其他长篇小说《高兴》《古炉》《带灯》《老生》《极花》《山本》等等。在长篇小说创作的间隙,还创作了大量优质的中短篇小说和散文作品。

而且,贾平凹的作品很早就受到国外汉学家和研究者的关注,1987年以长篇小说《浮躁》获美国美孚飞马文学奖,1997年以长篇小说《废都》获年法国费米娜文学奖,2003年获得由法国文化交流部颁发的"法兰西共和国文学艺术荣誉奖",当时的法国驻华大使在给贾平凹的贺信中说:"您的作品在法国影响很大,这项荣誉是授予您作品内容的丰富多彩性与题材的广泛性。"2013年2月,贾平凹再次获得法国文学艺术界的最高荣誉"法兰西金棕榈文学艺术骑士勋章",法国驻华大使白林说:"文学是没有国界的,我们法国人热爱中国文学,尤其是代表中国传统文化的古典文学,我们也热爱中国当代文学,贾平凹先生的作品为我们描述了一个当代中国,记述了当代中国是如何地适应现代化的种种变化的。"白林认为,虽然贾平凹的作品呈现出一种浓厚的陕西色彩,他书中的故事几乎都发生在陕西,但他的作品其实对各个国家都具有意义,"从中我们能够认识到,一个国家的发展需要尊重文化传统,需要尊重自己的人民,哪怕是那些默默无闻的、在基层的小人物也值得我们尊重,比如《带灯》中的女主角。也就像带灯这两个字的意义一样,文学可以在黑暗中给我们带来一丝曙光。"

在这些大部头的长篇小说之外,贾平凹最受人关注的是其大量的散文佳作,以取材广博、自然韵致、富于哲思而独具一格,成为中国当代的散文大家,为中国散文的发展壮大贡献了优秀的艺术实践。

贾平凹的散文内容宽泛,社会人生的独特体察、个人内心的情绪变化、偶然感悟的哲理等等皆可入文。他常用轻淡的笔墨,再现现实生活中人们习以为常的又经常忽视的景象,但却能引人入胜。贾平凹的大部分散文都闪烁着哲理的火花。这种哲理多出自作家生活的体验和感悟,而非前人言论的重复,哲理的诠释过程也就是文章的重心,极富情致和个性。他的散文取材自由,多关注日常生活,几乎没有什么限制和禁区,什么都可以写。日常生活中的种种,信手拈来便是题材,一切平常事物,貌似无奇、无趣、无味的事务,都可以作出解释,挖掘出事物之外的含义与韵致。

贾平凹重视语言的精致与修炼,既讲究用词,又不着痕迹,他的语言,尤其是散文语言,是中国作家中独一无二的,吸收了中国传统语言的精髓。他从开始创作,就展现了超强的语言塑造能力,在七十年代末八十年代初的作品,其语言的韧劲、力道与成色,已经相当醇熟,摆脱了幼稚与装饰。他曾这样说过:"不管你写小说还是写散文,语言是第一的。就像一个人一样,别人能对你一见钟情,首先是你的形象呀。文学就是语言的艺术","衡量一部作品,主要看心灵方面的东西和文字方面的东西,心灵的东西是在文字背后,是渗透出来的"。他对孙犁的语言推崇备至:"孙犁只有一个……模仿者只看到他的风格,看不到他的风格是他生命的外化,只看到他的语言,看不到他的语言有他情操的内涵,便把清误认为了浅,把简误认为了少。"

贾平凹的散文从抒写的内容和笔调去看,可以归成五类:第一类是情绪小品,以抒写某种特定的情绪为主,如《大洼地一夜》就是代表;第二类是场景小品,以写各类场景为主,如《静虚村记》《黄土高原》等;第三类是人物小品,粗线条勾画人物为主,如《摸鱼捉鳖的人》《在米脂》等;第四类是随笔,综论人生,针砭世情,如《人病》《牌玩》等;最后一类是风物小品,描摹风俗,记述玩物,如《陕西小吃小识录》《玩物铭》等。贾平凹于传统的散文写作中,取了个大突破——凡对社会、人生的独特体察,个人内心情绪(爱与恨),或偶尔感悟到的某些哲理等,都呈现文中。其作品已有多篇选入语文教本中。

目前入选语文教材的篇目有《风雨》《我不是个好儿子》《月迹》《落叶》《丑石》《一棵小桃树》等。

《风雨》一文,文中虽不著一"风"一"雨",却处处在写风雨,通过侧面烘托的手法,生动地展现了狂风暴雨中种种事物的情态,表现了风雨之大之猛烈,含蓄地表达了作者对儿童天真纯洁性情的讴歌和赞美之情。《我不是个好儿子》是一篇以母爱和真情而感人肺腑,具有情感深度的优秀散文。《月迹》通过山村儿童追月迹的故事,体现了中秋月夜月亮的淡雅,说明了童心创造力的高超,也告诉人们:人人都可以拥有美,美属于每一个人。《落叶》的语言朴实、优美、婉转。文中运用了大量的比喻、拟人和排比等修辞手法,并采用递进式结构,层层深入,最后悟出了"落叶"的内在含义,它向我们揭示了这样一个真理:人如树木,生命的目标在不断地推陈出新、去旧迎新,不要哀叹衰老,那是世间万物的规律,无人能违背。《丑石》则借物说理,借助了一个公认为平凡的对象——一块顽石,通过强烈的对比,说明了一个道理:人们的无知,并不能掩盖和抹杀那"默默忍受"多年,而"不屈于误解、寂寞的生存的伟大"。《一棵小桃树》同样托物言志,通过作者深情的回忆笔调,通过它坎坷的出生、成长到迷茫和看到希望的描述,反映了青年一代在迷茫和探索正成长的真实历程。

贾平凹是中国优秀作家的典范,阅读他的作品能使我们的学习和人生得到提高和丰富。这本书收纳的只是他作品中非常少的一部分,是冰山之一角,远不能概况和描述清晰作家的艺术成就,希望大家在学习工作之余,多多阅读、细细品味,用自己的眼睛和心灵去感受文学作品的美好与深睿。

人民文学出版社编辑部

作者像

中国文学　　　　　　　静中开花

月　迹

我们这些孩子，什么都觉得新鲜，常常又什么都不觉得满足；中秋的夜里，我们在院子里盼着月亮，好久却不见出来，便坐回中堂里，放了竹窗帘儿闷着，缠奶奶说故事。奶奶是会说故事的，说了一个，还要再说一个……奶奶突然说：

"月亮进来了！"

我们看时，那竹窗帘儿里，果然有了月亮，款款地，悄没声儿地溜进来，出现在窗前的穿衣镜上了：原来月亮是长了腿的，爬着那竹帘格儿，先是一个白道儿，再是半圆，渐渐地爬得高了，穿衣镜上的圆便满盈了。我们都高兴起来，又都屏气儿不出，生怕那是个尘影儿变的，会一口气吹跑呢。月亮还在竹帘儿上爬，那满圆却慢慢儿又亏了，末了，便全没了踪迹，只留下一个空镜，一个失望。奶奶说：

"它走了，它是匆匆的；你们快出去寻月吧。"

我们就都跑出门去，它果然就在院子里，但再也不是那么一个满满的圆了，进院子的白光，是玉玉的，银银的，灯光也没有这般儿亮的。院子的中央处，是那棵粗粗的桂树，疏疏的枝，疏疏的叶，桂花还没有开，却有了累累的骨朵儿了。我们都走近去，不知道那个满圆儿去哪儿了。却疑心这骨朵儿是繁星儿变的；抬头看着天空，星儿似乎就比平日少了许多。月亮正在头顶,明显大多了,也圆多了,清清晰晰看见里边有了什么东西。

"奶奶,那月上是什么呢?"我问。

"是树,孩子。"奶奶说。

"什么树呢?"

"桂树。"

我们都面面相觑了,倏忽间,哪儿好像有了一种气息,就在我们身后袅袅,到了头发梢儿上,添了一种淡淡的痒痒的感觉;似乎我们已在了月里,那月桂分明就是我们身后的这一棵了。

奶奶瞧着我们,就笑了:

"傻孩子,那里边已经有人了呢。"

"谁?"我们都吃惊了。

"嫦娥。"奶奶说。

"嫦娥是谁?"

"一个女子。"哦,一个女子。我想。月亮里,地该是银铺的,墙该是玉砌的:那么好个地方,配住的一定是十分漂亮的女子了。

"有三妹漂亮吗?"

"和三妹一样漂亮的。"

三妹就乐了:

"啊,啊!月亮是属于我的了!"

三妹是我们中最漂亮的,我们都羡慕起来。看着她的狂样儿,心里却有了一股儿的嫉妒。

我们便争执了起来,每个人都说月亮是属于自己的。奶奶从屋里端了一壶甜酒出来,给我们每人倒了一小杯儿,说:

"孩子们,你们瞧瞧你们的酒杯,你们都有一个月亮哩!"

我们都看着那杯酒,果真里边就浮起一个小小的月亮的满圆。捧着,一动不动的,手刚一动,它便酥酥地颤,使人可怜儿的样子。

大家都喝下肚去,月亮就在每一个人的心里了。奶奶说:

"月亮是每个人的,它并没有走,你们再去找吧。"

我们越发觉得奇了,便在院里找起来。妙极了,它真没有走去,我们很快就在葡萄叶儿上,瓷花盆儿上,爷爷的锨刃儿上发现了。我们来了兴趣,竟寻出了院门。

院门外,便是一条小河。河水细细的,却漫着一大片的净沙;全没白日那么的粗糙,灿灿地闪着银光,柔柔和和地像水面了。我们从沙滩上跑过去,弟弟刚站到河的上湾,就大呼小叫了:

"月亮在这儿!"

妹妹几乎同时在下湾喊道:"月亮在这儿!"

我两处去看了,两处的水里都有月亮,沿着河沿跑,而且哪一处的水里都有月亮了。我们都看起天上,我突然又在弟弟妹妹的眼睛里看见了小小的月亮。我想,我的眼睛里也一定是会有的。噢,月亮竟是这么多的:只要你愿意,它就有了哩。

我们就坐在沙滩上,掬着沙儿,瞧那光辉,我说:

"你们说,月亮是个什么呢?"

"月亮是我所要的。"弟弟说。

"月亮是个好。"妹妹说。

我同意他们的话。正像奶奶说的那样:它是属于我们的,每个人的。我们就又仰起头来看那天上的月亮,月亮白光光的,在天空上。我突然觉得,我们有了月亮,那无边无际的天空也是我们的了:那月亮不是我们按在天空上的印章吗?

大家都觉得满足了,身子也来了困意,就坐在沙滩上,相依相偎地甜甜地睡了一会儿。

1980 年

一棵小桃树

我常常想要给我的小桃树写点文章,但却终没有写就一个字来。是我太爱怜它吗?是我爱怜得无所谓了吗?我也不知道是什么怪缘故儿,只是常常自个儿忏悔,自个儿安慰,说:我是该给它写点什么了呢。

今天的黄昏,雨下得这般儿地大,使我也有些吃惊了。早晨起来,就淅淅沥沥的,我还高兴地说:春雨贵如油;今年来得这么早!一边让雨湿着我的头发,一边吟些杜甫的"随风潜入夜,润物细无声",甚至想去田野悠悠地踏青呢。那雨却下得大了,全不是春的温柔,一直下了一个整天。我深深闭了柴门,伫窗坐下,看我的小桃树儿在风雨里哆嗦。纤纤的生灵儿,枝条已经慌乱,桃花一片一片地落了,大半陷在泥里,三点两点地在黄水里打着旋儿。啊,它已经老了许多呢,瘦了许多呢,昨日楚楚的容颜全然褪尽了。可怜它年纪儿太小了,可怜它才开了第一次花儿!我再也不忍看了,我千般儿万般儿地无奈何。唉,往日多么傲慢的我,多么矜持的我,原来也是个孱头儿。

好多年前的秋天了,我们还是孩子。奶奶从集市上回来,带给了我们一人一颗桃子,她说:都吃下去吧,这是一颗"仙桃";含着桃核儿做一个梦,谁梦见桃花开了,就会幸福一生呢。我们都认真起来,全含了桃核爬上床去。我却无论如何不能安睡,想这甜甜的梦是做不成了,又不肯甘心不做,就爬起来,将桃核儿埋在院子角浇的土里,想让它在那蓄着我的梦。

秋天过去了,又过了一个冬天,孩子自孩子的快活,我竟将它忘却了。一个春天的早晨,奶奶扫扫院子,突然发现角落的地方,拱出一个嫩绿儿,便叫道:这是什么呀?我才恍然记起了是它:它竟从土里长出来了!它长得很委屈,是弯了头,紧抱着身子的。第二天才舒开身来,瘦瘦儿的,黄黄儿的,似乎一碰,便立即会断了去。大家都笑话它,奶奶也说:这种桃树儿是没出息的,多好的种子,长出来,却都是野的,结些毛果子,须得嫁接才成。我却不大相信,执著地偏要它将来开花结果哩。

因为它长得太不是地方,谁也不再理会,惹人费神的倒是那些盆景儿。爷爷是喜欢服侍花的,在我们的屋里、院里、门道里,摆满了各种各样的花草。春天花事一盛,远近的人都来赞赏,爷爷便每天一早喊我们从屋里一盆一盆端出来,一晚又一盆一盆端进去;却从来不想到我的小桃树。它却默默地长上来了。

它长得很慢,一个春天,才长上二尺来高,样子也极猥琐。但我却十分地高兴了:它是我的,它是我的梦种儿长的。我想我的姐姐弟弟,他们那含着桃核做下的梦,或许已经早忘却了,但我的桃树却使我每天能看见它。我说,我的梦儿是绿色的,将来开了花,我会幸福呢。

也就在这年里,我到城里上学去了。走出了山,来到城里,我才知道我的渺小:山外的天地这般儿大,城里的好景这般儿多。我从此也有了血气方刚的魂魄,学习呀,奋斗呀,一毕业就走上了社会,要轰轰烈烈地干一番我的事业了;那家乡的土院,那土院里的小桃树儿便再没有去思想了。

但是,我慢慢发现我的幼稚,我的天真了,人世原来有人世的大书,我却连第一行文字还读不懂呢。我渐渐地大了,脾性儿也一天一天地坏了,常常一个人坐着发呆,心境似乎是垂垂暮老了。这时候,奶奶也去世了,真是祸不单行。我连夜从城里回到老家去,家里人等我不及,奶奶已经下葬了。看着满屋的混乱,想着奶奶往日的容颜,不觉眼泪流了下来,对着灵堂哭了一场。天黑的时候,在窗下坐着,一抬头,却看见我的小桃树了;它竟然还在长着,弯弯的身子,努力撑着的枝条,已经有院墙高了。这些年来,它是怎么长上来的呢?爷爷的花事早不弄了,一垒一垒的花盆堆在墙根,它却长着!弟弟说:"那桃树被猪拱过一次,要不早就开了花了。"他们曾嫌它长得不是地方,又不好看,想砍掉它,奶奶却不同意,常常护着给它浇水。啊,小桃树儿,我怎么将你遗在这里,而身漂异乡,又漠漠忘却了呢?看着桃树,想起没能再见一面的奶奶,我深深懊丧对不起我的奶奶,对不起我的小桃树了。

如今,它开了花了,虽然长得弱小,骨朵儿不见繁,一夜之间,花竟全开了呢。我曾去看过终南山下的夹竹桃花,也去领略过马嵬坡前的水蜜桃花,那花儿开得火灼灼的,可我的小桃树儿,一颗"仙桃"的种子,却开得太白了,太淡了,那瓣片儿单薄得似纸做的,没有肉的感觉,没有粉的感觉,像患了重病的少女,苍白白的脸,又偏苦涩涩地笑着。我忍不住几分忧伤,泪珠儿又要下来了。

花幸好并没有立即谢去,就那么一树,孤孤地开在墙角。我每每看着它,却发现从未有一只蜜蜂去恋过它,一只蝴蝶去飞过它。可怜的小桃树!

我不禁有些颤抖了:这花儿莫不就是我当年要做的梦的精灵吗?

雨却这么大地下着,花瓣儿纷纷零落去。我只说有了这场春雨,花儿会开得更艳,香味会蓄得更浓,谁知它却这么命薄,受不得这么大的福分,受不得这么多的洗礼,片片付给风了,雨了!我心里喊着我的奶奶。

　　雨还在下着,我的小桃树千百次地俯下身去,又千百次地挣扎起来,一树的桃花,一片,一片,湿得深重,像一只天鹅,眼睁睁地羽毛剥脱,变得赤裸的了,黑枯的了。然而,就在那俯地的刹那,我突然看见那树儿的顶端,高高的一枝儿上,竟还保留着一个欲绽的花苞,嫩黄的,嫩红的,在风中摇着,抖着满身的雨水,几次要掉下来了,但却没有掉下去,像风浪里航道上的指示灯,闪着时隐时现的嫩黄的光,嫩红的光。

　　我心里稍稍有些了安慰。啊,小桃树啊!我该怎么感激你,你到底还有一朵花呢,明日一早,你会开吗?你开的是灼灼的吗?香香的吗?我亲爱的,你那花是会开得美的,而且会孕出一个桃儿来的;我还叫你是我的梦的精灵儿,对吗?

写于 1980 年

丑　石

我常常遗憾我家门前的那块丑石呢:它黑黝黝地卧在那里,牛似的模样;谁也不知道是什么时候留在这里的,谁也不去理会它。只是麦收时节,门前摊了麦子,奶奶总是要说:这块丑石,多碍地面哟,多时把它搬走吧。

于是,伯父家盖房,想以它垒山墙,但苦于它极不规则,没棱角儿,也没平面儿;用錾破开吧,又懒得花那么大气力,因为河滩并不甚远,随便去捣一块回来,哪一块也比它强。房盖起来,压铺台阶,伯父也没有看上它。有一年,来了一个石匠,为我家洗一台石磨,奶奶又说:用这块丑石吧,省得从远处搬动。石匠看了看,摇着头,嫌它石质太细,也不采用。

它不像汉白玉那样的细腻,可以凿下刻字雕花,也不像大青石那样的光滑,可以供来浣纱捶布;它静静地卧在那里,院边的槐荫没有庇覆它,花儿也不再在它身边生长。荒草便繁衍出来,枝蔓上下,慢慢地,竟锈上了绿苔、黑斑。我们这些做孩子的,也讨厌起它来,曾合伙要搬走它,但力气又不足;虽时时咒骂它,嫌弃它,也无可奈何,只好任它留在那里去了。

稍稍能安慰我们的,是在那石上有一个不大不小的坑凹儿,雨天就盛满了水。常常雨过三天了,地上已经干燥,那石凹里水儿还有,鸡儿便去那里渴饮。每每到了十五的夜晚,我们盼着满月出来,就爬到其上,翘望天边;奶奶总是要骂的,害怕我们摔下来。果然那一次就摔了下来,磕破了我的膝盖呢。

人都骂它是丑石,它真是丑得不能再丑的丑石了。

终有一日,村子里来了一个天文学家。他在我家门前路过,突然发现了这块石头,眼光立即就拉直了。他再没有走去,就住了下来;以后又来了好些人,说这是一块陨石,从天上落下来已经有二三百年了,是一件了不起的东西。不久便来了车,小心翼翼地将它运走了。

这使我们都很惊奇!这又怪又丑的石头,原来是天上的呢!它补过天,在天上发过热,闪过光,我们的先祖或许仰望过它,它给了他们光明,向往,憧憬;而它落下来了,在污土里,荒草里,一躺就是几百年了?

奶奶说:"真看不出!它那么不一般,却怎么连墙也垒不成,台阶也垒不成呢?"

"它是太丑了。"天文学家说。

"真的,是太丑了。"

"可这正是它的美!"天文学家说,"它是以丑为美的。"

"以丑为美?"

"是的,丑到极处,便是美到极处。正因为它不是一般的顽石,当然不能去做墙,做台阶,不能去雕刻,捶布。它不是做这些小玩意儿的,所以常常就遭到一般世俗的讥讽。"

奶奶脸红了,我也脸红了。

我感到自己的可耻,也感到了丑石的伟大;我甚至怨恨它这么多年竟会默默地忍受着这一切?而我又立即深深地感到它那种不屈于误解、寂寞的生存的伟大。

1981 年

天上的星星

　　大人们快活了,对我们就亲近,虽然那是为了使他们更快活,我们也乐意呢;但是,他们烦恼了,却要随意骂我们讨厌,似乎一切烦恼都要我们负担,这便是我们做孩子的,千思儿万想儿,也不曾明白。天擦黑,我们才在家捉起迷藏,他们又来烦了,大声呵斥,只好蹑蹑地出来,在门前树下的竹席上,躺下去,纳凉是了。

　　闲得实在无聊极了。四周的房呀,墙呀,树的,本来就不新奇,现在又模糊了,看上去黝黝的似鬼影。天上月亮还没有出来,星星也不见,昏亮亮的一个大大的天空。我们伤心了,垂下脑袋,不知道这夜该如何过去,痴呆呆儿守着瞌睡虫爬上眼皮。

　　"星星!"妹妹突然叫了一声。

　　我们都抬起头来,原本是无聊得没事可做,随便看看罢了。但是,就在我们头顶,出现了一颗星星,小小的,却极亮极亮,分明看出是有无数个光角儿的。我们就好奇起来,数着那是四个光角儿呢,还是五个光角儿,但就在这个时候,那星的周围里,又出现了几个星星,这是那么一瞬间,几乎不容觉察,就明亮亮地出现了。呵,两颗,三颗……不对,十颗,十五颗……奇迹是这般迅速地出现,愈数愈多,再数亦不可数,一时,漫天满空,一片闪亮,像陡然打开了百宝箱,灿灿的,灼灼的,目不暇给了呢。我们只知道夜夜天上要有星星,但从没注意到这么出现,那是雨天的池塘,霎时浮了万千水泡?又是无数沉睡的孩子,蓦地睁开了光彩的眼睛?它们真是一群孩子呢,一出现就要玩一个调皮的谜儿啊!这些鬼精灵儿,从哪儿来的,是一个家族的兄妹?还是从天涯海角集合起来,要开什么盛会了呢?

夜空再也不是荒凉的了,星星们都在那里热闹,有装熊的,有学狗的,有操勺的,有挑担的,也有的高兴极了,提了灯笼一阵风似的跑。……

我们都快活起来了,一起站在树下,扬着小手。星星们似乎很得意了,向我们挤弄着眉眼,鬼鬼地笑。

过了一会儿,月亮从村东口的那个榆树丫子里升上来了。它总是从那儿出来,冷不丁地,常要惊飞了树上的鸟儿。先是玫瑰色的红,像是喝醉了酒,刚刚睡了起来,蹒跚地走。接着,就黄了脸,才要看那黄中的青紫颜色,它就又白了,白极白极的,夜空里就笼上了一层淡淡的乳白色气。我们都不知道这月亮是怎么啦,却发现那些星星怎么就少了许多,留下的也淡了许多,原是灿灿的亮,变成了弱弱的光。这竟使我们大吃了一惊。

"这是怎么啦?"妹妹慌慌地说。

"月亮出来了么。"我说。

"月亮出来了为什么星星就少了呢?"

我们面面相觑,闷闷不得其解。坐了一会儿,似乎就明白了:这漠漠的夜空,恐怕是属于月亮的,它之所以由红变黄,由黄变白,一定是生气星星们的不安分,在吓唬着它们哩。

"哦,月亮是天上的大人了。"妹妹说。

我们都没有了话说。我们深深懂得做大人们的威严,又深深可怜起这些星星了:月亮不在的时候,它们是多么有精光灵气,月亮出现了,就变得这般猥琐了。

我们突然又回想起了一切：原来天上并不甚好，月亮睡着了的时候，它才让星星出来，它出来了，就要星星退去。那纷纷扬扬的雪片，五个角的，七个角的，全是薄亮亮的，不就是星星的尸骸吗？或许，就燃起晚霞的大火来烧它们，要不，星星为什么从来就没有叶，也没有根，只是那么赤裸裸的星颗呢？

我们再也不忍心看那些星星了，低了头走到门前的小溪边，要去洗洗手脸。谁也不言语，默默想着我们做孩子的不幸：是我们太小了，太多了吗？

溪水浅浅地流着，我们探手下去，才要掬起一抔来，但是，我们差不多全看见了，就在那水底里，有着无数的星星。

"啊，它们藏在这儿了。"妹妹大声地说。

我们赶忙下溪去捞，但无论如何也捞不上来，看那哗哗的水流，也依然冲不走它们。我们明白了，那一定是星星不能在天上，偷偷躲藏在那里了。我们就再不声张，不让大人们知道，让它们静静地躲在那里好了。

于是，我们都走回屋里，上床睡了。却总是睡不稳，害怕那躲藏在水底的星星会被天上的月亮发现吗？可惜藏在水底的星星太少了，那无数的还在天上闪着光亮。它们虽然很小，但天上如果没有它们，那会是多么寂寞啊！

大人们又骂我们不安生睡觉了。骂过一通，就打起鼾声，我们赶忙爬起来，悄悄溜到门外，将脸盆儿、碗盘儿、碟缸儿都拿了出去；盛了水，让更多更多的星星都藏在里边吧。

1981 年 6 月 15 日晚草于静虚村

采莲归来

采莲归

落　叶

　　窗外,有一棵法桐,样子并不大的,春天的日子里,它长满了叶子。枝根的,绿得深,枝梢的,绿得浅;虽然对列相间而生,一片和一片不相同,姿态也各有别。没风的时候,显得很丰满,娇嫩而端庄的模样。一早一晚的斜风里,叶子就活动起来,天幕的衬托下,看得见那叶背上了了的绿的脉络,像无数的彩蝴蝶落在那里,翩翩起舞,又像一位少妇,风姿绰约的,作一个妩媚的笑。

　　我常常坐在窗里看它,感到温柔和美好。我甚至十分嫉妒那住在枝间的鸟夫妻,它们停在叶下欢唱,是它们给法桐带来了绿的欢乐呢,还是绿的欢乐使它们产生了歌声的清妙?

　　法桐的欢乐,一直要延长一个夏天。我总想那鼓满着憧憬的叶子,一定要长大如蒲扇的,但到了深秋,叶子并不再长,反要一片一片落去。法桐就消瘦起来,寒碜起来,变得赤裸裸的,惟有些嶙嶙的骨。而且亦都僵硬,不再柔软婀娜,用手一折,就一节一节地断了下来。

　　我觉得这很残酷,特意要去树下捡一片落叶,保留起来,以作往昔的回忆。想:可怜的法桐,是谁给了你生命,让你这般长在土地上?既然给了你这一身的绿的欢乐,为什么偏偏又要一片一片收去呢?!

来年的春上，法桐又长满了叶子，依然是浅绿的好，深绿的也好。我将历年收留的落叶拿出来，和这新叶比较，叶的轮廓是一样的。喔，叶子，你们认识吗，知道这一片是那一片的代替吗？或许就从一个叶柄眼里长上来，凋落的曾经那么悠悠地欢乐过，欢乐的也将要寂寂地凋落去。

然而，它们并不悲伤，欢乐时须尽欢乐；如此而已，法桐竟一年大出一年，长过了窗台，与屋檐齐平了！

我忽然醒悟了，觉得我往日的哀叹大可不必，而且有十分的幼稚呢。原来法桐的生长，不仅是绿的生命的运动，还是一道哲学的命题在验证：欢乐到来，欢乐又归去，这正是天地间欢乐的内容；世间万物，正是寻求着这个内容，而各自完成着它的存在。

我于是很敬仰起法桐来，祝福于它：它年年凋落旧叶，而以此渴着来年的新生，它才没有停滞，没有老化，而目标在天地空间里长成材了。

1981年8月16日作于静虚村

静 虚 村 记

如今,找热闹的地方容易,寻清静的地方难;找繁华的地方容易,寻拙朴的地方难,尤其在大城市的附近,就更其为难的了。

前年初,租赁了农家民房借以栖身。

村子南九里是城北门楼,西五里是火车西站,东七里是火车车站,北去二十里地,又是一片工厂,素称城外之郭。奇怪台风中心反倒平静一样,现代建筑之间,偏就空出这块乡里农舍来。

常有友人来家吃茶,一来就要住下,一住下就要发一通讨论,或者说这里是一首古老的民歌,或者说这里是一口出了鲜水的枯井,或者说这里是一件出土的文物,如宋代的青瓷,质朴、浑拙,典雅。

村子并不大,屋舍仄仄斜斜,也不规矩,像一个公园,又比公园来得自然,只是没花,被高高低低绿树、庄稼包围。在城里,高楼大厦看得多了,也便腻了,陡然到了这里,便活泼泼地觉得新鲜。先是那树,差不多没了独立形象,枝叶交错,像一层浓重的绿云,被无数的树桩撑着。走近去,绿里才见村子,又尽被一道土墙围了,土有立身,并不苫瓦,却完好无缺,生了一层厚厚的绿苔,像是庄稼人剃头以后新生的青发。

拢共两条巷道,其实连在一起,是个"U"形。屋舍相对,门对着门,窗对着窗;一家鸡叫,家家鸡都叫,单声儿持续半个时辰;巷头家养一条狗,巷尾家养一条狗,贼便不能进来。几乎都是茅屋,并不是人家寒酸,茅屋是他们的讲究:冬天暖,夏天凉,又不怕被地震震了去。从东往西,从西往东,茅屋撑得最高的,人字形搭得最起的,要算是我的家了。

村人十分厚诚,几乎近于傻昧,过路行人,问起事来,有问必答,比比画画了一通,还要领到村口指点一番。接人待客,吃饭总要吃得剩下,喝酒总要喝得昏醉,才觉得惬意。衣着朴素,都是农民打扮,眉眼却极清楚。当然改变了吃浆水酸菜,顿顿油锅煎炒,但没有坐在桌前用餐的习惯,一律集在巷中,就地而蹲。端了碗出来,却蹲不下,站着吃的,只有我一家,其实也只有我一人。

我家里不栽花,村里也很少有花。曾经栽过多次,总是枯死,或是委琐。一老汉笑着说:村里女儿们多啊,瞧你也带来两个!这话说得有理。是花嫉妒她们的颜色,还是她们羞得它们无容?但女儿们果然多,个个有桃花水色。巷道里,总见她们三五成群,一溜儿排开,横着往前走,一句什么没盐没醋的话,也会惹得她们笑上半天。我家来后,又都到我家来,这个帮妻剪个窗花,那个为小女染染指甲。什么花都不长,偏偏就长这种染指甲的花。

啥树都有,最多的,要数槐树。从巷东到巷西,三搂粗的十七棵,盆口粗的家家都有,皮已发皱,有的如绳索匝缠,有的如渠沟排列,有的扭了几扭,根却委屈得隆出地面。槐花开时,一片嫩白,家家都做槐花蒸饭。没有一棵树是属于我家的,但我要吃槐花,可以到每一棵树上去采。虽然不敢说我的槐树上有三个喜鹊窠、四个喜鹊窠,但我的茅屋梁上燕子窝却出奇地有了三个。春天一暖和燕子就来,初冬逼近才去,从不撒下粪来,也不见在屋里落一根羽毛,从此倒少了蚊子。

最妙的是巷中一眼井,水是甜的,生喝比熟喝味长。水抽上来,聚成一个池,一抖一抖地,随巷流向村外,凉气就沁了全村。村人最爱干净,见天有人洗衣。巷道的上空,即茅屋顶与顶间,拉起一道一道铁丝,挂满了花衣彩布。最艳的,最小的,要数我家:艳者是妻子衣,小者是女儿裙。吃水也是在那井里的,需天天去担。但宁可天天去担这水,不愿去拧那自来水。吃了半年,妻子小女头发愈是发黑,肤色愈是白皙,我也自觉心脾清爽,看书作文有了精神、灵性了。

当年眼羡城里楼房,如今想来,大可不必了。那么高的楼,人住进去,如鸟悬窠,上不着天,下不踏地,可怜怜掬得一抔黄土,插几株花草,自以为风光宜人了。殊不知农夫有农夫得天独厚之处。我不是农夫,却也有一庭土院,闲时开垦耕耘,种些白菜青葱。菜收获了,鲜者自吃,败者喂鸡,鸡有来杭、花豹、翻毛、疙瘩,每日里收蛋三个五个。夜里看书,常常有蝴蝶从窗缝钻入,大如小女手掌,五彩斑斓。一家人喜爱不已,又都不愿伤生,捉出去放了。那蛐蛐就在台阶之下,彻夜鸣叫,脚一跺,噤声了,隔一会儿,声又起。心想若是有个儿子,儿子玩蛐蛐就不用跑蛐蛐市掏高价购买了。

门前的那棵槐树,惟独向横的发展,树冠半圆,如裁剪过一般。整日看不见鸟飞,却鸟鸣声不绝,尤其黎明,犹如仙乐,从天上飘了下来似的。槐下有横躺竖蹲的十几个碌碡,早年碾场用的,如今有了脱粒机,便集在这里,让人骑了,坐了。每天这里人并不散,谈北京城里的政策,也谈家里婆娘的针线,谈笑风生,乐而忘归。直到夜里十二点,家家喊人回去。回去者,扳倒头便睡的,是村人,回来捻灯正坐,记下一段文字的,是我呢。

来求我的人越来越多了,先是代写书信,我知道了每一家的状况,鸡多鸭少,连老小的小名也都清楚。后来,更多的是携儿来拜老师,一到高考前夕,人来得最多,提了点心,拿了水酒。我收了学生,退了礼品,孩子多起来,就组成一个组,在院子里辅导作文。村人见得喜欢,越发器重起我。每次辅导,门外必有家长坐听,若有孩子不安生了,进来张口就骂,举手便打。果然两年之间,村里就考中了大学生五名,中专生十名。

天旱了,村人焦虑,我也焦虑,抬头看一朵黑云飘来了,又飘去了,就咒天骂地一通,什么粗话野话也骂了出来。下雨了,村人在雨地里跑,我也在雨地跑,疯了一般,有两次滑倒在地,磕掉了一颗门牙。收了庄稼,满巷竖了玉米架,柴火更是塞满了过道,我骑车回来,常是扭转不及,车子跌倒在柴堆里,吓一大跳,却并不疼。最香的是鲜玉米棒子,煮能吃,烤能吃,剥下颗粒熬稀饭,粒粒如栗,其汤有油汁。在城里只道粗粮难吃,但鲜玉米面做成的漏鱼儿,搅团儿,却入味开胃,再吃不厌。

小女来时刚会翻身,如今行走如飞,咿呀学语,行动可爱,成了村人一大玩物,常在人掌上旋转,吃过百家饭菜。妻也最好人缘,一应大小应酬,人人称赞,以至村里红白喜事,必邀她去,成了人面前走动的人物。而我,是世上最呆的人,喜欢静静地坐地,静静地思想,静静地作文。村人知我脾性,有了新鲜事,跑来对我叙说,说毕了,就退出让我写,写出了,嚷着要我念。我念得忘我,村人听得忘归;看着村人忘归,我一时忘乎所以,邀听者到月下树影,盘脚而坐,取清茶淡酒,饮而醉之。一醉半天不醒,村人已沉睡入梦,风止月暝,露珠闪闪,一片蛐蛐鸣叫。我称我们村是静虚村。

鸡年八月,我在此村为此村记下此文,复写两份,一份加进我正在修订的村史前边,作为序,一份附在我的文集之后,却算是跋了。

1982 年

"卧虎"说

我说的"卧虎",其实是一块石头,被雕琢了,守在霍去病的墓侧。自汉而今,鸿雁南北徙迁,日月东西过往,它竟完好无缺,倒是天光地气,使它生出一层苔衣,驳驳点点的,如丽皮斑纹一般。黄昏里,万籁俱静了,走近墓地,拨荒草悠悠然进去,蓦地见了:风吹草低,夕阳腐蚀,分明那虎正骚动不安地冲动,在未跃欲跃的瞬间;立即要使人十二分地骇怕了!怯生生绕着看了半天,却如何不敢相信寓于这种强劲的动力感,竟不过是一个流动的线条和扭曲的团块结合的石头的虎,一个卧着的石虎,一个默默的稳定而厚重的卧虎的石头!

前年冬日,我看到这只卧虎时,喜爱极了,视有生以来所见的惟一艺术妙品,久久揣赏,感叹不已,想生我育我的商州地面,山川水土,拙厚、古朴、旷远,其味与卧虎同也。我知道,一个人的文风和性格统一了,才能写得得心应手,一个地方的文风和风尚统一了,才能写得入情入味,从而悟出要作我文,万不可类那种声色俱厉之道,亦不可沦那种轻靡浮艳之华。"卧虎",重精神,重情感,重整体,重气韵,具体而单一,抽象而丰富,正是我求之而苦不能的啊!

我在那墓场待了三日,依依不肯离去。我总是想:一个混混沌沌的石头，是出自哪个荒寂的山沟呢？被雕刻家那么随便一凿，就活生生成了一只虎了？而固定的独独一块石头，要凿成虎，又受了多大的限制？可正是有了这种限制，艺术才得到了最充分的自由吗？貌似缺乏艺术，而真正的艺术则来得这么的单纯，朴素，自然，真切！

　　静观卧虎，便进入一种千钧一发的境界，卧虎是力的象征。我们的民族，是有辉煌的历史，但也有过一片黑暗和一片光明的年代，而一片光明和一片黑暗一样都是看不清任何东西的。现在，正需要五味子一类的草药，扶阳补气，填精益髓。文学应该是与世界相通的吧，我们的文学也一样是需要五味子了，如此而已。

　　但是，这竟不是一个仰天长啸的虎，竟不是一个扑、剪、掀、翻的虎，偏偏要使它欲动，却终未动的卧着？卧着，内向而不呆滞，寂静而有力量，平波水面，狂澜深藏，它卧了个恰好，是东方的味，是我们民族的味。

　　以中国传统的美的表现方法，真实的表达现代中国人的生活和情绪，这是我创作追求的东西。但是，实践却是那么艰难，每走一步，犹如乡下人挑了鸡蛋筐子进闹市，前虑后顾，惟恐有了不慎，以致怀疑到了自己的脚步和力量。终有幸见到了"卧虎"，我明白了，且明白往后的创作生涯，将更进入一种孤独境地。喜从此有了"源于高度的自信"，进一步"精于其道的自感"（这是袁运甫的画语），我想，艺术于我是亲近的。

　　我的"卧虎"啊……

1982年4月为《当代文艺思潮》
《作家与创作》栏而作

归巢

閧神主人在寫書，勿扰。

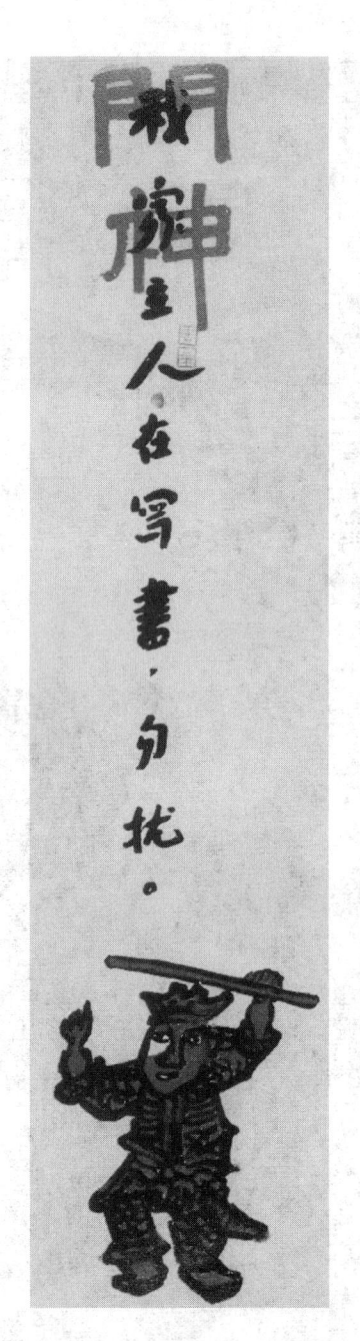

山之舞

五 味 巷

长安城内有一条巷:北边为头,南边为尾,千百米长短;五丈一棵小柳,十丈一棵大柳。那柳都长得老高,一直突出两层木楼,巷面就全阴了,如进了深谷峡底;天只剩下一带,又尽被柳条割成一道儿的,一溜儿的。路灯就藏在树中,远看隐隐约约,羞涩像云中半露的明月,近看光芒成束,乍长乍短在绿缝里激射。在巷头一抬脚起步,巷尾就有了响动,背着灯往巷里走,身影比人长,越走越长,人还在半巷,身影已到巷尾去了。巷中并无别的建筑,一堵侧墙下,孤零零站一竿铁管,安有龙头,那便是水站了;水站常常断水,家家少不了备有水瓮、水桶、水盆儿,水站来了水,一个才会说话的孩子喊一声"水来了!"全巷便被调动起来。缺水时节,地震时期,巷里是一个神经,每一个人都可以当将军。买高档商品,是要去西大街、南大街,但生活日用,却极方便:巷北口就有了四间门面,一间卖醋,一间卖椒,一间卖盐,一间卖碱;巷南口又有一大铺,专售甘蔗,最受孩子喜爱,每天门口拥集很多,来了就赶,赶了又来。巷本无名,借得巷头巷尾酸辣苦咸甜,便"五味,五味",从此命名叫开了。

这巷子,离大街是最远的了,车从未从这里路过,或许就最保守着古老,也因保守的成分最多,便一直未被人注意过、改造过。

但居民却看重这地方,住户越来越多,门窗越安越稠。东边木楼,从北向南,一百二十户,西边木楼,从南向北,一百零三户。门上窗上,挂竹帘的、吊门帘的、搭凉棚的、遮雨布的,一入巷口,各人一眼就可以看见自己门窗的标志。楼下的房子,没有一间不阴暗,楼上的房子,没有一间不裂缝;白天人人在巷里忙活,夜里就到每一个门窗去,门窗杂乱无章,却谁也不曾走错过。房间里,布幔拉开三道,三代界线划开;一张木床,妻子,儿子,香甜了一个家庭,屋外再吵再闹,也彻夜酣眠不醒了。

　　城内大街是少栽柳的,这巷里柳就觉得稀奇。冬天过去,春天几时到来,城里没有山河草林,惟有这巷子最知道。忽有一日,从远远的地方向巷中一望,一巷迷迷的黄绿,忍不住叫一声"春来了!"巷里人倒觉得来得突然,近看那柳枝,却不见一片绿叶,以为是迷了眼儿。再从远处看,那黄黄的,绿绿的,又弥漫在巷中。这奇观儿曾惹得好多人来,看了就叹,叹了就折,巷中人就有了制度:君子动眼不动手。只有远道的客人难得来了,才折一枝二枝送去瓶插。瓶要瓷瓶,水要净水,在茶桌几案上置了,一夜便皮儿全绿,一天便嫩芽暴绽,三天吐出几片绿叶,一直可以长出五指长短,不肯脱落,娟秀如美人的长眉。

　　到了夏日,柳树全挂了叶子,枝条柔软修长如长发,数十缕一撮,数十撮一道,在空中吊了绿帘,巷面上看不见楼上窗,楼窗里却看清巷道人。只是天愈来愈热,家家门窗对门窗,火炉对火炉,巷里热气散不出去,人就全到了巷道。天一擦黑,男的一律裤头,女的一律裙子,老人孩子无顾忌,便赤着上身,将那竹床、竹椅、竹席、竹凳,巷道两边摆严,用水哗地泼了,侧身躺着卧着上去,茶一碗一碗喝,扇一时一刻摇,旁边还放盆凉水,一刻钟去擦一次。有月,白花花一片,无月,烟火头点点,一直到了夜阑,打鼾的、低谈的、坐的、躺的,横七竖八,如到了青岛的海滩。

若是秋天,这里便最潮湿,砖块铺成的路面上,人脚踏出坑凹,每一个砖缝都长出野草,又长不出砖面,就嵌满了砖缝,自然分出一块一块的绿的方格儿。房基都很潮,外面的砖墙上印着泛潮后一片一片的白渍,内屋脚地,湿湿虫繁生,半夜小解一拉灯,满地湿湿虫乱跑,使人毛骨悚然,正待要捉,霎时无影。难得的却有了鸣叫的蛐蛐,水泥大楼上,柏油街道上都有着蛐蛐,这砖缝、木隙里却是它们的家园。孩子们喜爱,大人也不去捕杀,夜里懒散地坐在家中,倒听出一种生命之歌,欢乐之歌。三天,五天,秋雨就落一场,风一起,一巷乒乒乓乓,门窗皆响,索索瑟瑟,枯叶乱飞。雨丝接着斜斜下来,和柳丝一同飘落,一会儿拂到东边窗下,一会儿拂到西边窗下。末了,雨戛然而止,太阳又出来,复照玻璃窗上,这儿一闪,那儿一亮,两边人家的动静,各自又对映在玻璃上,如演电影,自有了天然之趣。

孩子们是最盼着冬天的了。天上下了雪,在楼上窗口伸手一抓,便抓回几朵雪花,五角形的,七角形的,十分好看,凑近鼻子闻闻有没有香气,却倏忽就没了。等雪在柳树下积得厚厚的了,看见有相识的打下边过,动手一扯那柳枝,雪块就哗地砸下,并不生疼,却吃一大惊,楼上楼下就乐得大呼小叫。逢着一个好日头,家家就忙着打水洗衣,木盆都放在门口,女的揉,男的涂,花花彩彩的衣服全在楼窗前用竹竿挑起,层层叠叠,如办展销。凡翻动处,常露出姑娘俊俏俏白脸,立即又不见了,唱几句细声细气的电影插曲,逗起过路人好多遐想。偶尔就又有顽童恶作剧,手握一小圆镜,对巷下人一照,看时,头儿早缩了,在木楼里嗤嗤痴笑。

这里每一个家里,都在体现着矛盾的统一:人都肥胖,而楼梯皆瘦,两个人不能并排,提水桶必须双手在前;房间都小,而立柜皆大,向高空发展,乱七八糟东西一股脑全塞进去;工资都少,而开销皆多,上养老,下育小,两个钱顶一个钱花,自由市场的鲜菜吃不起,只好跑远道去国营菜场排队;地位都低,而心性皆高,家家看重孩子学习,巷内有一位老教师,人人器重。当然没有高干、中干住在这里,小车不会来的,也就从不见交通警察,也不见一次戒严。他们在外从不管教别人,在家也不受人教管:夫妻平等,男回来早男做饭,女回来早女做饭。他们也谈论别人住水泥楼上的单元,但末了就数说那单元房住了憋气:一进房,门"砰"地关了,一座楼分成几十个世界。也谈论那些后有后院,前有篱笆花园的人家,但末了就又数说那平房住不惯:邻人相见,而不能相逾。他们害怕那种隔离,就越发维护着亲近,有生人找一家,家家都说得清楚:走哪个门,上哪个梯,拐哪个角,穿哪个廊。谁家娶媳妇,鞭炮一响,两边楼上楼下伸头去看,乐事的剪一把彩纸屑,撒下新郎新娘一头喜,夜里去看闹新房,吃一颗喜糖,说十句吉祥。谁说不出谁家大人的小名,谁家小孩的脾性呢?

　　他们没有两家是乡党的,汉、回、满,各种风俗。也没有说一种方言的,北京,上海,河南,陕西,南腔北调。人最杂,语言丰富,孩子从小就会说几种话,各家都会炒几种风味菜,除了外国人,哪儿来的人都能交谈,哪儿来的剧团,都要去看。坐在巷中,眼不能看四方,耳却能听八面,城内哪个商场办展销,哪个工厂办技术夜校,哪个书店卖高考复习资料?只要一家知道,家家便知道。北京开了什么会,他们要议论,某个球队出国得了冠军,他们要欢呼,哪个干部搞走私,他们要咒骂。议完了,笑完了,咒完了,就各自回家去安排各家的事情,因为房小钱少,夫妻也有吵的,孩子也有哭的。但一阵雷鸣电闪,立即便风平浪静,妻子依旧是乳,丈夫依旧是水,水乳交融,谁都是谁的俘虏;一个不笑,一个不走,两个笑了,孩子就乐,出来给人说:爸叫妈是冤家,妈叫爸是对头。

　　早上,是这个巷子最忙的时候。男的去买菜,排了豆腐队,又排萝卜队,女的给孩子穿衣喂奶,去炉子上烧水做饭。一家人匆匆吃了，但收拾打扮却费老长时间：女的头发要油光松软，裤子要线楞不倒，男子要领齐帽端，鞋光袜净，夫妻各自是对方的镜子，一切满意了，一溜一行自行车扛下楼，一声丁零，千声呼应，头尾相接，出巷去了。中午巷中人少，孩子可以隔巷道打羽毛球。黄昏来了，巷中就一派悠闲：老头去喂鸟儿，小伙去养鱼，女人最喜育花。鸟笼就挂满楼窗和柳桠上，鱼缸是放在走廊、台阶上，花盆却苦于没处放，就用铁丝木板在窗外凌空吊一个凉台。这里的姑娘和月季，突然被发现，立即成了长安城内之最，五年之中，姑娘被各剧团吸收了十人，月季被植物园专家参观了五次。

就是这么个巷子，开始有了声名，参观者愈来愈多了。八一年冬，我由郊外移居城内，天天上下班，都要路过这巷子，总是带了油盐酱醋瓶，去那巷头四间门面捎带，吃醋椒是酸辣，尝盐碱是咸苦。进了巷口，一直往南走，短短小巷，却用去我好多时间，走一步，看一步，想一步，千缕思绪，万般感想。出了南巷口，见孩子们又拥集在甘蔗铺前啃甘蔗，吃得有滋有味，小孩吃，大人也吃。我便不禁两耳下陷坑，满口生津，走去也买一根，果然水分最多，糖分最浓，且甜味最长。

记于1982年7月2日静虚村

风　雨

　　树林子像一块面团了,四面都在鼓,鼓了就陷,陷了再鼓;接着就向一边倒,漫地而行的;呼地又腾上来了,飘忽不能固定;猛地又扑向另一边去,再也扯不断,忽大忽小,忽聚忽散:已经完全没有方向了。然后一切都在旋,树林子往一处挤,绿似乎被拉长了许多,往上扭,往上扭,落叶冲起一个偌大的蘑菇长在了空中。哗的一声,乱了满天黑点,绿全然又压扁开来,清清楚楚看见了里边的房舍,墙头。

　　垂柳全乱了线条,当抛举在空中的时候,却出奇地显出清楚,刹那间僵直了,随即就扑撒下来,乱得像麻团一般。杨叶千万次地变着模样:叶背翻过来,是一片灰白;又扭转过来,绿深得黑青。那片芦苇便全然倒伏了,一节断茎斜插在泥里,响着破裂的颤声。

　　一头断了牵绳的羊从栅栏里跑出来,四蹄在撑着,忽地撞在一棵树上,又直撑了四蹄滑行,末了还是跌倒在一个粪堆旁,失去了白的颜色。一个穿红衫子的女孩冲出门去牵羊,又立即要返回,却不可能了,在院子里旋转,锐声叫唤,离台阶只有两步远,长时间走不上去。

　　槐树上的葡萄蔓再也攀附不住了,才松了一下屈蜷的手脚,一下子像一条死蛇,哗哗啦啦脱落下来,软成一堆。无数的苍蝇都集中在屋檐下的电线上了,一只挨着一只,再不飞动,也不嗡叫,黑乎乎的,电线愈来愈粗,下坠成弯弯的弧形。

一个鸟窠从高高的树端掉下来,在地上滚了几滚,散了。几只鸟尖叫着飞来要守住,却飞不下来,向右一飘,向左一斜,翅膀猛地一颤,羽毛翻成一团乱花,旋了一个转儿,倏忽在空中停止了,瞬间石子般掉在地上,连声响儿也没有。

窄窄的巷道里,一张废纸,一会儿贴在东墙上,一会儿贴在西墙上,突然冲出墙头,立即不见了。有一只精湿的猫拚命地跑来,一跃身,竟跳上了房檐,它也吃惊了;几片瓦落下来,像树叶一样斜着飘,却突然就垂直落下,碎成一堆。

池塘里绒被一样厚厚的浮萍,凸起来了,再凸起来,猛地撩起一角,刷地揭开了一片;水一下子聚起来,长时间的凝固成一个锥形;啪地摔下来,砸出一个坑,浮萍冲上了四边塘岸,几条鱼儿在岸上的草窝里蹦跳。

最北边的那间小屋里,木架在吱吱地响着。门被关住了,窗被关住了,油灯还是点不着。土炕的席上,老头在使劲捶着腰腿,孩子们却全趴在门缝,惊喜地叠着纸船,一只一只放出去……

1982年秋写于宝鸡

观沙砾记

正是中午,我在岸边的柳荫下乘凉,一抬头,看见河滩的沙地里,腾腾的有着一层雾气,一丝一缕的,曲线儿的模样。看得久了,又似若有若无,灿灿的却在那雾气之中,有了什么在闪光,有的如火苗,那么一小朵,里圈是红的,外圈是白的,飘忽不可捉摸;有的如珍珠,跳跃着无数光环,目不能细辨,似乎其中有红、黄、绿、紫的色彩;有的如星星,三角形的,五角形的,光芒乍长乍短。我一时不知这是什么东西,叫小女儿去寻看,只是一片河滩,满地沙砾,漠漠视而不识,而升腾的雾气灼灼,使人不能久站。回到柳荫下又看,那光亮又在那里闪耀。女儿照着一点光走去,双手捡起,捂在掌内走过来,看时,乃是一块小小的沙石片儿。

石片极平凡,三角形状,边角已成光滑,上边隐隐有几道石纹,并不算美;放在手中,不见有彩,拿近眼前,黯然无光。女儿很是纳闷,问:它在沙滩灿烂,在这里失色,这是怎么回事?

是怎么回事,我也不得其解。反复揣摩石片,想起"橘生淮南则为橘,生于淮北则为枳"的古语,猜这是地方不同所致,这石片或是从山上来的,风吹雨打,裂成碎片,随水走川过峡,万里浪淘,停在这河滩里了;这水,这气,这日,才使其显了本色,互相辉映,有了灿灿之光。如今拿在手中,没了那些就得不到其天然色泽了。

由此看来,天上的星星,也是这样:它在天上,便有光亮,成其为星,落在地上了,纯乎一块陨石,有人幻想上天摘星,以此炫耀,恐怕摘下来,也是一块冰冷顽石吧!再去推想,我们居住的地球,我们看来,是土,是石,可从别的星球看去,也一定会有光有色。那么,鱼在水里,有动有神,来来去去,可谓悠然,若捞上岸来,便会翅不如毛,尾亦无力了。鸟在云际,有容有声,高高低低,可谓自若,若坠入水去,便要有翅不能飞,有爪不能划了。世上什么东西生存,只有到了它生存的自然之中,才见其活力,见其本色,见其生命,见其价值。人往往有其好心,忽视自然规律,欲以己之意,加于他物,结果往往适得其反。

沙砾本是无情,也有如此属性,而万千世界,人为第一,百人百貌,百貌百性,不能定然,不可固一。应是让其充分发挥自己的条件下,不拘一格,各呈其才。那么,人便更是活的,就有生气,就有创造,这个人世就有了最伟大的,最光辉的色彩。

女儿还在哀叹沙砾,说是死了,是不是还能再活?我让女儿把那石片儿抛到河滩去,站在柳荫下静观,便见又灿灿然,烁烁然了。女儿笑之,我亦笑之,沙砾似乎也在笑,一闪一闪的,绽闪着金色的微笑。

1982 年

一 位 作 家

东边的高楼是十三层,西边的高楼也是十三层,南边是条死胡同,北边又是高楼,还是十三层。他家房在那里,前墙单薄,后墙单薄,方正得像从高楼上抛下的一个纸盒,黝黑得又像是地底下冒出的一块厌石。楼上人说住在这里乐哉,他也说乐哉;楼上人见他乐哉了而又乐哉,他见楼上人瞧他乐哉而乐哉,也便越发更乐哉。他把楼不叫楼,叫山;三山相峙,巍巍峨峨,天晴之夜往上望去,可谓"山高月小"。楼上人称他房亦不为房,叫潭;遇着雨季,三层楼以下水雾迷茫,直待雨住,水仍流泻不止,可谓"水落石出"。

他曾买过电视机,可方位太不好,图像总是模糊,只好忍痛割爱转卖了。但表是走得极准的:十一点零五分,太阳准时照来;三点二十四,太阳准时便归去。他会充分利用这天光地热:花盆端出来,鱼缸端出来,还有小孩的尿布,用竹竿高高挑起,那虽然并不金贵,但在他的眼里,却是幸福的旗子。

他从来不奢华,口很粗,什么都能吃,胃是好极好极的。只是嗜好香烟如命,一天一包,即使伤风感冒也吸吐不止。因为烟吸得多了,口里无味,便喜食辣子,面条里要有,稀饭里也要有,当然面条最好,但愿年年月月如此。再就是爱书,坐下看,睡下看,走路也看,眼睛原本好好的,现在戴了眼镜,一圈一圈的,像个酒瓶底。于是,别人送他一副对联:"片片面,面片片,专吃面片;书本本,本本书,专啃书本。"他看了,也不恼,说是两句都是一个"专"字,不符合对仗,下联该改成"尽"字为妙。

他极善的心性,妻子亦善极。结婚五年,谁也不嫌弃这所房子。白日一个勺把,夜里一个枕头;爱情固然亲密,生活提供他们的这点地方,窄小得也只能亲密。房内是分为三处的:北墙下一张桌子,那是他的世界,独来独往。墙上贴名画,桌边堆书籍报刊:普希金的也有,舒婷的也有,曹雪芹的也有,王蒙的也有。有的红蓝墨笔画满圈圈道道;有的打开,久而不合。纸被灰尘浸得昏黄。桌上一铜钱厚灰土,但一个小三角洁净异常:一角是经常放纸,两角是经常搁肘。东墙角是一台缝纫机,那是妻的天下。要是缝补,脚在下踩,手在上拉,她是机器的主人。缝完了,补完了,机头放下,台布铺好,压一块光光亮亮的玻璃,下放她的照片,他的照片,她和他的接班人的照片;全都着色,红是润红,白是嫩白。西墙下一个小柜,那是儿子的王国,文有画册,武有手枪,积木、魔方塞得狼藉。诸侯割据,三国鼎立,谁也不能侵犯谁,只有南墙下一张大床上,和平共处,至亲至善。可惜光线太暗了,他刮胡子要到门外,妻梳头发要开灯对镜。他便叫来纸糊匠,将顶棚如烟囱一般直扎而上,上边揭瓦嵌块玻璃,算是天窗。从此房子明亮,却如站在井口往下看,幽幽一片神秘,但确实更像是坐井观天,天是一块方镜。白日,太阳照下,光束一柱,儿嚷道要爬柱而上;夜晚,一家吃饭,星月在镜中,他就来个"举杯邀明月",三杯便醉。

什么都可满足,只是时间总觉不够。白日十二个小时,他要掰成几瓣:要给吃喝,要给儿子,要给工作,要给写作。早晨妻为儿子穿戴,他去巷口挑水,小米稀饭常常便溢了锅。吃罢饭,妻工厂远先走了,他洗锅涮碗,送儿子到幼儿园。儿子不肯去,横说竖劝,软硬兼施,末了还得打屁股,一路铃声不停,一路哭声不绝。晚上回来,车后捎了菜,饭他却是不做的,衣服他也是不洗的,进门就坐在桌前写。纸是一张一张地揭,烟是一根一根地抽,"文章无根,全凭烟熏"。这真理他是信的。妻接了儿子回来,大声不出,脚步轻移,开炉子,擀面条,热腾腾的捞上一碗了,却不叫他名,偏让儿喊爸。吃罢饭,一个又是写,一个去洗衣;写好了,他爱哼秦腔,却走腔变调,儿说是拉锯呢。妻让念念他的著作,他绘声绘色,念毕了,妻说"不好"他便沉默,若说"好"字,他又满脸得意,说是知音,过去"嘣"的一声,飞吻一口。儿子嫉妒,也要叫吻他,立时爸吻了娘再吻儿:一个快乐分成三个快乐也!

　　天天在写,月月在写,人变得"形如饿鬼"了。但稿子一篇一篇源源不断地寄出去了,又一篇一篇源源不断地退回来了。编辑不复信,总是一张铅印退稿条,有时还填个名姓,有时则名姓也不填。妻说:"你没后门吧?"他说:"这不同干别的事!"一脸清高。妻再说:"人家都千儿八百有稿费,你连个铅字都印不出。"他倒动气了:"写作是为了钱?"妻要又说一句:"你怕不是搞这行的料?"他答一声"哪里!"却再不言语了。到了床上,还在构思,如临产的妇女,辗侧不已。妻就猫儿似的悄然,他不忍了,黑暗里还在说:"你要支持我哩……"

　　他眼泡常是红肿的,那是熬夜熬的;他嘴唇常是黑黄的,那是抽烟抽的。衣虽然肮脏,但稿件上却不允有半个黑墨疙瘩,脸虽然枯瘦,但文中人物却都尽极俊美;甚至他一切不修边幅,但要求儿子、妻子却要时兴。妻说这是怪毛病,他说:我是缺少得太多了,我也是需要得太多了。他羡慕别人发表了作品,更眼红别人作品得奖。他有时很伤感,偷偷抹了泪。但他又相信自己,因为风声、雨声、国事、家事,他装了一肚子故事。要歌唱,但没有一把琴;要演说,又没有讲台,只有这支笔写出来给自己看,给世人看。但是稿件发表不了,他苦恼,妻更焦心,妻便是他第一个读者,也是他最后一个读者;读者虽少,但总算有了读者,他心里安妥了许多。

可怜的是人到了中年,上有父母,年纪都大了;下有儿子,正是淘气时候。月初发工资,他要算着开支:第一件事是给老家邮十元,第二件是给儿子买玩具,承上启下,这是雷打而不动。再是为他买稿纸,再是为她购化妆品。他呢,一辆自行车,除了铃不响浑身都响;一件夹克,翻过来也是穿,翻过去也是穿。老母常接来,吃不起鱼虾,就买猪头;一个蒸馍,夹半个猪耳朵,双手递在娘手里。夫妻两个说不上是举案齐眉,倒也是头上是天,各顶一半,有了也去吃螃蟹,没了就烧面疙瘩汤,心里快活,喝口凉水也是甜的。他们老听见楼上的一对夫妻打架,鞋子、枕头从窗口飞下来。他们不明白,那家电视机有,洗衣机有,打的什么架?更有听说某某"长"的老婆空虚无聊而自杀了,便要谈说几天,百思不得一解。

世人都盼星期天,他也盼星期天。世人星期天上大街,逛公园,他星期天关门就写作。写得累了,对着方镜看看天,再对着窗子看看楼的山。山上层层有凉台,台台种花草,养鱼鸟,城市的大自然都压缩在一个凉台上了。有的洗了被单挂着,他想象那是白云:云卧而不散,深处必有人家?有的办家庭舞会,他醉心是仙乐从天而降,吟出一句"我欲乘风归去,又恐琼楼玉宇,高处不胜寒"。当层层凉台都坐了人,老的,少的,男的,女的,他就乐得嗤嗤笑,说像是麦积山的佛龛。他走出门来,楼上有认识的,一上一下寒暄几句;不认识的,给他一个笑脸儿,他还一个笑脸儿。有的问:"还在写吗?"答:"还在写。"就有人劝他别受苦,他哼一声,进屋把门关了。他干不了投机倒把,又不会去炸油条做生意,让他在家闲着?楼上楼下的女人他都看了,没一个有他妻子漂亮;巷口巷尾的扑克摊上,妻子也看了,从没他的身影:是是非非不沾身,公安局人来了心不惊。一个美丽,一个高尚,合二为一,光荣门第。

坐小车的不到他房子来,这是肯定的。但三朋四友却踩破了门:有做工的,有跑堂的,有卖菜的,有开车的。来了,有酒且酌,无酒且止,宾主坐列无序,谈笑天空地阔。这个讲他工厂里一个好的书记,那个骂街道一个流氓泼皮;说起天下大事,哪儿丰收了,眉飞色舞;哪儿受灾了,一脸愁云。直谈到零时交节,客人走了,弥一屋烟雾,留一地烟蒂,妻也不恼,他也不恼,拉开稿纸又写起来。大的故事写长篇,小的素材写小品。北京的大出版社也敢投,市报的"刺猬"栏也看上投;发不发是编辑的事,写不写他有责任。要不对不起三朋四友,也对不起自己的良心。常常一写一夜,妻子也得了毛病:不开灯倒睡不着,不闻烟倒鼻不通。

最乐趣的是稿件往外投,信封严严实实地糊,邮票端端正正地贴,夫妻到邮局去,让儿子拿着往邮筒里塞。塞进去了,塞进了三颗扑腾腾跳跃的心。于是,大马路显得宽广,行人脸上都笑笑的,他抱了儿子就前边跑,妻便咯咯地后边追。穿大街,过小道,钻胡同,绕窄巷,到了家门口。进门包饺子吃吧,他剁馅,她擀皮;一个说这篇稿件能发表,一个说先不敢声张露了气;一个说发表了稿费买个沙发,一个说沙发太贵买藤椅。儿子问:爸爸挣钱了吗?作娘的说:爸爸是生活上的小人,道德上的伟人,经济上的穷光蛋,精神上的大富翁。儿子听不懂,问爸爸是干什么工作?回答是"作家"。"作家!作家!"儿子喊起来,外边人都知道了。慢慢传开,都传说这里有一个下班回来"坐家"的人。有懂行的,说此人不可小瞧,现在是搞业余写作,说不定将来真成气候,要去作协工作呢。楼上几个老太太便如梦初醒,但却瘪了嘴:哦,原来是个"做鞋"的?

1982年12月18日作于静虚村

西域有马　日行千里　出汗为血

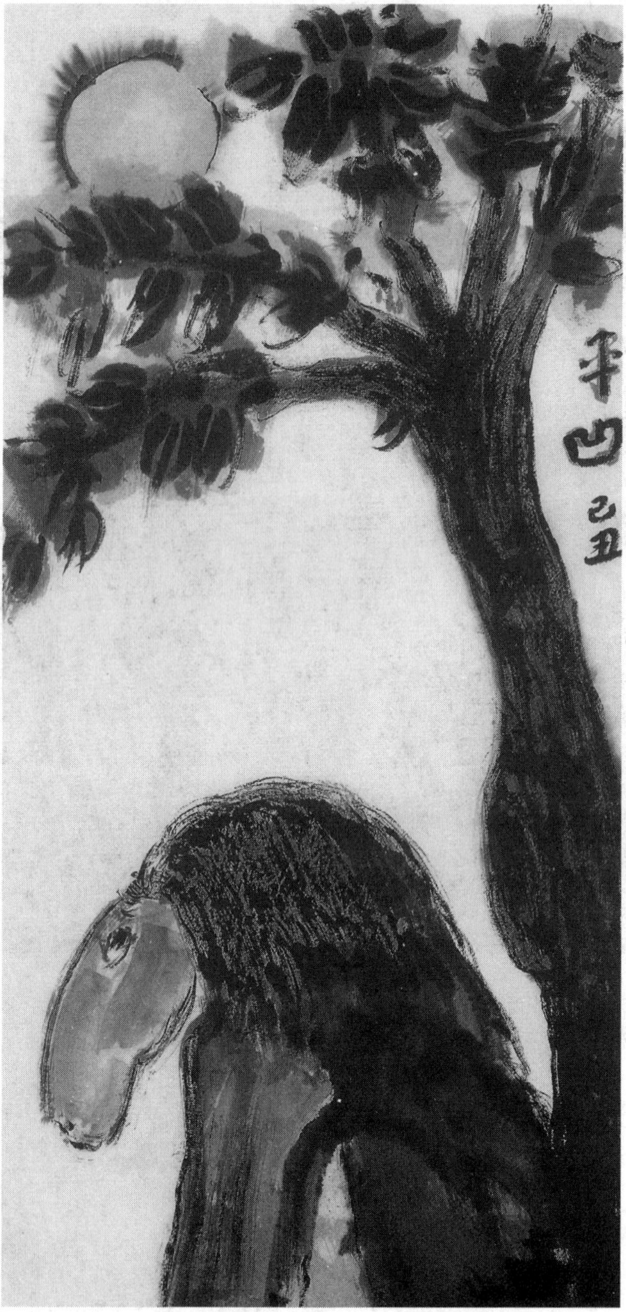
平凹乙丑

入川小记

　　我的家乡有句俗语:少不入川。少不入者,则四川天府之国,山光、水色、物产、人情,美而诱惑,一去便不复归也。此话流传甚广,我小的时候就记在心里,虽是警戒之言,但四川究竟如何美,美得如何,却从此暗暗地逗着我的好奇。八一年冬,我们一行五人,从西安出发,沿宝成路乘车去了成都;走时雪下得很紧,都穿得十分暖和。秋天里宝成路遭了水灾,才修复通车走得很慢,有些时候,竟如骑自行车一般。钻进一个隧洞,黑咕咚咚,满世界的轰轰隆隆,如千个雷霆、万队人马从头顶飞过;好容易出了洞口,见得光明,立即又钻进又一隧洞。借着那刹那间的天日,看见山层层叠叠,疑心天下的山峰全是集中到这里的。山头上积着厚雪,林木郁郁的模样,毛茸茸的像戴了顶白绒帽;山腰一片一片的红叶,不时便被极白的云带断开……又入隧洞了,一切又归于黑暗。如此两天一夜,实在是寂寞难堪,只好守着那车窗儿,吟起太白《蜀道难》的诗句,想:如今电气化铁路,且这般艰难,唐代时期,那太白骑一头瘦驴,携一卷诗书,冷冷清清,"怎一个愁字了得!"正思想,山便渐渐小了,末了世界抹得一溜平坦,这便是到了成都平原,心境豁然大变,车也驰得飞快,如挣脱了缰绳,一任春风得意似的。一下火车,闹嚷嚷的城市就在眼下,满街红楼绿树,金橘灿灿。在西北,这橘子是不大容易吃到，如今见了，馋得直吐口水，一把分币便买得一大怀，掰开来，粉粉的，肉肉的，用牙一咬，汁水儿便口里溅出，不禁心灵神清，两腋下津津生风。惊喜之间，蓦地悟出一个谜来：这四川，不正是一个金橘吗？一层苦涩涩的橘皮，包裹着一团妙物仙品。外地来客，一到此地，一身征尘，吃到鲜橘，是在告诉着愈是好的愈是不易得到的道理啊！

走近市内，已是黄昏时分，天没有朗晴，夕阳看不到，云也看不到，一尽儿蒙蒙的灰白。我觉得这天恰到好处，脉脉地如浸入美人的目光里，到处洋溢着情味。树叶全没有动，但却感到有熏熏的风，眼皮、脸颊很柔和，脚下飘飘的，似乎有几分醉后的酥软。立即知道这里不比西北寒冷，穿着这棉衣棉裤，自是不大相宜，有些后悔不及了。从街头往每一条小巷望去，树木很多，枝叶清新，路面潮潮的，不浮一点灰尘，家门口，都置有花草，即是在土墙矮垣上，也藓苔缀满；偶尔一条深巷通向墙外，空地上有几畦白菜、萝卜，一清二白，便明白这地势极低，似乎用手在街上什么地方掘掘，就会咕涌涌现出一个清泉出来。街上的人多极，却未行色匆匆，男人皆瘦而五官紧凑，女人则多不烫发，随意儿拢一撮披在后背，依脚步袅袅拂动，如一片悠悠的墨云，又如一朵黑色的火焰。间或那男人女人的背上，用绳儿裹着一小孩，骑上自行车，大人轻松，孩子自得，如作杂技，立即便感觉这个城市的节奏是可爱的缓慢，不同于外地。在那乱糟糟的生活漩涡里，突然走到这里，我满心满身地感到一种安逸、舒静，似乎有些悠悠超尘了。

在城里住下来，一刻儿也不愿待在房间，整日在街巷去走，街巷并不像天津那么曲折，但常常不辨了归途，我一向得意我的认路本领，但总是迷失方向，我不知这是什么原因儿，反正一任眼睛儿看去，耳朵儿听去，脚步儿走去。那街巷全是窄窄的，没有上海的高楼，也少于北京的四合院，那二层楼舍，全然木的结构，随便往哪一家门里看去,内房儿竹帘垂着,袅袅燃一炷卫生香烟。客间和内间的窗口,没有西北人贴着的剪纸,却都摆一盘盆景,有苍劲松柏的,有高洁梅兰的,有幽雅竹类的,更有着奇异的石材:砂碛石、钟乳石、岩浆石。那盆儿也讲究,陶质、瓷质、石质。设计起来,或雄浑,或秀丽,或奇伟,或恬静;山石得体,树势有味,以窗框为画框,恰如立体的挂幅。忍不住走进一家茶馆去了,那是多么忘我的境界,偌大的房间里,四面门板打开,仅仅几根木柱撑着屋顶,成十个茶桌,上百个竹椅,一茶一座,买得一角花茶,便有服务员走来,一手拎着热水壶,一条儿胳膊,从下而上,高高垒起几十个茶碗,哗哗哗散开来;那茶盖儿、茶碗儿、茶盘儿,江西所产,瓷细坯薄,丁丁传韵。正欣赏间,倒水人忽地从身后数尺之远,刷地倒水过来:水注茶碗,冲卷起而不溢出。将那茶盖儿斜盖了,燃起一支烟来,捏那盖儿将茶拨拨,便见满碗白气,条条微痕,久而不散,一朵两朵茉莉小花,冉冉浮开茶面。不须去喝,清香就沁人心胸,品开来,慢慢细品,说不尽的满足。在成都待了几日,我早早晚晚都在茶馆泡着,喝着茶,听着身边的一片清谈,那音调十分中听,这么一杯喝下,清香在口,音乐在耳,一时心胸污浊,一洗而净,乐而不可言状也。

　　我们五人,皆关中汉子,嗜好辣子,出门远走,少不得有个辣子瓶儿带在身上。入了四川,方知十分可笑。第一次进了饭店,见那红油素面,喜得手舞足蹈,下决心天天吃这红油面了,没想各处走走,才知道这里的一切食物,皆有麻辣,那小吃竟一顿一样,连吃十天,还未吃尽。终日里,肚子不甚饥,却遇小吃店便进,进了便吃,真不明白这肚皮有多大的松紧!常常已经半夜了,从茶馆出来,悠悠地往回走,转过巷口,便见两街隔不了三家五家,门窗通明,立即颚下就陷出两个小坑儿,喉骨活动,舌下沁出口水。灯光里,分明显着招牌,或是抄手,或是豆花面或是蒸牛肉,或是豆腐脑;那字号起得奇特,全是食品前加个户主大姓,什么张鸭子、钟水饺、陈豆腐什么的。拣着一家抄手店进去，店小极，开间门面，中间一堵墙隔了，里边是家室，外边是店堂，锅灶盘在门外台阶，正好窗子下面。丈夫是厨师，妻子做跑堂，三张桌子招呼坐了，问得吃喝，妻子喊："两碗抄手！"丈夫在灶前应："两碗抄手！"妻子又过来问茶问酒，酒有泸州老窖，也有成都小曲，配一碟酱肉、香肠，来一盘胡豆、牛肉，还有那怪味兔块，调上红油、花椒、麻酱、香油、芝麻、味精。酒醇而柔，肉嫩味怪；立即面红耳赤，额头冒汗。抄手煮好了，妻子隔窗探身，一笊篱捞起，皮薄如白纸，馅嫩如肉泥，滋润化渣，汤味浑香，麻辣得唏唏溜溜不止，却不肯驻筷。出了门，醉了八成，摇摇晃晃而走，想那神也如此，仙也如此，果然涌来万句诗词，只恨无笔无纸，不能显形，回旅社卧下，彻夜不醒，清早起来，想起夜里那诗，却荡然忘却，一句也不能作出了。

　　我常常琢磨：什么是成都的特点，什么是四川人的特点。在那有名的锦江剧院看了几场川剧，领悟了昆、高、胡、弹、灯五种声腔，尤其那高腔，甚是喜爱，那无丝竹之音，却有肉声之妙，当一人唱而众人和之时，我便也晃头晃脑，随之哼哼不已了。演出休息时，在那场外木栏上坐定，目观那园庭式的建筑，古香古色的场地，回味着上半场那以写意为主，虚实结合，幽默诙谐的戏曲艺术，似乎要悟出了点什么，但又道不出来。出了城郭，去杜甫草堂游了，去望江公园游了，去郊外农家游了，看见了那竹子，便心酥骨软，挪不动步来。那竹子是那么多！紫草竹花、楠竹、鸡爪竹、佛肚竹、凤尾竹、碧玉竹、道筒竹、龙鳞竹……漫步进去，天是绿绿的，地是绿绿的，阳光似乎也染上了绿。信步儿深入，遇亭台便坐，逢楼阁就歇，在那里观棋，在那里品茗。再往农家坐坐，侧身竹椅，半倚竹桌，抬头看竹皮编织的顶棚、内壁，涮湿竹的绿青色，俯身看柜子、箱子漆成干竹的铜黄色，再玩那竹子形状的茶缸、笔筒、烟灰盒盘，蓦地觉得，竹该是成都的精灵了。最是到了那雨天，天上灰灰白白，街头巷口,人却没有被逼进屋去,依然行走;全不会淋湿衣裳,只有仰脸儿来,才感到雨的凉凉飕飕。石板路是潮潮的了,落叶浮不起来,近处山脉,一时深、浅、明、暗,层次分明,远峰则愈高愈淡,末了,融化入天之云雾。这个时候,竹林里的叶子光极亮极,海棠却在寒气里绽了,黑铁条的枝上,繁星般孕着小苞,惟有一朵红了,像一只出壳的小鸭,毛茸茸的可爱,十分鲜艳,又十分迷丽。更有一种树,并不高的,枝条一根一根清楚,舒展而微曲地向上伸长,形成一个圆形,给人千种万种的柔情来了。我总是站在这雨的空气里,想我早些日子悟出的道理,越发有了充实的证明。是啊,竹,是这个城的象征,是这个城中人的象征:女子有着竹子的外形,腰身修长,有竹的美姿,皮肤细腻而呈灵光,如竹的肌质,那声调更有竹音的清律,秀中有骨,雄中有韵。男子则有竹的气质,有节有气,性情倔强,如竹笋顶石破土,如竹林拥挤刺天。

我太爱这欲雨非雨、乍湿还干的四川天了,熏熏的从早逛到晚,夜深了,还坐在锦江岸边,看两岸灯光倒落在江面,一闪一闪地不肯安静,走近去,那黑影里的水面如黑绸在抖,抖得满江的情味!街面上走来了一群少女,灯影里,腰身婀娜,秀发飘动,走上一座座木楼去了,只有一串笑声飘来。这黑绸似的水面抖得更情致了,夜在融融地化去,我也不知身在何处,融融地似也要化去了。

1982年

秦　腔

　　山川不同,便风俗区别,风俗区别,便戏剧存异;普天之下人不同貌,剧不同腔,京、豫、晋、越、黄梅、二黄、四川高腔,几十种品类;或问:历史最悠久者,文武最正经者,是非最汹汹者?曰:秦腔也。正如长处和短处一样突出便见其风格,对待秦腔,爱者便爱得要死,恶者便恶得要命。外地人——尤其是自夸于长江流域的纤秀之士——最害怕秦腔的震撼;评论说得婉转的是:唱得有劲;说得直率的是:大喊大叫。于是,便有柔弱女子,常在戏台下以绒堵耳,又或在平日教训某人:你要不怎么怎么样,今晚让你去看秦腔!秦腔成了惩罚的代名词。所以,别的剧种可以各省走动,惟秦腔则如秦人一样,死不离窝;严重的乡土观念,也使其离不了窝:可能还在西北几个地方变腔走调的有些市场,却绝对冲不出往东南而去的潼关呢。

　　但是,几百年来,秦腔却没有被淘汰,被沉沦,这使多少人在大惑而不得其解。其解是有的,就在陕西这块土地上。如果是一个南方人,坐车轰轰隆隆往北走,渡过黄河,进入西岸,八百里秦川大地,原来竟是:一抹黄褐的平原;辽阔的地平线上,一处一处用木椽夹打成一尺多宽墙的土屋,粗笨而庄重;冲天而起的白杨,苦楝,紫槐,枝干粗壮如桶,叶却小似铜钱,迎风正反翻覆……你立即就会明白了:这里的地理构造竟与秦腔的旋律惟妙惟肖的一统!再去接触一下秦人吧,活脱脱的一群秦始皇兵马俑的复出:高个,浓眉,眼和眼间隔略远,手和脚一样粗大,上身又稍稍见长于下身。当他们背着沉重的三角形状的犁铧,赶着山包一样团块组合式的秦川公牛,端着脑袋般大小的耀州瓷碗,蹲在立的卧的石碌子碡磙上吃着牛肉泡馍,你不禁又要改变起世界观了:啊,这是块多么空旷而实在的土地,在这块土地挖爬滚打的人群是多么"二愣"的民众!那晚霞烧起的黄昏里,落日在地平线上欲去不去的痛苦的妊娠,五里一村,十里一镇,高音喇叭里传播的秦腔互相交织,冲撞,这秦腔原来是秦川的天籁,地籁,人籁的共鸣啊!于此,你不渐渐感觉到了南方戏剧的秀而无骨吗?不深深的懂得秦腔为什么形成和存在而占却时间、空间的位置吗?

八百里秦川,以西安为界,咸阳,兴平,武功,周至,凤翔,长武,岐山,宝鸡,两个专区几十个县为西府,三原,泾阳,高陵,户县,合阳,大荔,韩城,白水,一个专区十几个县为东府。秦腔,就源于西府。在西府,民性敦厚,说话多用去声,一律咬字沉重,对话如吵架一样,哭丧又一呼三叹。呼喊远人更是特殊:前声拖十二分地长,末了方极快地道出内容。声韵的发展,使会远道喊人的人都从此有了唱秦腔的天才。老一辈的能唱,小一辈的能唱,男的能唱,女的能唱;唱秦腔成了做人最体面的事,任何一个乡下男女,只有唱秦腔,才有出人头地的可能,大凡有出息的,是个人才的,哪一个何曾未登过台,起码不能吼一阵乱弹呢?!

农民是世上最劳苦的人,尤其是在这块平原上,生时落草在黄土炕上,死了被埋在黄土堆下;秦腔是他们大苦中的大乐,当老牛木犁疙瘩绳,在田野已经累得筋疲力尽,立在犁沟里大喊大叫来一段秦腔,那心胸肺腑,关关节节的困乏便一尽儿涤荡净了。秦腔与他们,要和"西凤"白酒,长线辣子,大叶卷烟,牛肉泡馍一样成为生命的五大要素。若与那些年长的农民聊起来,他们想象的伟大的共产主义生活,首先便是这五大要素。他们有的是吃不完的粮食,他们缺的是高超的艺术享受,他们教育自己的子女,不会是那些文豪们讲的,幼年不是祖母讲着动人的迷丽的童话,而是一字一板传授着秦腔。他们大都不识字,但却出奇地能一本一本整套背诵出剧本,虽然那常常是之乎者也的字眼从那一圈胡子的嘴里吐出来十分别扭。有了秦腔,生活便有了乐趣,高兴了,唱"快板",高兴得是被烈性炸药爆炸了一样,要把整个身心粉碎在天空!痛苦了,唱"慢板",揪心裂肠的唱腔却表现了多么有情有味的美来,美给了别人的享受,美也熨平了自己心中愁苦的皱纹。当他们在收获时节的土场上,在月在中天的庄院里大吼大叫唱起来的时候,那种难以想象的狂喜,激动,雄壮,与那些献身于诗歌的文人,与那些有吃有穿却总感空虚的都市人相比,常说的什么伟大的永恒的爱情是多么渺小、有限和虚弱啊!

我曾经在西府走动了两个秋冬,所到之处,村村都有戏班,人人都会清唱。在黎明或者黄昏的时分,一个人独独地到田野里去,远远看着天幕下一个一个山包一样隆起的十三个朝代帝王的陵墓,细细辨认着田埂上、荒草中那一截一截汉唐时期石碑上的残字,高高的土屋上的窗口里就飘出一阵冗长的二胡声,几声雄壮的秦腔叫板,我就痴呆了,感觉到那村口的土尘里,一头叫驴的打滚是那么有力,猛然发现了自己心胸中一股强硬的气魄随同着胳膊上的肌肉疙瘩一起产生了。

每到农闲的夜里,村里就常听到几声锣响:戏班排演开始了。演员们都集合起来,到那古寺庙里去。吹,拉,弹,奏,翻,打,念,唱,提袍甩袖,吹胡瞪眼,古寺庙成了古今真乐府,天地大梨园。导演是老一辈演员,享有绝对权威,演员是一家几口,夫妻同台,父子同台,公公儿媳也同台。按秦川的风俗:父和子不能不有其序,爷和孙却可以无道，弟与哥嫂可以嬉闹无常，兄与弟媳则无正事不能多言。但是，一到台上，秦腔面前人人平等，兄可以拜弟媳为帅为将，子可以将老父绳绑索捆。寺庙里有窗无扇，屋梁上蛛丝结网，夏天蚊虫飞来，成团成团在头上旋转，薰蚊草就墙角燃起，一声唱腔一声咳嗽。冬天里四面透风，柳木疙瘩火当中架起，一出场一脸正经，一下场凑近火堆，热了前怀，凉了后背。排演到什么时候，什么时候都有观众，有抱着二尺长的烟袋的老者，有凳子高、桌子高趴满窗台的孩子。庙里一个跟头未翻起，窗外就哇的一声叫倒好，演员出来骂一声：谁说不好的滚蛋！他们抓住窗台死不滚去，倒要连声讨好：翻得好！翻得好！更有殷勤的，跑回来偷拿了红薯、土豆，在火堆里煨熟给演员作夜餐，赚得进屋里有一个安全位置。排演到三更鸡叫，月儿偏西，演员们散了，孩子们还围了火堆弯腰踢腿，学那一招一式。

一出戏排成了，一人传出，全村振奋，扳着指头盼那上演日期。一年十二个月，正月元宵日，二月龙抬头，三月三，四月四，五月八日过端午，六月六日晒丝绸，七月过半，八月中秋，九月初九，十月一日，再是那腊月五豆，腊八，二十三……月月有节，三月一会，那戏必是上演的。戏台是全村人的共同的事业，宁肯少吃少穿也要筹资积款，买上好的木石，请高强的工匠来修筑。村子富不富，就比这戏台阔不阔。一演出，半下午人就扛凳子去占地位了，未等戏开，台下坐的、站的人头攒拥，台两边阶上立的卧的是一群顽童。那锣鼓就丁丁咣咣地闹台，似乎整个世界要天翻地覆了。各类小吃趁机摆开，一个食摊上一盏马灯，花生、瓜子、糖果、烟卷、油茶、麻花、烧鸡、煎饼，长一声短一声叫卖不绝。锣鼓还在一声儿敲打，大幕只是不拉，演员偶尔从幕边往下望望，下边就喊：开演呀，场子都满了！幕布放下，只说就要出场了，却又丁丁咣咣不停。台下就乱了，后边的喊前边的坐下，前边的喊后边的为什么不说最前边的立着;场外的大声叫着亲朋子女名字,问有坐处没有,场内的锐声回应快进来;有要吃煎饼的喊熟人去买一个,熟人买了站在场外一扬手,"日"的一声隔人头甩去,不偏不倚目标正好;左边的喊右边的踩了他的脚,右边的叫左边的挤了他的腰,一个说:狗年快完了,你还叫啥哩?一个说:猪年还没到,你便拱开了!言语伤人,动了手脚;外边的乘机而入,一时四边向里挤,里边向外扛,人的漩涡涌起,如四月的麦田起风,根儿不动,头身一会儿倒西,一会儿倒东,喊声,骂声,哭声一片;有拚命挤将出来的,一出来方觉世界偌大,身体胖肿,但差不多却光了脚,乱了头发。大幕又一挑,站出戏班头儿,大声叫喊要维持秩序;立即就跳出一个两个所谓"二杆子"人物来。这类人物多是头脑简单,四肢发达,却十二分忠诚于秦腔,此时便拿了树条儿,哪里人挤,哪里打去,如凶神恶煞一般。人人恨骂这些人,人人又都盼有这些人,叫他们是秦腔宪兵,宪兵者越发忠于职责,虽然彻夜不得看戏,但大家一夜满足了,他们也就满足了一夜。

终于台上锣鼓停了,大幕拉开,角色出场。但不管男的女的,出来偏不面对观众,一律背身掩面,女的就碎步后移,水上漂一样,台下就叫:瞧那腰身,那肩头,一身的戏哟!是男的就摇那帽翎,一会儿双摇,一会儿单摇,一边上下飞闪,一边纹丝不动,台下便叫:绝了,绝了!等到那角色儿猛一转身,头一高扬,一声高叫,声如炸雷豁啷啷直从人们头顶碾过,全场一个冷颤,从头到脚,每一个手指尖儿,每一根头发梢儿都麻酥酥的了。如果是演《救裴生》,那慧娘站在台中往下蹲,慢慢地,慢慢地,慧娘蹲下去了,全场人头也矮下去了半尺,等那慧娘往起站,慢慢地,慢慢地,慧娘站起来了,全场人的脖子也全拉长了起来。他们不喜欢看生戏,最欢迎看熟戏,那一腔一调都晓得,哪个演员唱得好,就摇头晃脑跟着唱,哪个演员走了调,台下就有人要纠正。说穿了,看秦腔不为求新鲜,他们只图过过瘾。

在这样的地方,这样的环境,这样的气氛,面对着这样的观众,秦腔是最逞能的,它的艺术的享受,是和拥挤而存在,是有力气而获得的。如果是冬天,那风在刮着,像刀子一样,如果是夏天,人窝里热得如蒸笼一般,但只要不是大雪,冰雹,暴雨,台下的人是不肯撤场的。最可贵的是那些老一辈的秦腔迷,他们没有力气挤在台下,也没有好眼力看清演员,却一溜一排地蹲在戏台两侧的墙根,吸着草烟,慢慢将唱腔品赏。一声叫板,便可以使他们坠入艺术之宫,"听了秦腔,肉酒不香",他们是体会得最深。那些大一点的,脾性野一点的孩子,却占领了戏场周围所有的高空,杨树上,柳树上,槐树上,一个枝杈一个人。他们常常乐而忘了险境,双手鼓掌时竟从树杈上掉下来,掉下来自不会损伤,因为树下是无数的人头,只是招致一顿臭骂罢了。更有一些爬在了场边的麦秸积上,夏天四面来风,好不凉快,冬日就扒个草洞,将身子缩进去,露一个脑袋。也正是有闲阶级享受不了秦腔吧,他们常就瞌睡了,一觉醒来,月在西天,戏毕人散,只好苦笑一声悄然没声儿地溜下来回家敲门去了。

当然,一次秦腔演出,是一次演员亮相,也是一次演员受村人评论的考场。每每角色一出场,台下就一片喊喊喳喳:这是谁的儿子,谁的女子,谁家的媳妇,娘家何处?于是乎,谁有出息,谁没能耐,一下子就有了定论。有好多外村的人来提亲说媒,总是就在这个时候进行。据说有一媒人将一女子引到台下,相亲台上一个男演员,事先夸口这男的如何俊样,如何能干,但戏演了过半,那男的还未出场,后来终于出来,是个国民党的伪兵,还持枪未走到中台,扮游击队长的演员挥枪一指,"叭"的一声,那伪兵就倒地而死,爬着钻进了后幕。那女子当下哼了一声,闭了嘴,一场亲事自然了了。这是喜中之悲一例。据说还有一例,一个老头在脖子上架了孙孙去看戏,孙孙吵着要回家,老头好说好劝只是不忍半场而去,便破费买了半斤花生,他眼盯着台上,手在下边剥花生,然后一颗一颗扬手抨到孙孙嘴里,但喂着喂着,竟将一颗塞进孙孙鼻孔,吐不出,咽不下,口鼻出血,连夜送到医院动手术,花去了七十元钱。但是,以秦腔引喜的事却不计其数。每个村里,总会有那么个老汉,夜里看戏,第二天必是头一个起床往戏台下跑。戏台下一片石头,砖头,一堆堆瓜子皮,糖果纸,烟屁股,他掀掀这块石头,踢踢那堆尘土,少不了要捡到一角两角甚至三元四元钱币来,或者一只鞋,或者一条手帕。这是村里钻刁人干的营生,而馋嘴的孩子们有的则夜里趁各家锁门之机,去地里摘那香瓜来吃,去谁家院里将桃杏装在背心兜里回来分红。自然少不了有那些青春妙龄的少男少女,则往往在台下混乱之中眼送秋波,或者就悄悄退出,相依相偎到黑黑的渠畔树林子里去了……

秦腔在这块土地上,有着神圣的不可动摇的基础。凡是到这些村庄去下乡,到这些人家去作客,他们最高级的接待是陪着看一场秦腔,实在不逢年过节,他们就会要合家唱一会儿乱弹,你只能点头称好,不能耻笑,甚至不能有一点不入神的表示。他们一生最崇敬的只有两种人,一是国家领导人,一是当地的秦腔名角。即是在任何地方,这些名角没有在场,只要发现了名角的父母,去商店买油是不必排队的,进饭馆吃饭是会有座位的,就是在半路上挡车,只要喊一声——我是某某的什么,司机也便要嘎地停车。但是,谁要侮辱一下秦腔,他们要争死争活地和你论理,以至大打出手,永远使你记住教训。每每村里过红白丧喜之事,那必是要包一台秦腔的,生儿以秦腔迎接,送葬以秦腔志哀,似乎这个人生的世界,就是秦腔的舞台,人只要在舞台上,生,旦,净,丑,才各显了真性,恶的夸张其丑,善的凸现其美,善的使他们获得了美的教育,恶的也使丑里化作了美的艺术。

广漠旷远的八百里秦川,只有这秦腔,也只能有这秦腔,八百里秦川的劳作农民只有也只能有这秦腔使他们喜怒哀乐。秦人自古是大苦大乐之民众,他们的家乡交响乐除了大喊大叫的秦腔还能有别的吗?

1983年5月2日草于五味村

读书示小妹生日书

　　七月十七日,是您十八生日,辞旧迎新,咱们家又有一个大人了。贾家在乡里是大户,父辈那代兄弟四人,传到咱们这代,兄弟十个,姊妹七个;我是男儿老八,你是女儿最小。分家后,众兄众姐都英英武武有用于社会,只是可怜了咱俩。我那时体单力屡,面又丑陋,十三岁看去老气犹如二十,村人笑为痴傻,你又三岁不能言语,哇哇只会啼哭,父母年纪尚老,恨无人接力,常怨咱这一门人丁不达。从那时起,我就羞于在人前走动,背着你在角落玩耍;有话无人可说,言于你你又不能回答,就喜欢起书来。书中的人对我最好,每每读到欢心处,我就在地上翻着跟头,你就乐得直叫,读到伤心处,我便哭了,你见我哭了,也便趴在我身上哭。但是,更多的是在沙地上,我筑好一个沙城让你玩,自个躺在一边读书,结果总是让你尿湿在裤子上,你又是哭,我不知如何哄你,就给你念书听,你竟不哭了,我感激得抱住你,说:"我小妹也是爱书人啊!"东村的二旦家,其父是老先生,家有好多藏书,我背着你去借,人家不肯,说要帮着推磨子。我便将你放在磨盘顶上,教你拨着磨眼,我就抱着磨棍推起磨盘转,一个上午,给人家磨了三升包谷,借了三本书,我乐得去亲你,把你的脸蛋都咬出了一个红牙印儿。你还记得那本《红楼梦》吗?那是你到了四岁,刚刚学会说话,咱们到县城姨家去,我发现柜里有一本书,就蹲在那里看起来,虽然并不全懂,但觉得很有味道。天快黑了,书只看了五分之一,要回去,我就偷偷将书藏在怀里。三天后,姨家人来找,说我是贼,我不服,两厢骂起来,被娘打过一个耳光,我哭了,你也哭了,娘也抱住咱们哭,你那时说:"哥哥,我长大了,一定给你买书!"小妹,你那一句话,给了兄多大安慰,如今我一坐在书房,看着满架书籍,我就记想那时的可怜了。

咱们不是书香门第,家里一直不曾富绰,即使现在,父母和你还在乡下,地分了,粮是不短缺了,钱却有出没入,兄虽每月寄点,也只能顾住油盐酱醋,比不得会做生意的人家。但是,穷不是咱们的错,书却会使咱们位低而人品不微,贫困而志向不贱。这个社会,天下在振兴,民族在发奋,咱们不企图作官,以仕途之路作功于国家,但作为凡人百姓,咱们却只有读书习文才能有益于社会啊。你也立志写作,兄很高兴,你就要把书看重,什么都不要眼红,眼红读书,什么朋友都可抛弃,但书之友不能一日不交。贫困倒是当作家的准备条件,书是忌富,人富则思惰,你目下处境正好逼你静心地读书,深知书中的精义。这道理人往往以为不信,走过来了方才醒悟,小妹可将我的话记住,免得以后悔之不及。

兄在外已经十年,自不敢忘了读书,所作一二篇文章,尽属肤浅习作,愈使读书不已。过了二月二十一日,已到了而立之年,才更知立身难,立德难,立文难。夜读《西游记》,悟出"取经惟诚,伏怪以力",不觉怀多感激,临风而叹息。兄在你这般年纪,读书目过能记,每每是借来之书,读得也十分注重,而今桌上,几上,案上,床上,满是书籍,却常常读过十不能记下四五,这全是年龄所致也,我至今只有以抄写辅助强记,但你一定要珍惜现在年纪,多多读书啊。

既有条件,读书万万不能狭窄。文学书要读,政治书要读,哲

49

学,历史,美学,天文,地理,医药,建筑,美术,乐理……凡能找到的书,都要读读。若读书面窄,借鉴就不多,思路就不广,触一而不能通三。但是,切切又不要忘了精读,真正的本事掌握,全在于精读。世上好书,浩如烟海,一生不可能读完,且又有的书虽好,但不能全为之喜爱,如我一生不喜食肉,但肉却确实是世上好东西。你若喜欢上一本书了,不妨多读:第一遍可囫囵吞枣读,这叫享受;第二遍就静心坐下来读,这叫吟味;第三遍便要一句一句想着读,这叫深究。三遍读过,放上几天,再去读读,常又会有再新再悟的地方。你真真正正爱上这本书了,就在一个时期多找些这位作家的书来读,读他的长篇,读他的中篇,读他的短篇,或者散文,或者诗歌,或者理论,再读外人对他的评论,所写的传记,也可再读读和他同期作家的一些作品。这样,你知道他的文了,更知道他的人了,明白当时是什么社会,如何的文坛,他的经历,性格,人品,爱好等等是怎样促使他的风格的形成?大凡世上,一个作家都有自己一套写法,都是有迹而可觅寻,当然有的天分太高了,便不是一时一阵便可理得清的。兄读中国的庄子,太白,东坡诗文,读外国的泰戈尔,川端康成,海明威之文,便至今于起灭转接之间不可测识。说来,还是兄读书太少,悟觉浅薄啊!如此这番读过,你就不要理他了,将他丢开,重新进攻另一个大家。文学是在突破中前进,你要时时注意,前人走到了什么地方,同辈人走到了什么地方?任何一个大家,你只能继承,不能重复,你要在读他的作品时,就将他拉到你的脚下来读。这不是狂妄,这正是知其长,晓其短,师精神而弃皮毛啊。虚无主义可笑,但全然跪倒来读,他可以使你得益,也可能使你受损,永远在他的屁股后了。这你要好好记住。

在家时,逢小妹生日,兄总为你梳那一双细辫,亲手要为你剥娘煮熟的鸡蛋。一走十年,竟总是忘了你生日的具体时间,这你是该骂我的了。今年一入夏,我便时时提醒自己,要到时一定祝贺你成人。邻居妇人要我送你一笔大钱,说我写书,稿费易如就地俯拾,我反驳,又说我"肥猪也哼哼",咳,邻人只知是钱!人活着不能没钱,但只要有一碗吃,钱又算个什么呢?如今稿费低贱,家岂是以稿费发得?读书要读精品,写书要立之于身,功于天下,哪里是邻居妇人之见啊!这么多年,兄并不敢侈奢,只是简朴,惟恐忘了往昔困顿,也是不忘了往昔,方将所得数钱尽买了书籍。所以,小妹生日,兄什么也不送,仅买一套名著十册给你寄来,乞妹快活。

1983年7月初写于静虚村

商 州 又 录

小 序

去年两次回到商州,我写了《商州初录》。拿在《钟山》杂志上刊了,社会上议论纷纷,尤其在商州,《钟山》被一抢而空,上至专员,下至社员,能识字的差不多都看了,或褒或贬,或抑或扬。无论如何,外边的世界知道了商州,商州的人知道了自己,我心中就无限欣慰。但同时悔之《初录》太是粗糙,有的地名太真,所写不正之风的,易被读者对号入座;有的字句太拙,所旨的以奇反正之意,又易被一些人误解。这次到商州,我是同画家王军强一块旅行的,他是有天才的,彩墨对印的画无笔而妙趣天成。文字毕竟不如彩墨了,我只仅仅录了这十一篇。录完一读,比《初录》少多了,且结构不同,行文不同,地也无名,人也无姓,只具备了时间和空间,我更不知道这算什么样文体。匆匆又拿来求读书鉴定了。

商州这块地方,大有意思,出山出水出人出物,亦出文章。面对这块地方,细细作一个考察,看中国山地的人情风俗,世时变化,考察者没有不长了许多知识,清醒了许多疑难,但要表现出来实在是笔不能胜任的。之所以我还能初录了又录,全凭着一颗拳拳之心。我甚至有一个小小的野心：将这种记录连续写下去。这两录重在山光水色，人情风俗上，往后的就更要写到建国以来各个时期的政治、经济诸方面的变迁在这里的折光。否则，我真于故乡"不肖"，大有"无颜见江东父老"之愧了。

一

最耐得寂寞的，是冬天的山，褪了红，褪了绿，清清奇奇的瘦，像是从皇宫里出走到民间的女子，沦落或许是沦落了，却还原了本来的面目。石头裸裸地显露，依稀在草木之间。草木并没有摧折，枯死的是软弱，枝柯僵硬，风里在铜韵一般地颤响。冬天是骨的季节吗？是力的季节吗？

三个月的企望，一轮嫩嫩的太阳在头顶上出现了。

风开始暖暖的吹，其实那不应该算作风，是气，肉眼儿眯着，是丝丝缕缕的捉不住拉不直的模样。石头似乎要发酥呢，菊花般的苔藓亮了许多。说不定在什么时候，满山竟有了一层绿气，但细察每一根草，每一枝柯，却又绝对没有。两只鹿，一只有角的和一只初生的，初生的在试验腿力，一跑，跑在一片新开垦的田地上，清新的气息使它撑了四蹄，呆呆的，然后一声锐叫，寻它的父亲的时候，满山树的枝柯，使它分不清哪一丛是老鹿的角。

山民挑着担子从沟底走来，棉袄已经脱了，垫在肩上，光光的脊梁上滚着有油质的汗珠。路是顽皮的，时断时续，因为没有浮尘，也没有他的脚印；水只是从山上往下流，人只是牵着路往上走。

山顶的窝洼里，有了一簇屋舍。一个小妞儿刚刚从鸡窝里取出新生的热蛋，眯了一只眼儿对着太阳耀。

二

　　这个冬天里,雪总是下着。雪的故乡在天上,是自由的纯洁的王国;落在地上,地也披上一件和平的外衣了。洼后的山,本来也没有长出什么大树,现在就浑圆圆的,太阳并没有出来,却似乎添了一层光的虚晕,慈慈祥祥的像一位梦中的老人。洼里的林梢全覆盖了,幻想是陡然涌满了凝固的云,偶尔的风间或使某一处承受不了压力,陷进一个黑色的坑,却也是风,又将别的地方的雪扫来补缀了。只有一直走到洼下的河沿,往里一看,云雪下是黑黝黝的树干,但立即感觉那不是黑黝黝,是蓝色的,有莹莹的青光。

　　河面上没有雪,是冰。冰层好像已经裂了多次,每一次分裂又被冻住,明显着纵纵横横的银白的线。

　　一棵很丑的柳树下,竟有了一个冰的窟窿,望得见下面的水,是黑的,幽幽的神秘。这是山民凿的,从柳树上吊下一条绳索,系了竹筐在里边,随时来提提,里边就会收获几尾银亮亮的鱼。于是,窟窿周围的冰层被水冲击,薄亮透明,如玻璃罩儿一般。

　　山民是一整天也没有来提竹筐了吧?冬天是他们享受人伦之乐的季节,任阳沟的雪一直涌到后墙的檐下去,四世同堂,只是守着那火塘。或许,火上的吊罐里,咕嘟嘟煮着熏肉,热灰里的洋芋也熟得冒起白气。那老爷子兴许喝下三碗柿子烧酒,醉了。孙子却偷偷拿了老人的猎枪,拉开了门,门外半人高的雪扑进来,然后在雪窝子里拔着腿,无声地消失了。

　　一切都是安宁的。

　　黄昏的时候,一只褐色的狐狸出现了。它一边走着,一边用尾巴扫着身后的脚印,悄没声地伏在一个雪堆下。雪堆上站着一只山鸡,这是最俏的小动物了,翘着赤红色的长尾,欣赏不已。远远的另一个雪堆上,老爷子的孙子同时卧倒了,伸出黑黑的枪口,右眼和准星已经同狐狸在一条线上……

三

西风一吹,柴门就掩了。

女人坐在炕上,炕上铺满着四六席;满满当当的,是女人的世界。火塘的出口和炕门接在一起,连炕沿子上的红椿木板都烙腾腾的。女人舍不得这份热,把粮食磨子搬上来,盘脚正坐,摇那磨拐儿,两块凿着纹路的石头,就动起来,呼噜噜一匝,呼噜噜一匝,"毛儿,毛儿",她叫着小儿子,小儿子刚会打能能,对娘的召唤并不理睬;打开了炕角一个包袱,翻弄着五颜六色的、方的圆的长的短的碎布头儿。玩腻了,就来扑着娘的脊背抓。女人将儿子抱在从梁上吊下来的一个竹筐子里,一边摇一匝磨拐儿,一边推一下竹筐儿。有节奏的晃动,和有节奏的响声,使小儿子就迷糊了。女人的右手也乏疲了,两只手夹一个六十度的角,一匝匝继续摇磨拐儿。

风天里,太阳走得快,过了屋脊,下了台阶,在厦屋的山墙上磨蚀了一片,很快就要从西山峁上滚下去了。太阳是地球的一个磨眼吧,它转动一圈,把白天就从磨眼里磨下去,天就要黑了?

女人从窗子里往外看,对面的山头上,孩子的爹正在那里犁地。一排儿五个山头上,山头上都是地;已经犁了四个山头,犁沟全是由外往里转,转得像是指印的斗纹,五个山头就是一个手掌。女人看不到手掌外的天地。

女人想:这日子真有趣,外边人在地里转圈圈,屋里人在炕上摇圈圈;春天过去了,夏天就来;夏天过去了,秋天就来;秋天过去了,冬天就来,一年四季,四个季节完了,又是一年。

天很快就黑了,女人溜下炕生火做饭。饭熟了,她一边等着男人回来,一边在手心唾口唾沫,抹抹头发。女人最爱的是晚上,她知道,太阳在白日散尽了热,晚上就要变成柔柔情情的月亮的。

小儿子就醒了,女人抱了他的儿子,倚在柴门上指着山上下来的男人,说:"毛儿爹——叫你娃哟!——哟——哟——"

"哟——哟——"却是叫那没尾巴狗的,因为小儿子屎拉下来了,要狗儿来舐屎的。

四

初春的早晨,没有雪的时候就有着雾。雾很浓,像扯不开的棉絮,高高的山就没有了吓人的巉石,山弯下的土塬上,林梢也没有了黝黝的黑光。河水在流着,响得清喧喧的。

河对岸的一家人,门拉开的声很脆,走出一个女儿,接着又牵出一头毛驴走下来。她穿着一件大红袄儿,像天上的那个太阳,晕了一团,毛驴只显出一个长耳朵的头,四个蹄腿被雾裹着。她是下到河里打水的。

这地面只有这一家人,屋舍偏偏建得高,原本那是山嘴,山嘴也原本是一个囫囵的石头。石头上裂了一条缝,缝里长出一棵花栗木树。用碎石在四周帮砌上来,便做了屋舍的基础。门前的石头面上可以织布,也可以晒粮食。这女儿是独生女,二十出头,一表人才。方圆几十里的后生都来对面的山上,山下的梢林里,割龙须草,拾毛栗子,给她唱花鼓。

她牵着毛驴一步步走下来,往四周看看,四周什么却看不清,心想:今日倒清静了!无声地笑笑,却又感到一种空落。河上边的木板桥上,有一鸡爪子厚的霜,没有一个人的脚印。

在河边,她蹴下了,卸下毛驴背上的木桶,一拎,水就满了,但却不急着往驴背上挂,大了胆儿往河那边的山上、塬上看。看见了河水割开的十几丈高的岸壁,吃水线在雾里时隐时现。有一棵树,她认得是冬青木的,斜斜地在壁上长着。这是一棵几百年的古木,个儿虽并不粗高,却是岸上塬头上的梢林的祖爷子。那些梢林长出一代,砍伐了一代,这冬青还是青青的长着,又孕了米粒大的籽儿。

她突然心里作想:这冬青,长在那么危险的地方,却活得那么安全呢。

于是,也就想起了那些唱给她的花鼓曲儿。水桶挂在毛驴背上,赶着往回走,走一步,回头看一下,走一步,再回过头来。雾还没有退。桥面上的霜还白白的。上斜坡的时候,路仄仄的拐之字形,她却唱起一首花鼓曲了:

后院里有棵苦李子树啊,小郎儿哟,
未曾开花,亲人哪,
谁敢当哎,哥呀嗳!

五

秋天里,什么都成熟了;成熟了的东西是受不得用手摸的,一摸就要掉呢。四个女子,欢得像风里的旗,在一棵柿树上吃蛋柿。洼地里路纵纵横横,似一张大网,这树就在网底,像伏着的一只大蜘蛛。果实很繁,将枝股都弯弯地坠下来,用不着上树,寻着一个目标,拿嘴轻轻咬开那红软了的尖儿,一吸,甜的香的软的光的就全到了肚子里。只需再送一口气去,那蛋柿壳儿就又复圆了。末了,最高的枝儿上还有一颗,她们拿石子掷打,打一次没有打中,再打一次,还是不中。

树后的洼地里,呜哇哇有了唢呐声,一支队伍便走过来了。这

57

是迎亲的；一家在这边的山上，一家在那边的山上，家与家都能看见，路却要深入到这洼地，半天才能走到。洼地里长满了黄蒿，也长满了石头，迎亲的队伍便时隐时现，好像不是在走，是浮着漂着来的。前面两杆唢呐，三尺长的铜杆，一个碗大的口孔，拉长了喉咙，扩大了嘴地吹。后边是两架花轿，轿简易却奇特，是两根红桑木碾杆，用红布裹了，上边缚一个坐椅，也是铺了红布的，一走一颠，一颠一闪；新郎便坐了一架，新娘便坐了一架。再后边，是未婚的后生抬了柜，抬了箱，被子，单子，盒子，镜子。再后边，是一群老幼。女人们衣服都浆得硬硬的，头上抹了油，一边交头接耳，一边拿崭新的印花手帕撩撩，赶那些追着油香飞的蜂。

吃蛋柿的女子忙隐身在树后，睁一只眼儿看，看见了那红桑木碾杆上的新娘，从头到脚穿得严严实实，眼睛却红红的，像是流过泪。吹唢呐的回头看一眼，故意生动着变形的脸面，新娘扑地笑了，但立即就噤住。脸红得烧了火炭。

一生都在山路上走，只有这一次竟不走路啊。被抬着，娘生她在这个山头上，长大了又要到那个山头上去生去养了。

树后的女子都觉得有趣，细嚼起来，却不知道这是怎么回事。

她们很快被迎亲的队伍发现了，都拿眼光往这里瞅。四个女子羞羞的，却一起仰起头儿盯着那高枝儿上的蛋柿。她们没有用石子去打，蛋柿也没有掉下来。

迎亲队伍没有停，过去了。他们走过了一条小路，柿树下同时放射出的，通往四面八方山头的小路上，便都有了唢呐的余音。

六

高高的山挑着月亮在旋转，旋转得太快了，看着便感觉没有动，只有月亮的周围是一圈一圈不规则的晕，先是黑的，再是黄的，再灰,再紫,再青,再白。洼地里全模糊了,看不见地头那个草庵子,庵后那一片桃林,桃林全修剪了,出地像无数的五指向上分开的手。桃林过去,是拴驴的地方,三个碌碡,还有一根木桩;现在看不见了,剪了尾巴的狗在那里叫。河里,桥空无人,白花花的水。

一个男人,蹲在屋后阳沟的泉上,拿一个杆杖在水里搅,搅得月亮碎了,星星也碎了,一泉的烂银,口中念念有词。接着就摸起横在泉口的竹管。这竹管是打通了节的,一头接在泉里,一头是通过墙眼到屋里的锅台上。他却不得进屋去。他已经是从门口走过来,又走到门口去,心里痒痒的,腿却软得像抽了筋,末了就使劲敲门。屋里有骂他的声音。

骂他的是一个婆子,婆子正在搬弄着他的女人;女人正在为他生着儿子。他要看看儿子是怎样生出来的,婆子却总是把他关门外。

"这是人生人呢!"

"我是男子汉;死都不怕呢!"

"不怕死,却怕生呢。"

他不明白,人生人还这么可怕。当女人在屋里一阵阵惨叫起来,他着实是害怕了。他搅着泉水祈祷,他想跑过那桃林,一个人到河面的桥上去喊。他却没了力气,倒在木桩篱笆下,直眼儿只看着月亮,认作那是风火轮子,是一股旋风,是黑黑的夜空上的一个白洞。

一更过去,二更已尽,已经是三更,鸡儿都叫了。女人还在屋里嘶叫。他认为他的儿子糊涂:来到这个世界竟这么为难。山洼里多好,虽然有狼,但只要在猪圈墙上画白灰圈圈,它就不敢来咬猪了。这里山高,再高的山也在人的脚下。太阳每天出来,怕什么,只要脊背背了它从东山走到西山,它就成月亮了。晚上不是还有疙瘩柴火烤吗?还有洋芋糊汤呢。你会是有媳妇。还有酒,柿子可以烧,包谷也可以烧,喝醉了,唱花鼓。

女人一声锐叫,不言语了。接替女人叫的是一阵尖而脆的哇哇啼声。

门打开了,接生的婆子喊着男人:"你儿子生下了,生下了!"催他进去烧水,打鸡蛋,泡馍。男人却稀软得立不起来。天上的月亮没有了,星星亮起来,他觉得星星是多了一颗。

"又一个山里人。"他说。

七

路到山上去,盘十八道弯,山顶上一棵栗木树下一口泉,趴下喝了,再从那边绕十八道弯下去。山的两面再没有长别的树,石头也很分散,却生满了刺玫,全拉着长条儿覆衍石上,又互相交织在一起。花儿却嫩得嚼出水儿,一律白色,惹得蝴蝶款款地飞。

十八道弯口,独独一户人家,住着个寡妇,寡妇年轻,穿着一双白布蒙了尖儿的鞋;开了店卖饭。

公路上往来的司机都认识她,她也认识司机,迟早在店里窗内坐着,对着奔跑的汽车一抬手,车就停了。方圆三十里的山民,都称她是"车闸"。

山里人出到山外去,或者从山外回到山里来,都在店里歇脚。谁也不惹她,谁也没理由敢惹她。她认了好多亲家,当然,干儿子干女儿有几十,有本乡本土的,有山外城里的。为了讨好她,送给她狗的人很多;为了讨好她,一走到店前就唤了狗儿喂东西吃。十几条狗都没有剪尾巴,肥得油光水亮。

八月里,店里店外堆满了柿子、核桃、黄蜡、生漆、桐油;山民们都把山货背来交给她。她一宗一宗转卖给山外来的汽车。店里说话的人多,吃饭的人少。营业的时间长,获取的利润短。她不是为了钱,钱在城乡流通着,使她有了不是寡妇的活泼。活泼,使一些外地来人都知道了她是寡妇,她不害羞,穿了那双有白布的鞋儿,整头平脸,拿光光的眼睛看人,外地来人也就把她这个寡妇知道了。也讨好的掰了干粮给那狗儿吃,也只有给狗儿吃。

满山的刺玫都开了,白得宣净,一直繁衍到了店的周围。因为刺在花里,谁也不敢糟蹋花,因为花围了店屋,店里人总是不断。忽一日,深山跑来一只美丽的麝,从那边十八道弯里跑上,从这边十八道弯里跑下,又在山梁上跑。山里的一切猎手都不去打。他们一起坐在店里往山头上看,说那麝来回跑得那么快,是为它自身的香气兴奋呢。

八

你毕竟是看见了,仲夏的山上并不是一种纯绿,有黄的颜色,有蓝的颜色,主体则是灰黑的,次之为白,那是枸子和狼牙刺的花了。你走进去,你就是你梦中的人,感觉到了渺小。却常常会不辨路径,坐下来看那峡谷,两壁的梢林交错着,你不知道谷深到何处,成团成团的云雾往外涌,疑心是神鬼在那里出没。偶然间一棵干枯的树站在那里,满身却是肉肉的木耳。有蛇,黑藤一样地缠在树上。气球大的一个土葫芦,团结了一群细腰黄蜂。蹑手蹑脚地走过去,一只松鼠就在路中摇头洗脸了。这小玩意儿,招之即来,上了身却不被抓住,从右袖筒钻进去了,又从左袖筒钻出去了。同时有一声怪叫,嘎喇喇的,在远处的什么地方,如厉鬼狞笑。

你终于禁不住了寂寞,唱起来;一旦唱起来,就不敢停下,想要使所有的东西都听见,来提醒它们:你是有力量的,是强者。但唱得声越来越颤了。惊恐驱使着你突然跑动,越跑越紧,像是在梦中一样,力不从心。后来就滚下去,什么也不可得知了。

人昏了,权当是睡着了;但醒来,却是忍不住的苦痛;腿上的血还在流呢。

一位老者,正抱着你,你只看见那下巴上一窝银须,在动,不见那嘴,末了,胡子中吐出一团烂粥般的草,是筻筻芽。敷在腿上的伤口,于是血凝固,亦不再疼。你不知道他是谁,哪儿来的?

"采药的。"他说。

"采药的?就在这山上,成年采吗?"

他点点头,孤独已经使他不愿再多说话吗?扶着你站起来,他就走了。

你是该下山了,但你不愿意;想陪陪他,心里在说:山上是太苦了。正是太苦,才长出了这苦口的草药吗?采药的人成年就是挖着这苦,也正是挖着了这草药的苦,才医治了世上人的一生中所遇到的苦痛吗?

你一定得意了你这话里的哲理,回头再寻那采药人,云雾又从那一丛黑柏下涌过来了,什么也没有了响动,你听见的是你的呼吸声。

九

一座山竟是一块完整的石头,这石头好像曾经受了高温,稀软着往下墩,显出一层一层下墩的纹线。在左边,有一角似乎支持不住,往下滴溜,上边的拉出一个向下的奶头状,下边的向上壅一个蘑菇状,快要接连了,突然却凝固,使完整的石头又生出了许多灵巧,倒疑心此山是从什么地方飞来的。

河水就绕着这山的半圆走,水很深,是黑的液体,只有盛在桶里,才知道它是清白的,清白到了没有。沿着河边的石砭,人家就筑起屋舍,屋舍并不需起基础,前墙根紧挨着石砭沿,屋下的水面,什么地方在石砭上凿出坑儿,立栽上石条,然后再用石头斜斜垒起来,算作是台阶。水涨了,台阶就缩短,水落了,台阶就拉长。水也是长了脚的,竟有一年走到门槛下,鸡儿站在门墩上能喝水。

现在,水平平地伏在台阶下,那里是码头,柏木解成了一溜长排,被拴在石嘴上。船儿从峡谷里并没有回来,女人们就蹲在那里捶打一种树皮。这树皮在水里泡了七七四十九天,用棒槌砸着,砸出麻一样的丝来,晒干了可以拧绳纳鞋底。四只五只鸭子在那里浮,看着一个什么就钻下去啄,其实那不是鱼,是天上落下的还没有消失的残月。

一只很大的木排撑下来,靠近了对面的山根,几十人开始抬一个棺材往山上去,唢呐咿咿呜呜的。这是河湾上一个汉子要走了,他是在上游砍荆条,然后扎排运到下游去卖,已经砍了许多,往山下扛的时候,滚了坡。在外的人横死了,尸首不能进家门,棺材上就缚了一只雄鸡,一直要运到河那边山头的坟地去。熟人死了一个,新鬼多了一名。孝子婆娘在唢呐声中哭,有板有眼。这边砸树皮的女人都站起来,说那汉子的好话,看着那儿子在河里摔了孝子盆,就拿一块手帕,捂了鼻子嘴地流眼泪。

在水里钻了一生,死了却都要到山顶上去,女人们不明白这是为什么,或许山上有荆条,有龙须草,有桐子,有土漆,河里只是运往的路吧。唢呐吹得这么响,唢呐是人生的乐器呢,上世的时候,吹过一阵,结婚的时候,吹过一阵,下世的时候,还是这么吹。

一个女人突然觉得肚子疼,她想了想,才六个月,还不是坐炕的日子呀?就怀疑是那汉子的阴魂要作孽了,吓得脸色苍白。夜里,女人的男人偷偷从门前石阶上下去,坐船到了对岸山上,浇了一壶酒,将削好的四个桃木橛子钉在坟头,说:"你不要勾了我的儿子,让他满满月月生下来,咱山上河里总是盼着一个劳力啊!"

一切很安静。住人家的那块完整石头的山上,月亮小小的,水落了,门下斜斜的台阶,长长的,月亮水影照着像一条光光的链条。

十

一群乌鸦在天上旋转,方向不固定的,末了,就落下来;黑夜也在翅膀上驮下来了。九沟十八岔的人,都到河湾的村里来,村里正演电影。三天前消息就传开,人来得太多,场畔的每一棵苦楝子树,枝枝丫丫上都坐满了,从上面看,净是头,像冰糖葫芦,从下面看,尽是脚,长的短的,布底的,胶底的。后生们都是二十出头,永不安静在一个地方;灰暗里,用眼睛寻着眼睛说话。

早先地在一起,他们常被组织着,去修台田,去狩猎,去护秋,男男女女在一起说话,嬉闹,大声笑。现在各在各家地里,秋麦二料忙清了,袖着手总觉得要做什么,却不知道做什么,肚子饱饱的,却空空的饥饿。只看见推完磨碾后的驴,在尘土里打滚,自己的精神泄不出去,力气也恢复不来。

场畔不远,就是河,河并不宽,却深深的水。两岸都密长了杂木,又一层儿相对向河面斜,两边的树枝就复交纠缠了。河面常被这种纠缠覆盖,时隐时现。一只木排,被八个女子撑着,咿咿呀呀漂下来。树分开的时候,河是银银的,钻树的防空洞了,看不见了树身上的蛇一样裹绕的葛条,也看不见葛条上生出茸茸的小叶的苔藓。木排泊在场畔下,八个女子互相照看了头发,假装抹脸,手心儿将香脂就又一次在脸上擦了,大声说笑着跳上场畔。

后生们立即就发现了,但却正经起来,两只眼儿都睁着,一只看银幕,一只看着场畔。

八个女子,三个已经结了婚,勾肩搭背的,往人窝里去了,她们不停地笑,笑是给同伴听的,笑也是给前后的人听的。前后有了后生,也大声说话,话是说明电影上的事,话也是给他人说明自己的能耐的。都知道是为了什么,都不说是为了什么。

五个女子是没有订婚的,五个女子却并不站在一起,又不到人窝去,全分散在场畔边上,离卖醪糟的小贩摊,不远不近,小贩摊上的马灯照在身上,不暗不明。有后生就匆匆走过去,又匆匆走过来,忙乱中瞅一眼,或者站在前边,偏踩在一块圆石头上,身子老不得平衡,每一次从石头上歪下来,后看一眼,不经意的。女子就吃吃地笑,后生一转身,笑声便噤,身再一转,吃吃又响。目光碰在一起了,目光就说了话,后生便勇敢了,要么搭讪一句,要么,挪过步来,女子倒忽地冷了脸,骂一声"流氓"!热热的又冷冷了,后生无趣地走了。女子却无限后悔,望着星星,星星蒙蒙的,像滴流着水儿。再换过地方,站在卖醪糟的那边,一只手儿托着下巴,食指咬在牙里。

一场电影完了,看了银幕上的人,也看了看银幕上的人的人,也被人看了。八个女子集合在场畔,唱了一段花鼓,却说:别唱了,那些没皮脸的净往这儿看呢!就爆一阵笑声,上了木排,从水面上划走了。木排在河里,一河的星星都在身下,她们数起来,都争着说哪颗星星是她的,但星星老数不清。说:"这电影真好!"奋力划桨。

木排上行到五里外的湾里,八个女子跳下去,各自问一句"几时还演电影呢?"各自走进八个岸边的山洼。已经听见狗在家门口汪着了,一时间,脚腿却沉重起来,没了一丝儿力气……

十一

冬天里沟深,山便高,月便小,逆着一条河水走,水下是沙,沙下是水,突然水就没有了,沙干白得像漂了粉,疑惑水干枯了,再走一段,水又出现,如此忽隐忽现。一个源头,倒分地上地下两条河流。山在转弯的时候,出现一片栲树,树里是三间房,房没有木架,硬打硬搁,两边山墙上却用砖砌了四个"吉"字。栲树叶子都枯了,只是不脱落,静得没声没息。门前一溜石板下去,是一处场面,左边新竹,每一片细叶都亮亮的,像打了蜡光。竹子下是石磙子碾子,碾盘上卧着一条狗,碾杆上挂着一副牛的暗眼套。右边是十三个坟墓,坟墓前边都有一个砖砌的灯盏窝。这是百十年里这屋里的主人。十三个主人都死去了,这屋还没有倒,新的主人正坐在炕上。

这是个老婆子,七十多岁了,牙口还好,在灯下捏针纳扣门儿,续线的时候,线头却穿不到针眼,就叹口气坐着,起身从锅台上抱了猫儿上来。猫是妖媚的玩物,她离不得它,它也离不得她,她就在嘴里嚼馍花,嚼得烂烂的了,拿在手里喂它吃。

孙子还没有回来。黄昏时到下边人家喝酒去了。孙子是儿子的一条根,儿子死了,媳妇也死了,她盼着这孙子好生守住这个家。孙子却总是在家里坐不住,他喜欢看电影,十里外的地方演也去,回来就呆呆痴几天。他不愿留光头。衣服上不钉扣门儿。两年前就不和她一个炕上睡,嫌她脚臭。早晚还刷牙呢。有男朋友,也有女朋友,一起说话,笑,她听不懂。

她总觉得这孙子有一对翅膀,有一天会飞了。

灯光幽幽的,照在墙角一口棺木上,这是她将来睡的地方,儿子活着的时候就做的,但儿子死了,她还活着;每一年就用土漆在上边刷一次,已经刷过八次了。她也奇怪自己命长。是没有尽到活着的责任吗?洋芋糊汤疙瘩火,这么好的生活,她不愿离去,倒还收不住她的心呢!

心想:现在的人,怎么就不像前几年的人了,一天不像一天了。她疑心是她没在门框上挂一个镜儿。上辈人常是家里有灾有祸了,要挂一块镜子的。她爬起来,将镜子就挂上了,企望将一切邪事不要勾了孙子的魂,把外界的诱惑都用镜收住吧。

半夜里,门外有了脚步声,有人在敲门。老婆子从窗子看出去,三个人背着孙子回来了,打着松油节子火把,说是孙子喝醉了。白日听说县上要修一条柏油公路到这里来,他们庆贺,酒就喝得多了。老婆子窸窸窣窣下来开门,嘟囔道:"越来越不像山里人了!"

门框上的镜亮亮的,在坟头上照下一点白;天上的月亮分外明,照得满山满谷里的光辉。

1984 年秋

陋　室

——陕西平民志之四

推开一扇黑门,就进入一个世界了。一墙之外的阳光挺好,却也有风,是从旁边的高楼下过来的,压缩了的,无形而尖硬;这门就随身紧关,一切复沉沦于黑暗了。

主人是玩墨的,这黑屋大致也和谐。"爱屋及乌"嘛,眼睛看墨的颜色多了,便从门缝里斜射进来的三根五根的光线,光线的一切的生动里,也能欣赏出这一处墨用得匀,用得活,有其亮色和韵味。

屋的开间是三米,入深也是三米,三三得九,如果再有一点纵横,一切就好了,是一个囫囵数字的平方。再如果主人是一个无所为的人,一张桌子上置一个花瓶,插几枝假花,玻璃下压几张影星美人图,一个书架上放几排油瓶,醋瓶,酒瓶,那也就满足了,偏主人玩墨是玩在纸上的,这桌上桌下,书架里书架外,全堆放了纸卷,一屋子易燃之品。那么,锅盆碗盏,衣物用什就寸土必争,竟然能巧妙地放下三个沙发:一个大沙发,白日迎宾待客,夜里供儿子安眠,鬼知道儿子却能在沙发上长就那么高个子!两个小沙发,永远是夫妇享受的地方了,而且恰到好处,沙发前可以放一个永不熄灭的火炉。人以食为本,火炉上的水壶日夜是醒着的。醒着的是难受的,所以总唠唠叨叨。

主人常常在沙发上坐了,取笑水壶不旷达。

当然,始终不醒的是另一个房子,长沙发紧边的地方,有一个门洞。门洞没有帘子,好了,这正是黑帘子,永远于所有来客是一种神秘。如果有一只猫进去,放大了瞳孔,就知道这是主人的卧屋,七平方米的,妙在安一张双人床,不松不紧。而又是从床上到床下,是书是报是纸卷。一个黑封了的窟,最宜于入静,因此主人一直未失眠过。

蜈蚣有一百条腿,但并未嫌弃过腿多,云鹤有两条腿,但也并未抱怨过腿少,甚至它落下来,还喜欢一腿独立!实在没有地方让家具立脚,因为人腿太多了。惟高高的乱纸堆上,明亮亮是一台小小的座钟,座钟里有一猫头鹰,怪眉怪眼。猫头鹰是夜之魂,能在这里最好,满屋有了一种庄严感。

脸一日洗几遍,脸还是不干净,眼一生不洗,眼永远是亮的。空余的地方发挥不了拖把和扫帚的功能,也就不去花那份钱,反正人是活动的,是天生的避尘珠。奇怪的是空气没有因空间狭小而稀薄,为了看清人之呼吸,就以香烟为有形的空气,吸进一口,吐出三口,袅袅扶摇到屋顶,祥云笼罩,大可在俯察品类之盛后,再可仰观宇宙之大了。

主人的不修边幅,是典型环境中的典型人物也。

但卧屋里挂有一把胡琴,外室里悬有一长剑;胡琴被尘土封住,又没弹,但它响动的是一首无声的音乐,长剑被尘土封住,但它舞动的是一幅无形的英姿。当屋垂吊的一颗电灯,视认为一轮太阳,门后挂着的一片圆镜,视认为一轮月亮,太阳永不落,月亮永不缺。儿子说:还有八颗星星,两颗在他脸上,两颗在妈妈脸上,四颗在爸爸脸上,因为老子有一副眼镜。夜里或许断电了,炉火光亮,人之初是善的,人之影却诡变,在四面墙上忽大忽小,忽长忽短,自己常常为自己吃惊和感动。

　　工作了一天,身心都十分疲倦了,进入这个世界,窄小却温暖,昏暗而安妥,无害人之熬煎,亦无被害之惶恐。男的有妻,女的有夫,夫妻有子,有酒且饮,无酒清谈,随形适意,其乐无穷。夫妇又坐在两个小沙发上了,看芦苇顶棚上老鼠打架,打得那么激烈,结果就一只掉下来,不免说一声"有什么过不去的!"然后观起西墙上的裂缝,裂缝好宽,斜斜下来,有分有合的图案,看做是一棵秃树,也看做是一个枯笔字,更多的看做是抽象的画,常看常新。最得意的,也最欣赏不够的是东南墙角上的蜘蛛网,大若雨帽,经纬高超,尘烟熏迷,丝粗如绳,那是人工所不能及的艺术品啊!

　　主人是搞艺术的人,人亦成了艺术。这艺术真美。

　　主人是谁,说出来我知道,你知道,而且在这个唐都古城里的差不多的有职有位的更知道。因为在他们宽敞明亮豪华的住宅里,挂满了通过各种渠道得来的行、草、隶、篆字幅,且常常对来访者介绍说:"瞧,这字绝吧,我们这儿杰才济济,这便是著名的书法艺术家薛铸写的呀!"

草于 1986 年 1 月 9 日夜

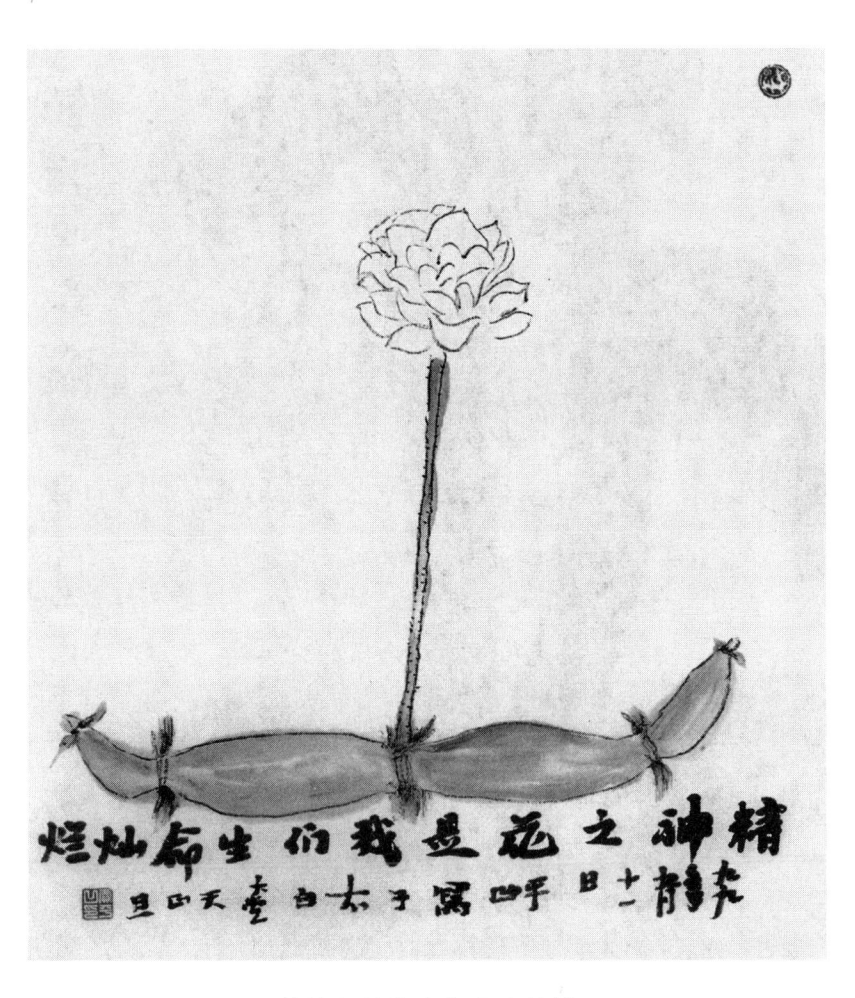

精神之花是我们生命灿烂

独弹自家变调琴

弈　人

在中国，十有六七的人识得棋理，随便于何时何地，偷得一闲，就人列对方，汉楚分界，相士守城保帅，车马冲锋陷阵，小小棋盘之上，人皆成为符号，一场厮杀就开始了。

一般人下棋，下下也就罢了，而十有三四者为棋迷。一日不下瘾发，二日不下手痒，三日不下肉酒无味，四五日不下则坐卧不宁。所以以单位组织的比赛项目最多，以个人名义邀请的更多。还有最多更多的是以棋会友，夜半三更辗转不眠，提了棋袋去敲某某门的。于是被访者披衣而起，挑灯夜战。若那家妇人贤惠，便可怜得彻夜被当当棋子惊动，被腾腾香烟毒雾熏蒸；若是泼悍角色，弈者就到厨房去，或蹴或趴，一边落子一边点烟，有将胡子烧焦了的，有将烟拿反，火红的烟头塞入口里的。相传五十年代初，有一对弈者，因言论反动双双划为右派遣返原籍，自此沦落天涯。二十四年后甲平反回城，得悉乙也平反回城，甲便提了棋袋去乙家拜见，相见就对弈一个通宵。

对弈者也还罢了，最不可理解的是观弈的，在城市，如北京、上海，何等的大世界，或如偏远窄小的西宁、拉萨，夜一降临，街上行人稀少，那路灯杆下必有一摊一摊围观下棋的。他们是些有家不归之人，亲善妻子儿女不如亲善棋盘棋子，借公家的不掏电费的路灯,借夜晚不扣工资的时间,大摆擂台。围观的一律伸长脖子(所以中国长脖子的人多!),双目圆睁,嘶声叫嚷着自己的见解。弈者每走一步妙招,锐声叫好,若一步走坏,懊丧连天,都企图垂帘听政,但往往弈者仰头看看,看见的都是长脖颈上的大喉结,没有不上下活动的,大小红嘴白牙,皆在开合,唾沫就乱雨飞溅,于是笑笑,坚不听从。不听则骂:臭棋!骂臭棋,弈者不应,大将风范,应者则是别的观弈人,双方就各持己见,否定,否定之否定,最后变脸失色,口出秽言,大打出手。西安有一中年人,夜里孩子有病,妇人让去医院开药,路过棋摊,心里说不看不看,脚却将至,不禁看了一眼,恰棋正走到难处,他就开始指点,但指点不被采纳反被观弈者所讥,双双打了起来,口鼻出血。结果,医院是去了,看病的不是儿子而是他。

在乡下,农人每每在田里劳作累了,赤脚出来,就于埝头对弈。那赫赫红日当顶,头上各覆荷叶,杀一盘,甲赢乙输,乙输了乙不服,甲赢了欲再赢,这棋就杀得一盘末了又复一盘。家中妇人儿女见爹不归,以为还在辛劳,提饭罐前去三声四声喊不动,妇人说:"吃!"男人说:"能吃个屁!有马在守着怎么吃?"孩子最怕爹下棋,赢了会搂在怀里用胡楂扎脸,输了则脸面黑封,动辄擂拳头。以致流传一个笑话,说是一孩子在家做作业,解释"孔子曰……而已",遂去问爹:"而已是什么?"爹下棋正输了,一挥手说:"你娘的脚!"孩子就在作业本上写了:"孔子曰……你娘的脚!"

不论城市乡村,常见有一职业性之人,腰带上吊一棋袋,白发长须,一脸刁钻古怪,在某处显眼地方,摆一残局。摆残局者,必是高手。来应战者,走一步两步若路数不对,设主便道:"小子,你走吧,别下不了台!"败走的,自然要在人家的一面白布上留下红指印,设主就抖着满是红指印的白布四处张扬,以显其威。若来者一步两步对着路数,设主则一手牵了对方到一旁,说"师傅教我几手吧!"两人进酒铺坐喝,从此结为挚友。

能与这些设主成挚友的,大致有二种人,一类是小车司机。中国的小车坐的都是官员,官员又不开车,常常开会或会友,一出车门,将车留下,将司机也留下,或许这会开得没完没了,或许会友就在友人家用膳,酒醉半天不醒,这司机就一直在车上等着,也便就有了时间潜心读棋书,看棋局了。一类是退休的干部。在台上时日子万般红火,退休后冷落无比,就从此不饲奸贼猫咪,宠养走狗,喜欢棋道,这棋艺就出奇地长进。

中国号称礼仪之邦,人们做什么事都谦谦相让,你说他好,他偏说"不行",但偏有两处撕去虚伪,露了真相。一是喝酒,皆口言善饮,李太白的"惟有饮者留其名"没有不记得的,分明醉如烂泥,口里还说:"我没有醉……没醉……"倒在酒桌下了还是:"没……醉……醉!"另外就是下棋,从来没有听过谁说自己棋艺不高,言论某某高手,必是:"他那臭棋篓子呗!"所以老者对少者输了,会说:"我怎么去赢小子?"男的输了女的,是"男不跟女斗嘛!"找上门的赢了,主人要说:"你是客人呣!"年龄相仿,地位等同的,那又是:"好汉不赢头三盘呀!"

象棋属于国粹,但象棋远没围棋早,围棋渐渐成为高层次的人的雅事,象棋却贵贱咸宜,老幼咸宜,这似乎是个谜。围棋是不分名称的,棋子就是棋子,一子就是一人,人可左右占位,围住就行,象棋有帅有车,有相有卒,等级分明,各有限制。而中国的象棋代代不衰,恐怕是中国人太爱政治的缘故儿吧?他们喜欢自己做将做帅,调车调马,贵人者,以再一次施展自己的治国平天下的策略,平民者则作一种精神上的享受,以致词典上有了"眼观全局,胸有韬略"之句。于是也就常有"××他能当官,让我去当,比他有强不差!"中国现在人皆浮躁,劣根全在于此。古时有清谈之士,现在也到处有不干实事、夸夸其谈之人,是否是那些古今存在的观弈人呢？所以善弈者有了经验:越是观者多,越不能听观者指点;一人是一套路数,或许一人是雕龙大略,三人则主见不一,互相抵消为雕虫小技了。

虽然人们在棋盘上变相过政治之瘾,但中国人毕竟是中国人,他们对实力不如自己的,其势凶猛,不可一世,故常有"我让出你两个马吧!""我用半边兵力杀你吧!"若对方不要施舍,则在胜时偏不一下子致死,故意玩弄,行猫对鼠的伎俩,又或以吃掉对方所有棋子为快,结果棋盘上仅剩下一个帅子,成孤家寡人。而一旦遇着强手,那便"心理压力太大",缩手缩脚,举棋不定,方寸大乱,失了水准。真怀疑中国足球队的教练和队员都是会走象棋的。

这样,弈坛上就经常出现怪异现象:大凡大小领导,在本单位棋艺均高。他们也往往产生错觉,以为真个"拳打少林,脚踢武当"了。当然便有一些初生牛犊以棋对话,警告顶头上司,他们的战法既不用车,也不架炮,专事小卒。小卒虽在本地受重重限制,但硬是冲过河界,勇敢前进,竟直捣对方城池擒了主帅老儿。

×州便有一单位,春天里开展棋赛,是一英武青年与几位领导下盲棋。一间厅子,青年坐其中,领导分四方,青年皓齿明眸,同时以进卒向四位对手攻击,四位领导皆十分艰难,面色由黑变红变白,搔首抓耳。青年却一会儿去上厕所,一会儿去倒水沏茶,自己端一杯,又给四位领导各端一杯。冷丁对方叫出一字,他就脱口接应走出一步。结果全胜。这青年这一年当选了单位的人大代表。

草于1987年4月9日

闲　人

不知从什么时候起，社会上有了闲人。

闲人总是笑笑的。"喂，哥儿们！"他一跳一跃地迈雀步过来了，还趿着鞋，光身子穿一件褂子，也不扣，或者是正儿八经的西服领带——总之，他们在着装上走极端，却要表现一种风度。他们看不起黑呢中山服里的衬衣很脏的人，耻笑西服的纽扣紧扣却穿一双布鞋的人。但他们戴起了鸭舌帽，许多学者从此便不戴了，他们将墨镜挂在衣扣上，许多演员从此便不挂了——"几时不见哥儿们了，能请吃一顿吗？"喊着要吃，却没乞相，扔过来的是一颗高档的烟。弹一颗自个吸了，开始说某某熟人活得太累，脸始终是思考状，好像杞人忧天，又取笑某某熟人见面总是老人还好，孩子还乖？末了就谈论天气，那一颗烟在说话的嘴上左右移动，间或喷出一个极大的烟圈，而拖鞋里的小拇指头一开一合地动。

闲人的相貌不一定俊，其实他们嫉恨是小白脸，但体格却非常好，有一手握破鸡蛋之力。和你握手的时候，暗中使劲令你生痛，据说其父亲要教训，动手来打，做闲人的儿子会一下子将老子端起来，然后放到床上去，不说一句话，老子便知道儿子的存在了。他要请客，裹胁你去羊肉串摊，说一声吃吧，自己就先吃开，看见他一气吃下一百二十串羊肉，喝下十瓶啤酒，你目瞪口呆，"我有一个好胃!"他向你夸耀,还介绍他还能饿,常常一天到黑只吃一顿饭,却不减膘,仍有力气。他说:"你行吗?"你不行。

　　闲人的钱并不多,这如同时髦女子的精致的小提兜里总塞着卫生纸一样,可闲人不珍贵钱,所以显得总有钱。他们口袋里绝不会装两种不同质量的烟,从没有摸索半天才从口袋里捏出一颗自个吸,嘶啦一声,一包高档烟盒横着就撕开了,分给所有在场的人,没有烟了,却蹴在屋角刨寻垃圾中的烟头。钱是人身上垢痂,这理论多达观,所以出门就招出租车,也往豪华宾馆里去住一夜两夜。逢着骑自行车,那几乎是表演杂技,于人窝里穿来拐去,快则飞快,慢则立定,姿势是头缩下去,腰弓着,腿圈成圆形,用脚跟不停地倒转脚踏板。

　　闲人的朋友最多,没有贵贱老幼之分,三句话能说得来,咱们就是朋友了,"为朋友两肋插刀",让我办事就是看得起我呀!闲人的有些朋友是在厕所撒尿时就交上了。当然,这些朋友有的交往时间长,有的交往时间短,但走了旧的来了新的,闲人没有"世上难逢一知己"之苦。若有什么紧俏东西买不到,寻闲人去,闲人很快就买来了,而且比一般价格还便宜。要搬家,寻闲人去,闲人一个人会扛件大衣柜上楼的。不幸的是家中失盗,你长吁短叹,闲人骂一顿娘就出去了,等回来,说:"我问过一个贼头了,他说你们家这一片不属于他管,我告诉了他,不属于他的地盘就查查是谁的地盘?"闲人不偷人,但偷人的贼是不敢得罪闲人的。

　　闲人真瞧不起小偷、流氓,甚至那些嫖客、暗娼和拦路强奸者,觉得没意思、恶心,也害怕艾滋病。但闲人谈女人的头发、鼻子,他们相信男人的成熟和人生的圆满是需要有一个醉心的女人,甚至公开讥笑自己的从事文艺工作的父亲之所以事业不辉煌是只守了一个自己的母亲,他们有意地留神看街上来往的女人,张口闭口阐述花朵是花草的生殖器什么的,到后来,闲人们分别是有了姑娘,姑娘自然很漂亮,他们就会同骑一辆车子招摇过市,姑娘分腿骑在后座上,腿长而圆像两个大白萝卜。闲人待姑娘好时好得你吃饱了还要往你嘴里塞油饼,不好了,就吼一声:"滚!"但姑娘不滚,十分忠诚。

闲人爱姑娘,但最感痛快的并不是姑娘,因为闲人们都年轻,又都练过拳脚,至少家里有一把四十斤重的石锁。路过树下,忍不住要跳起来抓那树枝,抓住了要一把拉断下来,杀鸡就剁鸡头,偏再放开让没头的鸡瞎走一阵,将那桃花一般的血印在雪地上。街上有人打架了,闲人会立即前去围观,是几个男的为了一个女子在恶斗,女子娇嫩艳丽,他看着谁个有理,谁个弱者,便上去抱打不平了,混战中男的一尽逃散,人们都在说闲人是为了那个女人,闲人上前却要扇女子一个巴掌,骂一声"没志气!"而去。艳丽的女子当然使闲人也感悦目,但女子在挨过巴掌之后嘴角淌下血来更使闲人觉得奇艳无比!在回家的路上乃至回家之后,闲人还在激动不已,眼前尽是女子嘴角的血道红蚯蚓般地顺下巴和脖子涎流而下的图像,甚至想象到乱交情人的女子如果被人剖开了腔腹,倒地痉挛,样子又是何等壮观!但闲人这时候忽觉手疼,看时,右手的无名指却没有了,知道一定是混战中被男的刀砍了,他赶忙跑回现场,沙土地果然有一截手指,遗憾是没有见到手指初断时的蹦跳。

闲人是个直肠人,但闲人偏不自认,因为在一些年里,闲人最讨厌那些拍胸膛说"咱是粗人"的人,"粗人"本是自贱,却成了一种美饰。所以,谁家夫妇闹矛盾,闹得厉害,他不会"见婚姻说合","过不成就换班子"!他总是这么说:"我给你物色一个!"闲人不失言,果然物色一个又一个。有的家庭后来是散了,有的家庭闹过又好了,又好的家庭少不得男方将闲人的话说知女方,闲人就恶下了这家的主妇,闲人见面仍叫"嫂子"!嫂子不理,不理了拉倒。

闲人的眼里才没有什么权威的,孔圣人不就是那个老孔吗?剧院里看戏,戏不好,"换节目!换节目!"领导作报告又是官话套话空话,闲人就头一歪睡着了。闲人顶熟悉的是体育明星,次之是通俗歌星,当然也有想一睹风采而去听一位外地来的大名人的专场报告,回来了就打开录音机模仿名人的声调也演说,但演说的内容就是:中华人民共和国××省××市伟大的政治家、杰出的哲学家、天才的艺术家×××先生……这位先生的名字一定是他的名字。录毕就放,一边听一边哈哈大笑,随之也就将让名人签名的纸展示众人,然后让某一位去上厕所用。

闲人却并不是四肢发达头脑简单的角色,可以说,都极聪慧,他们都有文化,且喜欢买书,只是从不读完每一本书。但学问已经足够了,知道弗洛伊德,知道后羿,知道孟子、荷马、毕加索和阿Q。当穿着牛仔裤并让它拖在地上在夜街上转悠,闲人差不多会碰着闲人,他们就会一起走到某一个闲人家去,在狼藉不堪的小屋中拒绝筷子而用手抓食着卤肉和鸡腿,就谈论天文、地理、玄学、哲学、经济,由女人说到了造人的女娲,由官倒说到了戈多,最多的说人生,说人生说到地球旋转,那么每一个人都是倒挂在地球上的,就不免说一句每次都说的"上帝死了"!然后有人出门就尿,有人将一口痰就吐在桌子下,咒骂"地球太小了!"有人推开了窗户看着城市的夜的风景,伤心了,有人庄严地去厕所,蹲下拉屎,有人抓过一本书要读,却又压在了屁股下。这一夜他们门窗洞开着让酒醉到天明,天明,洗脸,刷牙,弹掉衣服上的灰尘,道貌岸然地出去各干各的事了。

闲人不怕苦,不怕死,满世界里惟有两怕。一怕结婚,虽然不断地有姑娘相伴,但闲人已经是老大年龄了仍未结婚。他们总希望有一个美丽的,既温柔又风野,能吸烟能喝酒能跳舞能谈人生能打麻将的老婆,遗憾的是众条件总不能集中于一身的姑娘。二怕寂寞。寂寞如狼怕火,寂寞如鬼怕唾。他们预防着某一日任何人任何力量治不倒他们而要将他们寂寞独处的残酷,于是就幻想着真有那么一日,他们要爬上城中的报话大楼的顶尖上,然后用一条绳索一头系在楼顶尖一头套在脖子上纵身一跳,吊在半空了。因为吊在城中的最高点,全城的人都看得见,而且报话的大钟是每一小时要长鸣一次。

说闲人是一个阶级,这肯定有人要批评用词不准,那么,是一些人,是阶层,是……反正闲人在社会上多了。据闻在一次高级的会上,天文学家说,因为天上的太阳的黑子增多才有了这些闲人,地理学家说,因为地上的草木减少才有了这些闲人,人类学家却一口咬定是人太多的缘故,南瓜葫芦一条蔓上花开得太多必然是有谎花的。会议上的这些争论当然闲人不可能听到,听到的是平日周围的人喊其"闲人",闲人就甚是不悦,回一句:哼,我们才是忙人哩!

1988 年

祭 父

父亲贾彦春,一生于乡间教书,退休在丹凤县棣花;年初胃癌复发,七个月后便卧床不起,饥饿疼痛,疼痛饥饿,受罪至第二十七天的傍晚,突然一个微笑而去世了。其时中秋将近,天降大雨,我还远在四百里之外,正预备着翌日赶回。

我并没有想到父亲的最后离去竟这么快。以往家里出什么事,我都有感应,就在他来西安检查病的那天,清早起来我的双目无缘无故地红肿,下午他一来,我立即感到有悲苦之灾了。经检查,癌已转移,半月后送走了父亲,天天心揪成一团,却不断地为他卜卦,卜辞颇吉祥,还疑心他会创造出奇迹,所以接到病危电报,以为这是父亲的意思,要与我交待许多事情。一下班车,看见戴着孝帽接我的堂兄,才知道我回来得太晚了,太晚了。父亲安睡在灵床上,双目紧闭,口里衔着一枚铜钱,他再也没有以往听见我的脚步便从内屋走出来喜欢地对母亲喊:"你平回来了!"也没有我递给他一支烟时,他总是摆摆手而拿起水烟锅的样子,父亲永远不与儿子亲热了。

守坐在灵堂的草铺里,陪父亲度过最后一个长夜。小妹告诉我,父亲饲养的那只猫也死了。父亲在水米不进的那天,猫也开始不吃,十一日中午猫悄然毙命,七个小时后父亲也倒了头。我感动着猫的忠诚,我和我的弟妹都在外工作,晚年的父亲清淡寂寞,猫给过他慰藉,猫也随他去到另一个世界。人生的短促和悲苦,大义上我全明白,面对着父亲我却无法超脱。满院的泥泞里人来往作乱,响器班在吹吹打打,透过灯光我呆呆地望着那一棵梨树,还是父亲亲手栽的,往年果实累累,今年竟独独一个梨子在树顶。

父亲的病是两年前做的手术,我一直对他瞒着病情,每次从云南买药寄他,总是撕去药包上癌的字样。术后恢复得极好,他每顿已能吃两碗饭,凌晨要喝一壶茶水,坐不住,喜欢快步走路。常常到一些亲戚朋友家去,撩了衣服说:瞧刀口多平整,不要操心,我现在什么病也没有了。看着父亲的豁达样,我暗自为没告诉他病情而宽慰,但偶尔发现他独坐的时候,神色甚是悲苦,竟有一次我弄来一本算卦的书,兄妹们都嚷着要查各自的前途机遇,父亲走过来却说:"给我查一下,看我还能活多久?"我的心咯噔一下沉起来,父亲多半是知道了他得的什么病,他只是也不说出来罢了。卦辞的结果,意思是该操劳的都操劳了,待到一切都好。父亲叹息了一声:"我没好福。"我们都黯然无语,他就又笑了:"这类书怎能当真?人生谁不是这样呢!"可后来发生的事情,不幸都依这卦辞来了。

先是数年前母亲住院,父亲一个多月在医院伺候,做手术的那天,我和父亲守在手术室外,我紧张得肚子疼,父亲也紧张得肚子疼。母亲病好了,大妹出嫁,小妹高考却不中,原本依父亲的教龄可以将母亲和小妹的户口转为城镇户口,但因前几年一心想为小弟有个工作干,自己硬退休回来,现在小妹就只好窝在乡下了。为了小妹的前途,我写信申请,父亲四处寻人说情,他是干了几十年教师工作,不愿涎着脸给人家说那类话,但事情逼着他得跑动,每次都十分为难。他给我说过,他曾鼓很大勇气去找人,但当得知所找的人不在时,竟如释重载,暗自庆幸,虽然明日还得再找,而今天却免去一次受罪了。整整两年有余,小妹的工作有了着落,父亲喜欢得来人就请喝酒,他感激所有帮过忙的人,不论年龄大小皆视为贾家的恩人。但就在这时候,他患了癌病。担惊受怕的半年过去了,手术后身体一天天好起来,这一年春节父亲一定要我和妻子女儿回老家过年,多买了烟酒,好好欢度一番,没想年前两天,我的大妹夫突然出事故亡去。病后的父亲老泪纵横,以前手颤的旧病又复发,三番五次划火柴点不着烟。大妹带着不满一岁的外甥重又回住到我家,沉重的包袱又一次压在父亲的肩上。为了大妹的生活和出路,父亲又开始了比小妹当年就业更艰难的奔波,一次次地碰壁,一夜夜地辗转不眠。我不忍心看着他的劳累,甚至对他发火,他就再一次赶来给我说情况时,故意做出很轻松的样子,又总要说明他还有别的事才进城的。大妹终于可以吃商品粮了,甚至还去外乡做临时工作,父亲实想领大妹一块去乡政府报到,但癌病复发了,终未去成。父亲之所以在动了手术后延续了两年多的生命,他全是为儿女要办完最后一件事,当他办完事了竟不肯多活一月就悠然长逝。

俗话讲,人生的光景几节过,前辈子好了后辈子坏,后辈子好了前辈子坏,可父亲的一生中却没有舒心的日月。在他的幼年,家贫如洗,又常常遭土匪的绑票,三个兄弟先后被绑票过三次,每次都是变卖家产赎回,而年仅七岁的他,也竟在一个傍晚被人背走到几百里外。贾家受尽了屈辱,发誓要供养出一个出头的人,便一心要他读书。父亲提起那段生活,总是感激着三个大伯,说他夜里读书,三个大伯从几十里外扛木头回来,为了第二天再扛到二十里外的集市上卖个好价,成半夜在院中用石槌砸木头的大小截面,那种"咣咣"的响声使他不敢懒散,硬是读完了中学,成为贾家第一个有文化的人。此后的四五十年间,他们兄弟四人亲密无间,二十二口的大家庭一直生活到六十年代,后来虽然分家另住,谁家做一顿好吃的,必是叫齐别的兄弟。我记得父亲在邻县的中学任教时期,一直把三个堂兄带在身边上学,他转到哪儿,就带在哪儿,堂兄在学生宿舍里搭合铺,一个堂兄尿床,父亲就把尿床的堂兄叫去和他一块睡,一夜几次叫醒小便,但常常堂兄还是尿湿了床,害得父亲这头湿了睡那头,那头暖干了睡这头。我那时和娘住在老家,每年里去父亲那儿一次,我的伯父就用箩筐一头挑着我,一头挑着粮食翻山越岭走两天,我至今记得我在摇摇晃晃的箩筐里看夜空的星星,星星总是在移动,让我无法数清。当我参加了工作第一次领到了工资,三十九元钱先给父亲寄去了十元,父亲买了酒便请了三个伯父痛饮,听母亲说那一次父亲是醉了。那年我回去,特意跑了半个城买了一根特大的铝盒装的雪茄,父亲拆开了闻了闻,却还要叫了三个伯父,点燃了一口一口轮流着吸。大伯年龄大,已经下世十多年了,按常理,父亲应该照看着二伯和三伯先走,可谁也没想到,料理父亲丧事的竟是二伯和三伯。在盛殓的那个中午,贾家大小一片哭声,二伯和三伯老泪纵横,瘫坐在椅子上不得起来。

"文化革命"中,家乡连遭三年大旱,生活极度拮据,父亲却被诬陷为历史反革命关进了牛棚。正月十五的下午,母亲炒了家中仅有的一疙瘩肉盛在缸子里,伯父买了四包香烟,让我给父亲送去。我太阳落山时赶到他任教的学校,父亲已经遭人殴打过,造反派硬不让见,我哭着求情,终于在院子里拐角处见到了父亲,他黑瘦得厉害,才问了家里的一些情况,监管人就在一边催时间了。父亲送我走过拐角,却将缸子交给我,说:"肉你拿回去,我把烟留下就是了。"我出了院子的栅栏门,门很高,我只能隔着栅栏缝儿看父亲,我永远忘不了父亲呆呆站在那儿看我的神色。后来,父亲带着一身伤残被开除公职押送回家了,那是个中午,我正在山坡上拔草,听到消息扑回来,父亲已躺在床上,一见我抱了我就说:"我害了我娃了!"放声大哭。父亲是教了半辈子书的人,他胆小,又自尊,他受不了这种打击,回家后半年内不愿出门。但家庭从政治上、经济上一下子沉沦下来,我们常常吃了上顿没有下顿,自留地的包谷还是嫩的便掰了回来,包谷棵儿和穗儿一起在碾子上砸了做糊糊吃,麦子不等成熟,就收回用锅炒了上磨。全家惟一指望的是那头猪,但猪总是长一身红绒,眼里出血似地盼它长大了,父亲领着我们兄弟将猪拉到十五里的镇上去交售,但猪瘦不够标准,收购站拒绝收。听说二十里外的邻县一个镇上标准低,我们决定重新去交,天不明起来,特意给猪喂了最好的食料,使猪肚撑得滚圆,我们却饿着,父亲说:"今日把猪交了,咱父子仨一定去饭馆美美吃一顿!"这话极大地刺激了我和弟弟,赤脚冒雨将猪拉到了镇上。交售猪的队排得很长,眼看着轮到我们了,收购员却喊了一声:"下班了!"关门去吃饭。我们叠声叫苦,没有钱去吃饭,又不能离开,而猪却开始排泄,先是一泡没完没了的尿,再是翘了尾巴要拉,弟弟急了,拿脚直踢猪屁股,但最后还是拉下来,望着那老大的一堆猪粪,我们明白那是多少钱的分量啊。骂猪,又骂收购员,最后就不骂了,因为我和弟弟已经毫无力气了。直等到下午上班,收购员过来在猪的脖子上捏捏,又在猪肚子上揣揣,头不抬地说:"不够等级!下一个——"父亲首先急了,忙求着说:"按最低等级收了吧。"收购员翻着眼训道:"白给我也不收哩!"已经去验下一头猪了。父亲在那里站了好大一会儿,又过来蹲在猪旁边,他再没有说话,手抖着在口袋里掏烟,但没有掏出来,扭头对我们说:"回吧。"父子仨默默地拉猪回来,一路上再没有说肚子饥的话。

在那苦难的两年里,父亲耿耿于怀的是他蒙受的冤屈,几乎过三天五天就要我来写一份翻案材料寄出去。他那时手抖得厉害,小油灯下他讲他的历史,我逐字书写,寄出去的材料百分之九十泥牛入海,而父亲总是自信十足。家贫买不起纸,到任何地方一发现纸就眼开,拿回来仔细裁剪,又常常纸色不同,以致后来父子俩谈起翻案材料只说"五色纸"就心照不宣。父亲幼年因家贫害过胃疼,后来愈过,但也在那数年间被野菜和稻糠重新伤了胃,这也便是他恶变胃癌的根因。当父亲终于冤案昭雪后,星期六的下午他总要在口袋里装上学校的午餐,或许是一片烙饼,或是四个小素包子,我和弟弟便会分别拿了躲到某一处吃得最后连手也舔了,末了还要趴在泉里喝水涮口咽下去。我们不知道那是父亲饿着肚子带回来的,最最盼望每个星期六傍晚太阳落山的时候。有一次父亲看着我们吃完,问:"香不香?"弟弟说:"香,我将来也要当个教师!"父亲笑了笑,别过脸去。我那时稍大,说现在吃了父亲的馍馍,将来长大了一定买最好吃的东西孝敬父亲。父亲退休以后,孩子们都大了,我和弟弟都开始挣钱,父亲也不愁没有馍馍吃,在他六十四岁的生日我买了一盒寿糕,他却直怨我太浪费了。五月初他病加重,我回去看望,带了许多吃食,他却对什么也没了食欲,临走买了数盒蜂王浆,叮咛他服完后继续买,钱我会寄给他的,但在他去世后第五天,村上一个人和我谈起来,说是父亲服完了那些蜂王浆后曾去商店打问过蜂王浆的价钱,一听说一盒八元多,他手里捏着钱却又回来了。

父亲当然是普通的百姓,清清贫贫的乡间教师,不可能享那些大人物的富贵,但当我在城里每次住医院,看见老干部楼上的那些人长期为小病疗养而坐在铺有红地毯的活动室中玩麻将,我就不由得想到我的父亲。

在贾家族里,父亲是文化人,德望很高,以至大家分为小家,小家再分为小家,甚至村里别姓人家,大到红白喜丧之事,小到婆媳兄妹纠纷,都要找父亲去解决。父亲乐意去主持公道,却脾气急躁,往往自己也要生许多闷气。时间长了,他有了一定的权威,多少也有了以"势"来压的味道,他可以说别人不敢说的话,竟还动手打过一个不孝其父的逆子的耳光,这少不得就得罪了一些人。

为这事我曾埋怨他，为别人的事何必那么认真，父亲却火了，说道："我半个眼窝也见不得那些龌龊事！"父亲忠厚而严厉，胆小却嫉恶如仇，他以此建立了他的人品和德行，也以此使他吃了许多苦头，受了许多难处。当他活着的时候，这个家庭和这个村子的百多户人家已经习惯了父亲的好处，似乎并不觉得什么，而听到他去世的消息，猛然间都感到了他存在的重要。我守坐在灵堂里，看着多少人来放声大哭，听着他们哭诉"你走了，有什么事我给谁说呀？"的话，我欣慰着我的父亲低微却崇高，平凡而伟大。

在我小小的时候，我是害怕父亲的，他对我的严厉使我产生惧怕，和他单独在一起，我说不出一句话，极力想赶快逃脱。我恋爱的那阵，我的意见与父亲不一致，那年月政治的味道特浓，他害怕女方的家庭成分影响了我，他骂我，打我，吼过我"滚"。在他的一生中，我什么都听从他，惟那件事使他伤透了心。但随着时代的变化，家庭出身已不再影响到个人的前途，但我的妻子并未记恨他，像女儿一样孝敬他，他又反过来说我眼光比他准，逢人夸说儿媳的好处，在最后的几年里每年都喜欢来城中我的小家中住一个时期。但我在他面前，似乎一直长不大，直到我的孩子已经上小学了，一次他来城里，见面递给我一支烟来吸，我才知道我成熟了，有什么事可以直接同他商量。父亲是一个普通的乡村教师，又受家庭生计所累，他没有高官显禄的三朋，也没有身缠万贯的四友，对于我成为作家，社会上开始有些虚名后，他曾是得意和自豪过。他交识的同行和相好免不了向他恭贺，当然少不了向他讨酒喝，父亲在这时候是极其慷慨的，身上有多少钱就掏多少钱，喝就喝个酩酊大醉。以致后来，有人在哪里看见我发表了文章，就拿着去见父亲索酒。他的酒量很大，原因一是"文革"中心情不好借酒消愁，二是后来为我的创作以酒得意，喝酒喝上了瘾，在很长的日子里天天都要喝的，但从不一人独喝，总是吆喝许多人聚家痛饮，又一定要母亲尽一切力量弄些好的饭菜招待。母亲曾经抱怨：家里的好吃好喝全让外人享用了！我也为此生过他的气，以我拒绝喝酒而抗议，父亲真有一段时间也不喝酒了。一九八二年的春天，我因一批小说受到报刊的批评，压力很大，但并未透露一丝消息给他。他听人说了，专程赶三十里到县城去翻报纸，熬煎得几个晚上睡不着。我母亲没文化，不懂得写文章的事，父亲给她说的时候，她困得不时打盹，父亲竟生气得骂母亲。第二天搭车到城里见我，我的一些朋友恰在我那儿谈论外界的批评文章，我怕父亲听见，让他在另一间房内休息，等来客一走，他竟过来说："你不要瞒我，事情我全知道了。没事不要寻事，有了事就不要怕事。你还年轻，要吸取经验教训，路长着哩！"说着又返身去取了他带来的一瓶酒，说："来，咱父子都喝喝酒。"他先倒了一杯喝了，对我笑笑，就把杯子交给我。他笑得很苦，我忍不住眼睛红了。这一次我们父子都重新开戒，差不多喝了一瓶。

自那以后，父亲又喝开酒了，但他从没有喝过什么名酒。两年半前我用稿费为他买了一瓶茅台，正要托人捎回去，他却来检查病了，竟发现患的是胃癌。手术后，我说："这酒你不能喝了，我留下来，等你将来病好了再喝。"我心里知道，父亲怕是再也喝不成了，如果到了最后不行的时候，一定让他喝一口。在父亲生命将息的第十天，我妻子陪送老人回老家，我让把酒带上。但当我回去后，父亲已经去世了，酒还原封未动。妻说：父亲回来后，汤水已经不能进，就是让喝酒，一定腹内烧得难受，为了减少没必要的痛苦，才没有给父亲喝。盛殓时，我流着泪把那瓶茅台放在棺内，让我的父亲在另一个世界上再喝吧。如今，我的文章还在不断地发表出版，我再也享受不到那一份特殊的祝贺了。

父亲只活了六十六岁，他把年老体弱的母亲留给我们，他把两个尚未成家的小妹留给我们，他把家庭的重担留给了从未担过重的长子的我。对于父亲的离去,我们悲痛欲绝,对于离去我们,父亲更是不忍。当检查得知癌细胞已广泛转移毫无医治可能的结论时,我为了稳住父亲的情绪,还总是接二连三地请一些医生来给他治疗,事先给医生说好一定要表现出检查认真,多说宽心话。我知道他们所开的药全都是无济于事的,但父亲要服只得让他服,当然是症状不减,且一日不济一日,他说:"平呀,现在咋办呢?"我能有什么办法呀,父亲。眼泪从我肚子里流走了,脸上还得安静,说:"你年纪大了,只要心放宽静养,病会好的。"说罢就不敢看他,赶忙借故别的事走到另一个房间去抹眼泪。后来他预感到了自己不行了,却还是让扶起来将那苦涩的药面一大勺一大勺地吞在口里,强行咽下,但他躺下时已泪流满面,一边用手擦着一边说:"你妈一辈子太苦,为了养活你们,舍不得吃,舍不得穿,到现在还是这样。我只说她要比我先走了,我会把她照看得好好的……往后就靠你们了。还有你两个妹妹……"母亲第一个哭起来,接着全家大哭,这是我们惟有的一次当着父亲的面痛哭。我真担心这一哭会使父亲明白一切而加重他的负担,但父亲反倒劝慰我们,他照常要服药,说他还要等着早已订好的国庆节给小妹结婚的那一天,还叮咛他来城前已给菜地的红萝卜浇了水,菜苗一定长得茂密,需要间一间。就在他去世的前五天,他还要求母亲去抓了两副中草药熬着喝。父亲是极不甘心地离开了我们,他一直是在悲苦和疼痛中挣扎,我那时真希望他是个哲学家或是个基督教徒,能透悟人生,能将死自认为一种解脱,但父亲是位实实在在的为生活所累了一生的平民,他的清醒的痛苦的逝去使我心灵不得安宁。当得知他在最后一刻终于绽出一个微笑,我的心多多少少安妥了一些。可以告慰父亲的是,母亲在悲苦中总算挺了过来,我们兄妹都一下子更加成熟,什么事都处理得很好。小妹的婚事原准备推迟,但为了父亲灵魂的安息,如期举办,且办得十分圆满。这个家庭没有了父亲并没有散落,为了父亲,我们都在努力地活着。

  按照乡间风俗,在父亲下葬之后,我们兄妹接连数天的黄昏去坟上烧纸和燃火,名曰"打怕怕",为的是不让父亲一人在山坡上孤单害怕。冥纸和麦草燃起,灰屑如黑色的蝴蝶满天飞舞,我们给父亲说着话,让他安息,说在这面黄土坡上有我的爷爷奶奶,有我的大伯,有我村更多的长辈,父亲是不会孤单的,也不必感到孤单,这面黄土坡离他修建的那一院房子不远,他还是极容易来家中看看;而我们更是永远忘不了他,会时常来探望他的。

1989年10月13日写毕

父亲去世后三十三天,"五七"之前

狐　石

　　我想,这世上的相得相失都是有着缘分的,所以赵源在显示它的时候,我开了口,他只得送与了我。赵源说:我保存了它七年,不曾一日离过身的。或许是这样,我说,可我等了它七年。
　　七年不是个小的时间。
　　那是在乡下,冬天里的一场雪,崖根下出现了一溜梅花印,房东阿哥说夜里走过狐了。从那一刻起,我极力想认识狐,欲望是那么强烈。曾追了梅花去寻,只寻到梦里。梦里的狐是一团火红,因此它的蹄印才是梅花。以后是朝朝暮暮读《聊斋》,要做那赶考前闭门读书的白面书生。结果是年过四十,误了仕途,废了经济,一身愁病,老婆也离我而去了。一切求适应一切都未能适应,原本到了不惑却事事怎能不惑,我不知道了这是什么命运?好在孤寂一人的时候,又是下雪的冬天,赵源送了它来,我才醒悟我为什么鬼催般地离了婚,又不顾一切地摆脱名誉利禄,原来是它要到来。
　　多么感念赵源!他从远远的地方来,在这个城市里打问了数天,昔日的同学,今日却做了一回使者了。
　　我捧在手心,站在窗前的阳光下,一遍一遍地看它。它确实太小了,只有指头蛋大,整个形状为长方形,是灰泥石的那种,光滑洁净,而在一面的右下角,跪卧了那只狐的。狐仍是红狐,瘦而修长,有小小的头,有耳,有尖嘴,有侧面可见的一只略显黄的眼睛,表情在倾听什么,又似乎同时警惕了某一处的动静,或者是长跑后的莫名其妙的沉思。细而结实的两条前肢,一条撑地,使身子坐而不坠,弹跃欲起,一条提在胸前,腰身直竖了是个倒三角,在三角尖际几乎细到若离若断了,却优美地伏出一个丰腴的臀来,臀下有屈跪的两条后肢,一条蓬蓬勃勃的毛尾软软地从后向前卷出一个弧形。整个狐,鸡血般得红,几乎要跳石而出。我去宝石店里托人在石的左上角凿一小眼儿,用细绳系在脖颈上。这狐就日夜与我同在了。

惊奇的是,这狐的模样与我七年前想象的狐十分相似。这狐肯定是要来迷惑我的。但它知道,它是兽,我是人,人兽是不能相见的,相见必是残杀,世间那么多狐皮的制品,该是枉杀了多少钟情的尤物。但它一定是为了见到我,七年里苦苦修炼,终于成精,就寄身在这小小的石头里来相会了。

这样的觉悟使我心花怒放,愈是整日面对了狐石想入非非,一次次呼它而出,盼望它有《聊斋》的故事,长存天地间的一段传奇。我差不多要神经了,四十多岁的人,从不会相思,学会了相思,就害相思,终日想它,不去想它,岂不想它?! 身子于是瘦下来,越发多病多愁,疑心是中了狐精之邪了。我不管的,既是这狐吮我的精气而幻生,在那一个美丽的生命里有我的成分,我也是美丽的;既是我被狐吞噬,以它的腹部作为我的坟墓又何尝不是好的归宿呢?我这般企图着,但我究竟还是我,狐石依旧是石头,石头不是鸡蛋,不能暖熟的,倒恍惚了这石上恐怕是没有红狐的,它的显示全因了我的幻想,如达摩石壁的影石吧。

也就在这个冬天的那场雪里,一日,我往园子赏一株梅的,正吟着"梅似雪,雪如人,都无一点尘",梅的那边有五个女子在叫着"狐!狐!"就一片浪笑。原来其中一个,长腿蜂腰,一手往上拥着颧骨,一手抓了鼻子往下拉扯,脸庞窄削变形,眉与眼两头尖尖地斜竖起来,宛若狐相。我几乎被这场面看呆了,失态出声,浪笑戛然而止,该窘的原本属五个女子,我却拽梅逃避,撞得梅瓣落了一身。

这一回败露了村相,夜梦里却与那女子熟起来,她实在是通体灵性的人,艳而不妖,丽而不媚,足风标,多态度,能观音,能听看,轻骨柔姿,清约独韵。虽然有点野,野生动力,激发了我无穷的想像力和创造力。

终有一天,我想,我会将狐石系在了她的脖颈上,说:这个人儿,你已经幻化了与我同形,就做我的新妻吧。

道德经问世图

邻家少妇

我的老师

我的老师孙涵泊,是朋友的孩子,今年三岁半。他不漂亮,也少言语,平时不准父母杀鸡剖鱼,很有些良善,但对家里的所有来客却不瞅不睬,表情木然,显得傲慢。开始我见他只逗着取乐,到后来便不敢放肆,认了他是老师。许多人都笑我认三岁半的小孩为师,是我疯了,或耍矫情。我说这就是你们的错误了,谁规定老师只能是以小认大?孙涵泊!孙老师,他是该做我的老师的。

幼儿园的阿姨领了孩子们去郊游,他也在其中,阿姨摘了一抱花分给大家,轮到他,他不接,小眼睛翻着白,鼻翼一扇一扇的。阿姨问:你不要?他说:"花疼不疼?"对于美好的东西,因为美好,我也常常就不觉得了它的美好,不爱惜,不保卫,有时是觉出了它的美好,因为自己没有,生嫉恨,多诽谤,甚至参与加害和摧残。孙涵泊却慈悲,视一切都有生命,都应尊重和和平相处,他真该做我的老师。

晚上看电视,七点钟中央电视台开始播放国歌,他就要站在椅子上,不管在座的是大人还是小孩,是惊讶还是嗤笑,目不旁视,双手打起节拍。我是没有这种大气派的,为了自己的身家平安和一点事业,时时小心,事事怯场,挑了鸡蛋挑子过闹市,不敢挤人,惟恐人挤,应忍的忍了,不应忍的也忍了,最多只写"转毁为缘,默雷止谤"自慰,结果失了许多志气,误了许多正事。孙涵泊却无所畏惧,竟敢指挥国歌,他真该做我的老师。

我在他家书写条幅,许多人围着看,一片叫好,他也挤了过来,头歪着,一手掏耳屎。他爹问:你来看什么?他说:"看写。"再问:写的什么?说:"字。"又问:什么字?说:"黑字。"我的文章和书法本不高明,却向来有人恭维,我也是恭维过别人的,比如听别人说过某某的文章好,拿来看了,怎么也看不出好在哪里,但我要在文坛上混,又要证明我的鉴赏水平,或者某某是权威,是著名的,我得表示谦虚和尊敬,我得需要提拔和获奖,我也就说:"好呀,当然是好呀,你瞧,他写的这副联,'×××××××,××××××春',多好!"孙涵泊不管形势,不瞧脸色,不慎句酌字,拐弯抹角,直奔事物根本,他真该做我的老师。

街上两人争执,先是对骂,再是拳脚,一个脸上就流下血来,遂抓起了旁边肉店案上的砍刀,围观的人轰然走散,他爹牵他正好经过,便跑过去立于两人之间,大喊:"不许打架!打架不是好孩子,不许打仗!"现在的人很烦,似乎吃了炸药,鸡毛蒜皮的事也要闹出个流血事件,但街头上的斗殴发生了,却没有几个前去制止的。我也是,怕偏护了弱者挨强者的刀子,怕去制伏强者,弱者悄然遁去,警察来了脱离不了干系,多一事不如少一事,还是一走了之,事后连个证明也不肯做。孙涵泊安危度外,大义凛然,有徐洪刚的英勇精神,他真该做我的老师。

春节里,朋友带了他去一个同事家拜年,墙上新挂了印有西方诸神油画的年历,神是裸着或半裸着,来客没人时都注目偷看,一有旁人就脸色严肃。那同事也觉得年历不好,用红纸剪了小袄儿贴在那裸体上,大家才嗤嗤发笑起来,故意指着裸着的胸脯问他:这是什么?他玩变形金刚,玩得正起劲,看了一下,说:"妈妈的奶!"说罢又忙他的操作。男人们看待女人,要么视为神,要么视神是裸肉,身上会痒的,却绝口不当众说破,不说破而再不会忘记,独处里作了非非之想。我看这年历是这样的感觉,去庙里拜菩萨也觉得菩萨美丽,有过单相思,也有过那个——我还是不敢说——不敢说,只想可以是完人,是君子圣人,说了就是低级趣味,是流氓,千刀万剐。孙涵泊没有世俗,他不认作是神就敬畏,烧香磕头,他也不认作是裸体就产生邪念,他看了就看做是人的某一部位,是妈妈的某一部位,他说了也就完了,不虚伪不究竟,不自欺不欺人,平平常常,坦坦然然,他真该做我的老师。

　　我的老师话少,对我没有悬河般的教导,不布置作业,他从未以有我这么个学生而得意过,却始终表情木然,样子傲慢。我琢磨,或许他这样正是要我明白"口锐者天钝之,目空者鬼障之"的道理。我是诚惶诚恐地待我的老师的,他使我不断地发现着我的卑劣,知道了羞耻,我相信有许许多多的人接触了我的老师都要羞耻的。所以,我没有理由不称他是老师!我的老师也将不会只有我一个学生吧?

名　人

　　世事真闹不明白,你忽然浪成了一个名人。起初间是你无意做了一件事,或偶然说了一席话,你的三朋和四友对某一位人说了,正投合某人的情怀,他又说给另一位人,也恰投合,再说给别人去;中国的长舌妇和长舌男并不仅仅热心身边的私事,他们在厕所里也常常争论联合国是一个国家还是一座大楼,于是一传十,十传百,都以自己的情怀加工修改,众口由此成碑。再循环过来,传到你的三朋和四友耳中,他们似乎觉得这出源于他们之口,但又不全是出源于他们,不信,便觉得这么多人都信那就有信的道理,遂也就信。末了又反馈到你,"我真是这样吗?"你怀疑了,向崇尚你的人开始解释,可越解释你越有"谦虚",谦虚恰好是名人的风度,你最后不得不考虑你是没有认识到你的价值吗?"哦,我还真行!"这样,你就完全是名人了。

　　你现在明白"造就"的厉害吧?你娘生你时她并没有给你起个响亮的名字,血辣辣的孩子堕在草炕,门后的鸡正下了蛋,红着冠嘎嘎直叫,你娘在这叫声中想起一个字作了你的名,这名儿连你在上学时老师一念点名册你就脸红。三年前去游大雁塔,人都在塔身上刻字留名,你呢,一是塔身被刻写得没有地方,二是你也羞于将自己名字刻写上去遭人奚落,但你总得留个名吧,名字就刻写在那个狗熊形的垃圾桶上。可现在,你用不着请客送礼,用不着卧薪尝胆,也用不着脱光衣服跑上大街或拿一颗炸弹当众爆炸,你就出名了。

你成了名人,你的一切都令人们刮目相看,你本来是很丑的,但总有人在你的丑貌里寻出美的部分。比如你的眼睛没有双眼皮,缺乏光彩,总是灰浊,而"单眼皮是人类进化的特征呀",灰浊是你熬夜的结果呀!那些风流女子的眼睛漂亮吗?那么把它剜下来放在桌上谁还能分得清是人目还是猪眼?于是你又有了通宵工作的佳话,甚至还会有那长河中的轮船以你那长夜不熄的窗灯作航示灯的故事。你实在是邋遢,头发乱如茅草,胡子不刮,衣服发皱,但现在你是名人,名人的不修边幅是别一种的潇洒呀!最遗憾的是你个子太矮,若是别人,任何征婚启事都永远没有你"二等残废"的应征可能,但因为你是名人,相书上不是有破相者大相之说法吗?总之,名人怎么能用一般人的标准去套用呢?你丑而大相无形,你口拙而大相希声,你吝啬而大盈若盅。你不喜食肉,自称"草食动物",因而素食营养最高的理论产生致使许多人形如饿鬼,你在闷热的夏夜卷席到街道去睡,四周高楼的居民纷纷离楼,传出"要地震了"的噩讯。

你的成名为你增加了灵光,且越来越发挥了社会的作用。住家附近常常闻到狗吠,居委会主任给公安局写信,要求居民签名,你是最后一个签的,但你的名字却排在了第一名。单位所在的那条巷公共厕所坏了,单位起草给公用事业局的报告里,也是以你为第一事例,说你如此的名人,一日十次的大小解,每每手里要提一块砖垫那臭水肆流的地板。你已经有了许多头衔,尤其是名目繁多的学会的顾问,什么会也请你,在主持人提高了声调介绍后的一片掌声里你得慌乱地讲几句话。所以你的好友和你开玩笑,一页的来信里总要半页写满你的头衔,称你"名人先生"。更多的是有人生了儿了要你起名,有人丧父,要你题碑文,你的案头上得永远放一本《新华字典》。你的字恶劣不堪,但你的字被裱糊了高悬相当多的人家的正堂上。你根本不会写文章,却有写书的人求你作序(其实你常常只在写书人自写的序文后写上你的手写大名就罢了)。远在千里的你的家乡人,闻讯而来缠你办事,大到来告状来买汽车来调动工作来要超生指标,小到来治鸡眼来要去结识某人来看戏来住旅社来配眼镜,以为你什么人都认识,你一句话值千金,顶一张公文,顶一枚政府图章,你说你不认识这些部门,"可你说出你的名来,天下谁人不识君呢?"

在多少多少人的眼里,你活得多荣光自在,有多少女子恨不能在你未结婚前结识你而长生相伴,也有多少女子希望能得到你婚后的一份青睐而终身不嫁相思到老,但是,你给我说,你活得太累,你已经是名第一,人第二。我慢慢是对你的话理解了。你曾经在公共车上听见旁边有人正谈论你,立即有一个人拍着腔子说你是他的好得没了反正的朋友,说你酒量如海,小腿腹有一片肉能大颗出汗,所以你大喝而不醉,说你下巴上有一个痣,痣上有三根毛。但你不认识他,他也不认识你,甚至还拍着你的肩头说:"你不相信?也难怪,名人的事情你怎么会理解呢?"你去医院看病,划价的是一个美艳的少妇,她看了你的处方单惊叫着你就是名人×××?你说是的。她把头从极小的窗口里探出来看你,看你的脚,看你的头,看得你不知所措。少妇说:"你真是名人×××?"你不好意思了,她却以为你心虚,"不可能,名人×××怎么会是你这样呢?他是多高大的块头,风度不凡,出口成章,怎么会是你呢?"你被怀疑是同名同姓或者是冒名顶替,你成了骗子,有了糟践名人形象的罪恶而被愤怒的人群殴打。你只好说:"我不是×××,再不敢了!"众人饶了你,吼一声"滚!"你滚了。当你在正式的场合被认定就是名人×××了,你总被许多人围住照相,照了一张又一张,换了一人又一人,你得始终站在那里,你成了风景,道具,装饰物。你记不清你到底照过多少照片,但寄给你的寥寥无几。当你去旅游点看见那些披了彩带的马被男男女女骑上去留影时,你说你先世就是这马变的,这马将来转世,也将会是名人。我亲身经历了一次与你同去一个集合场面,几百人围上去让你签名,你的面前树满了持日记本的手的森林,你的身子随着人的海潮而波动不已,你无法写字,而外边的人还在挤,结果人群大乱,胡抓一起,最后谁也分不清哪个是签名的人了,我急得大叫,害怕你被纸片一样地撕碎,幸亏你终于爬出来了,你是从人群的腿缝下爬出来的,一爬出没有再看一眼那一堆还在拥挤拼抢的人就逃去了厕所。也就在那一次,你的西服领口破了,眼镜丢了一条腿儿,扣子少了三颗。

你不止一次地向我抱怨,说你家的茶叶最费,因为来客不断,沏一壶茶喝不了几口,再来人再沏新茶,茶叶十分之八是糟蹋了。烟更是飘雪花似地发散,别人家的排气扇若在厨房,你家却装在会客室,但墙还是被熏黄,花还是被呛死。再敲门你想躺着不开,来客却要守在门口,估摸你总得回家吧,你只好在屋里不能走动,不能咳嗽,索性还是把门打开了。你的自行车很旧,你喜欢骑这样的车子,随地可放,不怕贼偷,可你经过十字路口时被交通警挡住了,他朝你走来,你紧张了,分辩说你没有违犯交通规则,交通警却哼地向你行礼,说:"×××先生,很荣幸你走我管理的路口!"你一场虚惊,甚至觉得他在恶作剧,但这张脸是那样真诚,他突然看见你的车子而惊叫:"你怎么骑这样的车子呢?"立即招手挡住一辆面包车,连人带车把你捎走了。甚至你突然收到法院的传票,不去吧,法律是严酷的,你害怕那警车到来,去吧,犯了什么罪呢,你忐忑不安了。一进法院,接待你的人激动不已,视你为座上客,说:"我们想见见你,你是名人,平时我们是不容易见到的,只好用这种办法了,望你原谅!"你原谅了,你能不原谅吗?外边开始在议论你的私事了,包括你的爱人,你的孩子,你的身体状况饮食嗜好作息时间,如此发展,就说到你有了情人,有了除现妻之外的前妻和预备的将来的后妻,这竟使十几年未见面的一位朋友来见到你的妻子说起你有多少风流韵事时,诚恳地安慰道:"其实这有什么呢?你不必伤心,名人都是这样嘛!"使你的妻子哭不得笑不得,无法对他说话。闲话让他说去吧,可闲话一多就成了事实,你托人去街道办事处为孩子办独生子女证,办事员看见了你的大名,为难了,说:"哦,是咱们名人的孩子,这孩子长得一定漂亮了!我个人是完全愿意为名人办事的,但计划生育是国策,他和前妻有过孩子,这个虽是续妻生的,却不能算独生子女啊!"你天大的冤枉,只好让单位出证明,说你是名人,可还没有那么快就换了班子呀!

唉,你就这么受名人的荣誉,也就这么受名人的苦处。

可是,又该怎么说呢,你不愿别人以名人对待你,你又毕竟意识到自己是名人而又处处以名人来限制自己。在公众场合,你不敢信口开河,在拥挤的小饭馆里,你不敢端了一碗面条蹲在墙角吃。你不能在买菜时与小贩高一声低一声地讨价还价,你不能在街上看见秀色可餐的女子而骑车经过时斜看一眼。社会要的是你的名,你也在为名活着!当你来到有人举办的关于搜集了你的签名和书法的展览馆门口而掏出和别人一样的价钱买门票时,我突然想象到如果有哪一天,有人写了你的传记电影在挑选演员,你如果也去应选,结果会怎样呢?或许导演会看中你的相貌与名人×××相似而选中,可一定会因你演不好名人×××而被导演臭骂一顿轰出摄影棚。

你说,你简直受不了了,"我不要这个名,我要活人!"你甚至想象到有一天你在人头攒涌的场合走着走着,突然身子发生质变,变成泥塑木雕,永远停在那里供人去观赏和礼拜,而你的真人逃走多好!或者更简单,你获得了一件古代传说中的隐身衣……但这毕竟是想象呀,你只有不断地向前来使你不能安静的人说:"别把我当名人,我其实一文不值!"

是的,你一文不值,在你和你的妻子的吵闹中她不止十次地这么对你吼过。她知道你是一个多么平凡的人,知道你哪枚牙上有着虫洞,哪只鞋子夹了指头,还有痔疮,且三个外痔经常磨破,弄得满裤头的腥血,知道你有三天不刷牙的劣习,有吃饭时放屁的毛病。就是这样的一位妻子,你却是那样地感激她,热爱她,你在她的欢笑中耍娇,在她的叹息中计划米面油盐酱醋的开销,在她的唠唠不休的嘟囔中发怒。当每一个夜晚来临,你关了窗子,收了晾着的孩子的尿布,封了火炉,取了便盆,关门熄灯,将帽子大衣鞋子袜子和裤头一齐丢在沙发上然后溜进那个热烘烘的被窝去时,你说,我现在不是名人了,亲爱的……

草就于1990年3月17日三十八岁生日

好 读 书

　　好读书就得受穷。心用在书上,便不投机将广东的服装贩到本市来赚个大价,也不取巧在市东买下肉鸡针注了盐水卖到市西;车架后不会带单位几根铁条几块木板回来做沙发,饭盒里也不捎工地上的水泥来家修个浴池。钱就是那几张没奖金的工资,还得抠着买涨了价的新书,那就只好穿不悦人目的衣衫,吸让别人发呛的劣烟,吃大路菜,骑没铃的车。但小屋里有四架五架书,色彩之斑斓远胜过所有电器,读书读得了一点新知,几日不吃肉满口中仍有余香。手上何必戴那么重的金银,金银是矿,手铐也是矿嘛!老婆的脸上何必让涂那么厚的脂粉,狐狸正是太爱惜它的皮毛,世间才有了打猎的职业!都说当今贼多,贼却不偷书,贼便是好贼。他若要来,钥匙在门框上放着,要喝水喝水,要看书看书,抽屉的作家证中是夹有两张国库券。但贼不拿,说不定能送一条字条:"你比我还穷!"三百年后这字条还真成了高价文物。其实,说穷也不是穷到要饭,出门还是要带十元钱的,大丈夫嘛,视钱如粪土,它就只能装在鞋壳里头。

　　好读书就别当官。心谋着书,上厕所都尿不净,裤裆老是湿的,哪里还有时间串上级领导的家去联络感情,也没有钱,拿什么去走通关关卡卡?即使当官,有没有整日开会的坐功?签发的文件上能像在新书上写读后感一样随便？或许知道在顶头上司面前要如谦谦后生，但懒散惯了，能在拜会时屁股只搭个沙发沿儿？也懂得猪没架子都不长，却怎么戏耍成性突然就严肃了脸面？谁个要整，要防谁整，能做到喜怒不露于色？何事得方，何事得圆，能控制感情用事？读书人不反对官，但读书人当不了好官，让猫拉车，车就会拉到床下。那么，住楼就住顶层吧，居高却能望远，看戏就坐后排吧，坐后排看不清戏却看得清看戏的人。不要指望有人来送东西，也不烦有人寻麻烦，出门没人见面笑，也免了有朝一日墙倒众人推。

好读书必然没个好身体。一是没钱买蜂王浆，用脑过度头发稀落，吃咸菜牙齿好肠胃虚寒；二是没权住大房间，和孩子争一张书桌，心绪浮躁易患肝炎；三是没时间，白日上班，晚上熬夜，免不了神经衰弱。但读书人上厕所时间长，那不是干肠，是在蹲坑读书；读书人最能忍受老婆的嘟囔，也不是脾性好，是读书入了迷两耳如塞。吃饭读书，筷子常会把烟灰缸的烟头送到口里，但不易得脚气病，因为读书时最习惯抠脚丫子。可怜都是蜘蛛般的体形，都是金鱼似的肿眼，没个倾国倾城貌，只有多愁多病身。读书人的病有读书病的药，药不在《本草》而直接是书，一是得本性酷好之书，二是得急需之书，三是得未见之书。但这药医生常不用，有了病就让住院，住院也好，总算有了囵圄时间读书了。所以，约伙打架，不必寻读书人，那鸡爪似的手没四两力，要欺负也不必对读书人，老虎吃鸡不是山中王。读书人性缓，要急急不了他，心又大，要气气不着，要让读书人死，其实很简单，给他些樟脑丸，因为他们是书虫。

说了许多好读书的坏处，当然坏处还多，譬如好读书不是好丈夫，好读书没有好人缘，好读书性古钻。但是，能好读书必有读书的好，譬如能识天地之大，能晓人生之难，有自知之明，有预料之先,不为苦而悲,不受宠而欢,寂寞时不寂寞,孤单时不孤单,所以绝权欲,弃浮华,潇洒达观,于嚣烦尘世而自尊自重自强自立不卑不畏不俗不谄。说到这儿,有人在骂:瞧,这就是读书人的酸劲了,为什么不说"万般皆下品,惟有读书高"呢?真是阿Q精神喽!这骂得好,能骂出个阿Q来,便证明你在读书了,不读书怎么会知道鲁迅先生曾写过个阿Q呢?因此还是好读书着好。

1990年

愿望

山谷

三 目 石

一日在家独坐,诗人××来说我孤寂。我不孤寂,静定乃能思游。诗人含笑,陪我对坐;遂说身体,说儿女,说今日天气,不免无聊起来。诗人叫苦:善动者他,喜静者我,两人血型不同。他说送你一块石头我走啦,就走了。

这石头不大,白色,可以托在掌上。但石上有三只目形,是圆睁的目,或者是睁而不能闭的目,如鸡与鱼。之所以称目,是有七层金线圈,中间更为金黄圆心,很有些像午夜的猫眼,组合一个品状。我平日收集石头,皆以丑为美,全没这般精妙的物件,好喜欢了,就这么坐下来两目对着三目,也可说三目对着两目,竟嗒然遗忘身与石。

我想,这石头一定生成极早,是什么生命的化石。古时候天地混沌,生命的诞生都是三只眼的,所以古人的认知都是真感的,质朴而准确,所以那时没理性,有神话,不存在潜层意识的词。现在的生命都是两只眼,一只眼隐退为意识潜下来,一切都不质朴了。

三目石此时得之了我,肯定有什么缘分所在,是如何意思呢?昭示我什么呢?理性的东西太多,科学的分类过细,现代人已经活得十分的琐碎。满世界的专家如毛、专家又自视高深,其实专家不就是懂得一门的认知,而这门在大自然中是怎样渺小如针尖的门呢?!

　　三只眼比两只眼多一只眼,看到的是更多的具象,是整体,是气韵,苍茫而神秘的世界里,生命就与神同一了。两只眼比三只眼少一只眼,一定是在抽象,穷尽物理,可能得出结论生命就能制神了。谁是谁非,我不能把握。却思量戏曲上的程式,没有程式的时候不成戏曲,但现在演员作程式有几个还知道程式的来源吗?没有成语的时候,语言芜杂,而中学生喜欢用成语作文,谁又不生厌"学生腔"呢?我要捧角儿,我一定要告诫他(她)某程式产生的背景和内涵,我指导我的女儿作文,我要求她把成语还原着写。现在我们太多的形而上,欲望着要认识世界,世界却与我们陌生了。

　　又想,人的悲哀是太不知道了吗?

　　这个夜里不成寐,黎明里恍惚有梦,梦里全不是我看三目石的思想,竟是石的三目在看我,有许多文字出现。惊醒来记,失之大半,勉强记得:人肯定不再衍化独目,意识却可能被认为无数目如千眼佛,但或千眼顿开,但或一目了然,既是眼,请看眼为圆圈中有精点,圈中一点,形上也形下,看山是山,看水是水,又看山不是山,又看水不是水,再看山还是山,再看水还是水。你看么。

　　是吗是吗,我是还得再看,三目石永远不会丢弃了的,××!

1991年9月12日早草

哭 三 毛

三毛死了。我与三毛并不相识但在将要相识的时候三毛死了。三毛托人带来口信嘱我寄几本我的新书给她。我刚刚将书寄去的时候,三毛死了。我邀请她来西安,陪她随心所欲地在黄土地上逛逛,信函她还未收到,三毛死了。三毛的死,对我是太突然了,我想三毛对于她的死也一定是突然,但是,就这么突然地将三毛死了,死了。

人活着是多么的不容易,人死灯灭却这样快捷吗?

三毛不是美女,一个高挑着身子,披着长发,携了书和笔漫游世界的形象,年轻的坚强而又孤独的三毛对于大陆年轻人的魅力,任何局外人作任何想象来估价都是不过分的。许多年里,到处逢人说三毛,我就是那其中的读者,艺术靠征服而存在,我企羡着三毛这位真正的作家。夜半的孤灯下,我常常翻开她的书,瞧着那一张似乎很苦的脸,作想她毕竟是海峡那边的女子,远在天边,我是无缘等待得到相识面谈的。可我怎么也没有想到,一九九〇年十二月十五日,我从乡下返回西安的当天,蓦然发现了《陕西日报》上署名孙聪先生的一篇《三毛谈陕西》的文章。三毛竟然来过陕西?我却一点不知道!将那文章读下去,文章的后半部分几乎全写到了我:三毛说,"我特别喜欢读陕西作家贾平凹的书。"她还专门告我普通话念凹为(āo),但我听北方人都念凹(wā),这样亲切,所以我一直也念平凹(wā)。她告诉我,"在台湾只看到了平凹的两本书,一本是《天狗》,一本是《浮躁》,我看第一篇时就非常喜欢,连看了三遍,每个标点我都研究,太有意思了,他用词很怪可很有味,每次看完我都要流泪。眼睛都要看瞎了。他写的商州人很好。这两本书我都快看烂了。你转告他,他的作品很深沉,我非常喜欢,今后有新书就寄我一本。我很崇拜他,他是当代最好的作家,当然这只是我个人的看法。他的书写得很好,看许多书都没像看他的书这样连看几遍,有空就看,有时我就看平凹的照片,研究他,他脑子里的东西太多了……大陆除了平凹的作品外,还爱读张贤亮和钟阿城的作品……"读罢这篇文章,我并不敢以三毛的评价而洋洋得意,但对于她一个台湾人,对于她一个声名远震的作家,我感动着她的真诚直率和坦荡,为能得到她的理解而高兴。也就在第二天,孙聪先生打问到了我的住址赶来,我才知道他是省电台的记者,于一九九〇年的十月在杭州花家山宾馆开会,偶尔在那里见到了三毛,这篇文章就是那次见面的谈话记录。孙聪先生详细地给我说了三毛让他带给我的话,说三毛到西安时很想找我,但又没有找,认为"从他的作品来看他很有意思,隔着山去看,他更有神秘感,如果见了面就没意思了,但我一定要拜访他"。说是明年或者后年,她要以私人的名义来西安,问我愿不愿给她借一辆旧自行车,陪她到商州走动。又说她在大陆几个城市寻我的别的作品,但没寻到,希望我寄她几本,她一定将书钱邮来。并开玩笑地对孙聪说:"我去找平凹,他的太太不会吃醋吧?会烧菜吗?"还送我一张名片,上边用钢笔写了:"平凹先生,您的忠实读者三毛。"于是,送走了孙聪,我便包扎了四本书去邮局,且复了信,说盼望她明年来西安,只要她肯冒险,不怕苦,不怕狼,能吃下粗饭,敢不卫生,我们就一块骑旧车子去一般人不去的地方逛逛,吃地方小吃,看地方戏曲,参加婚丧嫁娶的活动,了解社会最基层的人事。这书和信是十二月十六日寄走的。我等待着三毛的回音,等了二十天,我看到了报纸上的消息:三毛在两天前自杀身亡了。

三毛死了,死于自杀。她为什么自杀?是她完全理解了人生,我无法了解。作为一个热爱着她的读者,我无限悲痛。我遗憾的是我们刚刚要结识,她竟死了,我们之间相识的缘分只能是在这一种神秘的境界中吗?!

三毛死了,消息见报的当天下午,我收到了许多人给我的电话,第一句都是"你知道吗,三毛死了!"接着就沉默不语,然后差不多要说:"她是你的一位知音,她死了……"这些人都是看到了《陕西日报》上的那篇文章而向我打电话的。以后的这些天,但凡见到熟人,都这么给我说三毛,似乎三毛真是我的什么亲戚关系而来安慰我。我真诚地感谢着这些热爱三毛的读者,我为他们来向我表达对三毛死的痛惜感到荣幸,但我,一个人静静地坐下来的时候就发呆,内心一片悲哀。我并没有见过三毛,几个晚上都似乎梦见到一个高高的披着长发的女人,醒来思忆着梦的境界,不禁就想到了那一幅《洛神图》古画。但有时硬是不相信三毛会死,或许一切都是讹传,说不定某一日三毛真的就再来到了西安。可是,可是,所有的报纸、广播都在报道三毛死了,在街上走,随时可听见有人在议论三毛的死,是的,她是真死了。我只好对着报纸上的消息思念这位大才的作家,默默地祝愿她的灵魂上天列入仙班。

三毛是死了,不死的是她的书,是她的魅力。她以她的作品和她的人生创造着一个强刺激的三毛,强刺激的三毛的自杀更丰富着一个使人永远不能忘记的作家。

1991年1月7日

再哭三毛

我只说您永远也收不到我的那封信了,可怎么也没有想到您的信竟能邮来,就在您死后的第十一天里。今天的早晨,天格外冷,但太阳很红,我从医院看了病返回机关,同事们就叫着我叫喊:"三毛来信啦!三毛给你来信啦!"这是一批您的崇拜者,自您死后,他们一直浸沉于痛惜之中,这样的话我全然以为是一种幻想。但禁不住还在问:"是真的吗,你们怎么知道?"他们就告诉说俊芳十点钟收到的(俊芳是我的妻子,我们同在市文联工作),她一看到信来自台湾,地址最后署一个"陈"字,立即知道这是您的信就拆开了,她想看又不敢看,啊地叫了一下,眼泪先流下来了,大家全都双手抖动着读完了信,就让俊芳赶快去街上复印,以免将原件弄脏弄坏了。听了这话我就往俊芳的办公室跑,俊芳从街上还没有回来,我只急得在门口打转。十多分钟后她回来了,眼睛红红的,脸色铁青,一见我便哽咽起来:"她是收到您的信了……"

收到了,是收到了,三毛,您总算在临死之前接收了一个热爱着您的忠实读者的问候!可是,当我亲手捧着了您的信,我脑子里刹那间一片空白呀!清醒了过来,我感觉到是您来了,您就站在我的面前,您就充满在所有的空气里。

这信是您一月一日夜里二点写的,您说您"后天将住院开刀去了"，据报上登载，您是三日入院的，那么您是以一九九〇年最后的晚上算起的，四日的凌晨二点您就去世了。这封信您是什么时候发出的呢？是一九九一年的一月一日白天休息起来后，还是在三日的去医院的路上？这是您给我的第一封信，也是给我的最后一封信，更是您四十八年里最后的一次笔墨，您竟在临死的时候没有忘记给我回信，您一定是要惦念着这封信的，那亡魂会护送着这封信到西安来了吧！

前几天，我流着泪水写了《哭三毛》一文，后悔着我给您的信太迟，没能收到，我们只能是有一份在朦胧中结识的缘分。写好后停也没停就跑邮局，我把它寄给了上海的《文汇报》，因为我认识《文汇报》的肖宜先生，害怕投递别的报纸因不认识编辑而误了见报时间，不能及时将我对您的痛惜、思念和一份深深的挚爱献给您。可是昨日收到《文汇报》另一位朋友的谈及别的内容的信件，竟发现我寄肖宜先生的信址写错了，《文汇报》的新址是虎丘路，我写的是原址圆明园路。我好恨我自己呀，以为那悼文肖先生是收不到了，就是收到，也不知要转多少地方费多少天日，今日正考虑怎么个补救法，您的信竟来了，您并不是没有收到我的信，您是在收到了我的信后当晚就写回信来了！

读着您的信，我的心在痉挛着，一月一日那是怎样的长夜啊，万家灯火的台北，下着雨，您孤独地在您的房间，吃着止痛片给我写信，写那么长的信，我禁不住就又哭了。您是世界上最具真情的人，在您这封绝笔信里，一如您的那些要长存于世的作品一样至情至诚，令我揪心裂肠地感动。您虽然在谈着文学，谈着对我的作品的感觉，可我哪里敢受用了您的赞誉呢？我只能感激着您的理解，只能更以您的理解而来激励我今后的创作。一遍又一遍读着您的来信，在那字里行间，在那字面背后，我是读懂了您的心态，您的人格，您的文学的追求和您的精神的大境界，是的，您是孤独的，一个真正天才的孤独啊！

  现在,人们到处都在说着您,书店里您的书被抢购着,热爱着您的读者在以各种方式悼念您,哀思您,为您的死作着种种推测。可我在您的信里,看不到您在入院时有什么自杀的迹象,您说您"这一年来,内心积压着一种苦闷,它不来自我个人生活,而是因为认识了您的书本",又说您住院是害了"不大好的病"。但是,您知道自己害了"不大好的病",又能去医院动手术,可见您并没有对病产生绝望,倒自信四五个月就能恢复过来,详细地给了我通讯地址和电话号码,且说明五个月后来西安,一切都做了具体的安排,为什么偏偏在入院的当天夜里,敢就是四日的三点就死了呢?!三毛,我不明白,我到底是不明白啊！您的死,您是不情愿的,那么,是什么原因而死的呀,是如同写信时一样的疼痛在折磨您吗？是一时的感情所致吗？如果说这一切仅是一种孤独苦闷的精神基础上的刺激点,如果您的孤独苦闷在某种方面像您说的是"因为认识了您的书本",三毛,我完全理解作为一个天才的无法摆脱的孤独,可牵涉到我,我又该怎么对您说呢？我的那些书本能使您感动是您对我的偏爱而令我终生难忘,却更使我今生今世要怀上一份对您深深的内疚之痛啊！

  这些天来,我一直处于恍惚之中,总觉得常常看到了您,又都形象模糊不清,走到什么地方凡是见到有女性的画片,不管是什么脸型的,似乎总觉得某一处像您,呆呆看一会儿,眼前就全是您的影子。昨日晚上,却偏偏没有做到什么离奇的梦,对您的来信没有丝毫预感,但您却来信了,信来了,您来了,您到西安来了！现在,我的笔无法把我的心情写出,我把笔放下了,又关了门,不让任何人进来,让我静静地坐一坐。不,屋里不是我独坐,对着的是您和我了,虽然您在冥中,虽然一切无声,但我们在谈着话,我们在交流着文学,交流着灵魂。这一切多好啊,那么,三毛,就让我们在往后的长长久久的岁月里一直这么交流吧。三毛！

1991年1月15日下午收到三毛来信之后

附：

三毛致贾平凹的信

平凹先生：

现在时刻是西元一九九一年一月一日清晨两点。下雨了。

今年开笔的头一封信，写给您：我心极喜爱的大师。恭恭敬敬的。

感谢您的这枝笔，带给读者如我，许多个不睡的夜。虽然只看过两本您的大作，《天狗》与《浮躁》，可是反反复复，也看了快二十遍以上，等于四十本书了。

在当代中国作家中，与您的文笔最有感应，看到后来，看成了某种孤寂。一生酷爱读书，是个读书的人，只可惜很少有朋友能够讲讲这方面的心得。读您的书，内心寂寞尤甚，没有功力的人看您的书，要看走样的。

在台湾，有一个女朋友，她拿了您的书去看，而且肯跟我讨论，但她看书不深入，能够抓捉一些味道，我也没有选择的只有跟这位朋友讲讲"天狗"。这一年来，内心积压着一种苦闷，它不来自我个人生活，而是因为认识了您的书本。在大陆，会有人搭我的话，说"贾平凹是好呀！"我盯住人看，追问"怎么好法？"人说不上来，我就再一次把自己闷死。看您书的人等闲看看，我不开心。

平凹先生,您是大师级的作家,看了您的小说之后,我胸口闷住已有很久,这种情形,在看《红楼梦》,看张爱玲时也出现过,但他们仍不那么"对位",直到有一次在香港有人讲起大陆作家群,其中提到您的名字。一口气买了十数位的,一位一位拜读,到您的书出现,方才松了口气,想长啸起来。对了,是一位大师。一颗巨星的诞生,就是如此。我没有看走眼。以后就凭那两本手边的书,一天四五小时地读您。

要不是您的赠书来了,可能一辈子没有动机写出这样的信。就算现在写出来,想这份感觉——由您书中获得的,也是经过了我个人读书历程的"再创造",即使面对的是作者您本人,我的被封闭感仍然如旧,但有一点也许我们是可以沟通的,那就是:您的作品实在太深刻。不是背景取材问题;是您本身的灵魂。

今生阅读三个人的作品,在二十次以上,一位是曹禺,一位是张爱玲,一位是您。深深感谢。

没有说一句客套的话,您所赠给我的重礼,今生今世当好好保存,珍爱,是我极为看重的书籍。不寄我的书给您,原因很简单,相比之下,三毛的作品是写给一般人看的,贾平凹的著作,是写给三毛这种真正以一生的时光来阅读的人看的。我的书,不上您的书架,除非是友谊而不是文字。

台湾有位作家,叫做"七等生",他的书不销,但极为独特,如果您想看他,我很乐于介绍您这些书。

想我们都是书痴,昨日翻看您的"自选集",看到您的散文部分,一时里有些惊吓。原先看您的小说,作者是躲在幕后的,散文是生活的部分,作者没有窗帘可挡,我轻轻地翻了数页。合上了书,有些想退的感觉。散文是那么直接,更明显的真诚,令人不舍一下子进入作者的家园,那不是"黑氏"的生活告白,那是您的。今晨我再去读。以后会再读,再念,将来再将感想告诉您。先念了三遍"观察"(人道与文道杂说之二)。

四月(一九九〇年)底在西安下了飞机,站在外面那大广场上发呆,想,贾平凹就住在这个城市里,心里有着一份巨大的茫然,抽了几支烟,在冷空气中看烟慢慢散去,尔后我走了,若有所失的一种举步。

吃了止痛药才写这封信的,后天将住院开刀去了,一时里没法出远门,没法工作起码一年,有不大好的病。

如果身子不那么累了,也许四五个月可以来西安,看看您吗?倒不必陪了游玩,只想跟您讲讲我心目中所知所感的当代大师——贾平凹。

用了最宝爱的毛边纸给您写信,此地信纸太白。这种纸台北不好买了,我存放着的。我地址在信封上。

您的故乡,成了我的"梦魅"。商州不存在的。

三毛敬上

生活一种
——答友人书

　　院再小也要栽柳,柳必垂。晓起推窗如见仙人曳裙侍立,月升中天,又是仙人临镜梳发;蓬屋常伴仙人,不以门前未留小车辙印而憾。能明灭萤火,能观风行。三月生绒花,数朵过墙头,好静收过路女儿争捉之笑。

　　吃酒只备小盅,小盅浅醉,能推开人事,生计,狗咬,索账之恼。能行乐,吟东坡"吾上可陪玉皇大帝,下可以陪卑田院乞儿",以残墙补远山,以水盆盛太阳,敲之熟铜声。能嘿嘿笑,笑到无声时已袒胸睡卧柳下,小儿知趣,待半小时后以唾液蘸其双乳,凉透心臆即醒,自不误了上班。

　　出游踏无名山水,省却门票,不看人亦不被人看。脚往哪儿,路往哪儿,喜瞧巉岩勾心斗角,倾听风前鸟叫声硬。云在山头登上山头云却更远了,遂吸清新空气,意尽而归。归来自有文章作,不会与他人同,既可再次意游,又可赚几个稿费,补回那一双龙须草鞋钱。

　　读闲杂书,不必规矩,坐也可,站也可,卧也可。偶向墙根,水蚀斑驳,瞥一点而逮形象,即与书中人、物合,愈看愈肖。或听室外黄鹂,莺莺恰恰能辨鸟语。

与人交,淡,淡至无味,而观知极味人。可邀来者游华山"朽朽桥头",敢亡命过之将"××到此一游"书于桥那边崖上,不可近交。不爱惜自己性命焉能爱人?可暗示一女子寄求爱信,立即复函意欲去偷鸡摸狗者不交。接信不复冷若冰霜者亦不交,心没同情岂有真心?门前冷落,恰好,能植竹看风行,能养菊赏瘦,能识雀爪文。七月长夏睡翻身觉,醒来能知"知了"声了之时。

养生不养猫,猫狐媚。不养蛐蛐,蛐蛐斗殴残忍,可养蜘蛛,清晨见一丝斜挂檐前不必挑,明日便有纵横交错,复明日则网精美如妇人发罩。出门望天,天有经纬而自检行为,朝露落雨后出日,银珠满缀,齐放光芒,一个太阳生无数太阳。墙角有旧网亦不必扫,让灰尘蒙落,日久绳粗,如老树盘根,可作立体壁画,读传统,读现代,常读常新。

要日记,就记梦。梦醒夜半,不可睁目,慢慢坐起回忆静伏入睡,梦复续之。梦如前世生活,或行善,或凶杀,或作乐,或受苦,记其迹体验心境以察现实,以我观我而我自知,自知乃于嚣烦尘世则自立。

出门挂锁,锁宜旧,旧锁能避蟊贼破损门,屋中箱柜可在锁孔插上钥匙,贼来能保全箱柜完好。

我不是个好儿子

在我四十岁以后，在我几十年里雄心勃勃所从事的事业、爱情遭受了挫折和失意，我才觉悟了做儿子的不是。母亲的伟大不仅生下血肉的儿子，还在于她并不指望儿子的回报，不管儿子离她多远又回来多近，她永远使儿子有亲情，有力量，有根有本。人生的车途上，母亲是加油站。

母亲一生都在乡下，没有文化，不善说会道，飞机只望见过天上的影子。她并不清楚我在远远的城里干什么，惟一晓得的是我能写字，她说我写字的时候眼睛在不停地眨，就操心我的苦，"世上的字能写完?!"一次一次地阻止我。前些年，母亲每次到城里小住，总是为我和孩子缝制过冬的衣物，棉花垫得极厚，总害怕我着冷，结果使我和孩子都穿得像狗熊一样笨拙。她过不惯城里的生活，嫌吃油太多，来人太多，客厅的灯不灭，东西一旧就扔，说："日子没乡下整端。"最不能忍受我打骂孩子，孩子不哭，她却哭，和我闹一场后就生气回乡下去。母亲每一次都高高兴兴来，每一次都生了气回去，回去了，我并未思念过她，甚至一年一年的夜里不曾梦着过她。母亲对我的好是我不觉得了母亲对我的好，当我得意的时候，忘记了母亲的存在，当我有委屈了就想给母亲诉说，当着她的面哭一鼻子。

母亲姓周,这是从舅舅那里知道的,但母亲叫什么名字,十二岁那年,一次与同村的孩子骂仗——乡下骂仗以高声大叫对方父母名字为最解气的——她父亲叫鱼,我骂她鱼,鱼,河里的鱼!她骂我:蛾,蛾,小小的蛾!我清楚了母亲叫周小娥的。大人物之所以大人物,是名字被千万人呼喊,母亲的名字我至今没有叫过,似乎也很少听老家村子里的人叫过,但母亲未是大人物却并不失却她的伟大,她的老实、本分、善良、勤劳在家乡有口皆碑。现在有人讥讽我有农民的品性,我并不羞耻,我就是农民的儿子,母亲教育我的忍字使我忍了该忍的事情避免了许多祸灾发生,而我的错误在于忍了不该忍的事情,企图以委曲求全未能求全。

七年前,父亲做了胃癌手术,我全部的心思都在父亲身上,父亲去世后,我仍是常常梦到父亲,父亲依然还是有病痛的样子,醒来就伤心落泪,要买了阴纸来烧。在纸灰飞扬的时候,突然间我会想起乡下的母亲,又是数日不安,也就必会寄一笔钱到乡下去。寄走了钱,心安理得地又投入到我的工作中了,心中再也没有母亲的影子。老家的村子里,人都在夸我给母亲寄钱,可我心里明白,给母亲寄钱并不是我心中多么有母亲,完全是为了我的心理平衡。而母亲收到寄去的钱总舍不得花,听妹妹说,她把钱没处放,一卷一卷塞在床下的破棉鞋里,几乎让老鼠做了窝去。我埋怨过母亲,母亲说:"我要那么多钱干啥?零着攒下了将来整着给你。你们都精精神神了,我喝凉水都高兴的,我现在又不至于就喝着凉水!"去年回去,她真的把积攒的钱要给我,我气恼了,要她逢集赶会了去买个零嘴吃,她果然一次买回了许多红糖,装在一个瓷罐儿里,但凡谁家的孩子去她那儿了,就三个指头一捏,往孩子嘴里一塞,再一抹,孩子们为糖而来,得糖而去,母亲笑着骂着,"喂不熟的狗!"末了就呆呆地发半天愣。

母亲在晚年是寂寞的,我们兄妹就商议了,主张她给大妹看管孩子,有孩子占心,累是累些,日月总是好打发的吧。小外甥就成了她的尾巴,走到哪儿带到哪儿,一次婆孙到城里来,见我书屋里挂有父亲的遗像,她眼睛就潮了,说:"人一死就有了日子了,不觉是四个年头了!"我忙劝她,越劝她越流下泪来。外甥偏过来对着照片要爷爷,我以为母亲更要伤心的,母亲却说:"爷爷埋在土里了。"孩子说:"土里埋下什么都长哩,爷爷埋在土里怎么不再长个爷爷?"母亲竟没有恼,倒破涕而笑了。母亲疼孩子爱孩子,当着众人面要骂孩子没出息,这般地大了夜夜还要嚼她的奶头睡觉,孩子就羞了脸,过来捂她的嘴不让说,两人绞在一起倒在地上,母亲笑得直喘气。我和妹妹批评过母亲太娇惯孩子,她就说:"我不懂教育嘛,你们怎么现在都英英武武的?!"我们拗不过她,就盼外甥永远长这么大。可外甥如庄稼苗一样,见风生长,不觉今年要上学了,母亲显得很失落,她依然住在妹妹家,急得心火把嘴角都烧烂了。我作想,如果母亲能信佛,每日去寺院烧香,回家念经就好了,但母亲没有那个信仰。后来总算让邻居的老太太们拉着天天去练气功,我们做儿女的心才稍有了些踏实。

  小时候,我对母亲的印象是她只管家里人的吃和穿,白日除了去生产队出工,夜里总是洗萝卜呀,切红薯片呀,或者纺线,纳鞋底,在门闩上拉了麻丝合绳子。母亲不会做大菜,一年一次的蒸碗大菜,父亲是亲自操作的,但母亲的面条擀得最好,满村出名。家里一来客,父亲说:吃面吧。厨房里一阵案响,一阵风箱声。母亲很快就用箕盘端上几碗热腾腾的面条来。客人吃的时候,我们做孩子的就被打发着去村巷里玩,玩不了多久,我们就偷偷溜回来,盼着客人是否吃过了,是否有剩下的。果然在锅项里就留有那么一碗半碗。在那困难的年月里,纯白面条只是待客,没有客人的时候,中午可以吃一顿包谷糁面,母亲差不多是先给父亲捞一碗,然后下些浆水菜了,连菜带面再给我们兄妹捞一碗,最后她的碗里就只有包谷糁和菜了。那时少粮缺柴的,生活苦巴,我们做孩子的并不愁容满面,平日倒快活得要死,最烦恼的是帮母亲推磨子了。常常天一黑母亲就收拾磨子,在麦子里掺上白包谷或豆子磨一种杂面,偌大的石磨她一个人推不动,就要我和弟弟合推一个磨棍,月明星稀之下,走一圈又一圈,昏头晕脑地发迷怔,磨过一遍了,母亲在那里过箩,我和弟弟就趴在磨盘上瞌睡。母亲喊我们醒来再推,我和弟弟总是说磨好了;母亲说再磨几遍,需要把麦麸磨得如蚊子翅膀一样薄才肯结束,我和弟弟就同母亲吵,扔了磨棍致气。母亲叹口气,末了去敲邻家的窗子,哀求人家:二嫂子,二嫂子,你起来帮我推推磨子!人家半天不吱声,她还在求,说:"咱换换工,你家推磨子了,我再帮你……孩子明日要上学,不敢耽搁娃的课的。"瞧着母亲低声下气的样子,我和弟弟就不忍心了,揉揉鼻子又把磨棍拿起来。母亲操持家里的吃穿琐碎事无巨细,而家里的大事,母亲是不管的,一切由当教师的星期天才能回家的父亲做主。在我上大学的那些年,每次寒暑假结束要进城,头一天夜里总是开家庭会,家庭会差不多是父亲主讲,要用功学习呀,真诚待人呀,孔子是怎么讲的,古今历史上什么人是如何奋斗的,直要讲二三个小时,母亲就坐在一边,为父亲不住吸着的水烟袋卷纸媒,纸媒卷了好多,便袖了手打盹。父亲最后说:"你妈还有啥说的?"母亲一怔方清醒过来,父亲就生气了:"瞧你,你竟能睡着?!"训几句。母亲只是笑着,说:"你是老师能说,我说啥呀?"大家都笑笑,说天不早了,睡吧,就分头去睡。这当儿母亲却精神了,去关院门,关猪圈,检查柜盖上的各种米面瓦罐是否盖严了,防备老鼠进去,然后就收拾我的行李,然后一个人去灶房为我包天明起来要吃的素饺子。

父亲去世后,我原本立即接她来城里住,她不来,说父亲三年没过,没过三年的亡人会有阴灵常常回来的,她得在家顿顿往灵牌前供献饭菜。平日太阳暖和的时候,她也去和村里一些老太太们打花花牌,她们玩的是二分钱一个注儿,每次出门就带两角钱三角钱,她塞在袜筒。她养过几只鸡,清早一开鸡棚——要在鸡屁股里揣揣有没有蛋要下,若揣着有蛋,半晌午打牌就半途赶回来收拾产下的蛋,可她不大吃鸡蛋,只要有人来家坐了,却总热惦着要烧煎水,煎水里就卧荷包蛋。每年的院里的梅李熟了,总摘一些留给我,托人往城里带,没人进城,她一直给我留着,"平爱吃酸果子",她这话要唠叨好长时间,梅李就留到彻底腐烂了才肯倒去。她在妹妹家学练了气功,我去看她,未说几句话就叫我到小房去,一定要让我喝一个瓶子里的凉水,不喝不行,问这是怎么啦,她才说是气功师给她的信息水,治百病的,"你要喝的,你一喝肝病或许就好了!"我喝了半杯,她就又取苹果橘子让我吃,说是信息果。

　　我成不成为什么专家名人,母亲一向是不大理会的,她既不晓得我工作的荣耀,我工作上的烦恼和苦闷也就不给她说。一部《废都》,国之内外怎样风雨不止,我受怎样的赞誉和攻击,母亲未说过一句话,当知道我已孤单一人,又病得入了院,她悲伤得落泪,她要到城里来看我,弟妹不让她来,不领好,她气得在家里骂这个骂那个,后来冒着风雪来了,她的眼睛已患了严重的疾病,却哭着说:"我娃这是什么命啊?!"

　　我告诉母亲,我的命并不苦的,什么委屈和劫难我都可以受得,少年时期我上山砍柴,挑百十斤的柴担在山岭道上行走,因为路窄,不到固定的歇息处是不能放下柴担的,肩膀再疼腿再酸也不能放下柴担的,从那时起我就练出了一股韧劲的。而现在最苦的是我不能亲自伺候母亲!父亲去世了,作为长子,我是应该为这个家操心,使母亲在晚年活得幸福,但现在既不能照料母亲,反倒让母亲还为儿子牵肠挂肚,我这做的是什么儿子呢?把母亲送出医院,看着她上车要回去了,我还是掏出身上仅有的钱给她,我说,钱是不能代替了孝顺的,但我如今只能这样啊!母亲懂得了我的心,她把钱收了,紧紧地握在手里,再一次整整我的衣领,摸摸我的脸,说我的胡子长了,用热毛巾捂捂,好好刮刮,才上了车。眼看着车越走越远,最后看不见了,我回到病房,躺在床上开始打吊针,我的眼泪默默地流下来。

草于 1993 年 11 月 27 日病房

四十岁说

　　无论中国的文学怎样伟大或者幼稚,事实是我们就在其中,且认真地工作着,已经不止一次,十次八次,说过许多追求和反省,回过头来都觉得很坏。作家实在是一种手艺人,文章写得好,就是活儿做得漂亮。窗外的空地上有织网套的,斜斜地背了木弓,一手拿木槌弹敲弓弦,在嗡嗡铮儿的音律里身子蛮有节奏地晃动,劳动既愉悦了别人,也愉悦了自己,事情就这么简单。如果说,作家职业是最易心灵自在,相反的,也最易导致做作——好作家和劣作家就这么分野了。——目下的现实里,甚多的人热衷于讲"世界",讲到很玄乎的程度,如同四个字的"深入生活",原本简单普通的话,没生活拿什么去写呀,但偏偏说得最后谁也不知道深入生活为何物了。还是不要竭力去塑造自己庄严形象,将一张脸面弄得很深沉,很沉重;人生若认作荒原上的一群羊,哲学家是上帝派下来的牧人,作家充其量是牧犬。

　　文坛是热闹场,尤其是我们身处的这个时期,贾母在大观园里说过孙女们一个与一个都漂亮得分不清,在化妆品普遍被妇女青睐的今日,我们常常在街头惊叹美女如云。文学上的天才和小丑几乎无法分清,各种各样的创作和理论曾经撵得我们精疲力竭(一位农村的乡长对我说过,落实层层上级的指示,忙得他没有尿净一泡尿的时间,裤裆总是湿的)。忽然一想,许多的创作和理论,不是为着自己出头露面的欲望吗?它其实并没有自己大的志向,完整的体系,目的是各人在发表自己的文章而已,蝌蚪跟着鱼儿浪,浪得一条尾巴也没有了。

供我们生存的时空越来越小,古今的中外的大智慧家的著作和言论,可以使我们寻到落脚的经纬点。要作为一个好作家,要活儿做得漂亮,就是表达出自己对社会人生的一份态度,这态度不仅是自己的,也表达了更多的人乃至人类的东西。作为人类应该是大致相通的。我们之所以看得懂古人的作品,替古人流眼泪,之所以看得懂西方的作品,为他们的激动而激动,原因大概如此。近代的中国史上一句很著名的话——"中学为体,西学为用",进而发展的在文学史上只能借鉴西方写作技巧的说法,我觉哪儿总有毛病发生。文学或多或少,或大或小,都是要阐述着人生的一种境界,这个最高境界反倒是我们借鉴的,无论古人与洋人。中国的儒释道,扩而大之,中国的宗教、哲学与西方的宗教、哲学,若究竟起来,最高的境界是一回事,正应了云层上面的都是一片阳光的灿烂。问题是,有了一片阳光,还有阳光下各种各样的,或浓或淡,是雨是雪,高低急缓的云层,它们各自有各自的形态和美学。这就要分析东西方人的思维了,水墨画和油画,戏曲和话剧,西医和中医。我们应该自觉地认识东方的重整体的感应和西方的实验分析,不是归一和混淆,而是努力独立和丰富,通过我们穿过云层,达到最高的人类相通的境界中去。"越是民族的越是世界的"言论,关键在这个"民族的"是不是通往人类最后相通的境界去。令人困惑的是理论界和创作界总有极端的思潮涌起,若不是以中国传统(实际上很大程度并不是中国传统)的一套为标准,就是以西方的作规则,合者便好,不合者便孬,制造了许多过眼烟云的作品,又是混乱了许多的创作不知所措。或许也偏颇了,我倒认作对于西方文学的技巧,不必自卑地去仿制,因为思维方式的不同,形成的技巧也各有千秋。通往人类贯通的一种思考一种意识的境界,法门万千,我们在我们某一个法门口,世界于我们是平和而博大,万事万物皆那么和谐又充溢着生命活力,我们就会灭绝所谓的绝对,等待思考的只是参照,只是尽力完满生命的需要。生命完满得愈好,通往大境界的法门之程愈短,如果是天才,有夙愿,必会修成正果,这就是大作家的产生。

在美国的张爱玲说过一句漂亮的话:人生是件华美的睡袍,里面长满虱子。人常常是尴尬地生存。我越来越在作品里使人物处于绝境,他们不免有些变态了,我认作不是一种灰色与消极,是对生存尴尬的反动、突破和超脱。走出激愤,多给沉闷的人生透一口气来,幽默由此而生。爱情的故事里,写男人的自卑,对女人的神驭,乃至感应世界的繁杂的意象,这合于我的心境。现在的文学,热衷于写西方气质的男子汉,赏观中国的戏曲,为什么有一个"小生"呢?小生的装扮、言语,又为什么是那样,这一切是怎样形成的呢?古老的中国的味道如何写出,中国人的感受怎样表达出来,恐怕不仅是看做纯粹的形式的既定,诚然也是中国思维下的形式,就是马尔克斯和那个川端先生,他们成功,直指大境界,追逐全世界的先进的趋向而浪花飞扬,河床却坚实地建凿在本民族的土地上。

我是一个山地人,在中国的荒凉而瘠贫的西北部一隅,虽然做够了白日梦,那一种时时露出的村相,逼我无限悲凉,我可能不是一个政治性强的作家,或者说不善于表现政治性强的作家,我只有在作品中放诞一切,自在而为。艺术的感受是一种生活的趣味,也是人生态度,情操所致,我必须老老实实生活,不是存心去生活中获取素材,也不是弄到将自身艺术化,有阮籍气或贾岛气,只能有意无意地,生活的浸润感染,待提笔时自然而然地写出要写的东西。

还是寻出两句话吧,这是我四十岁里读到的,闷了许多日,再也不可能忘掉的话——

之一,是我跟一位禅师学禅,回来手书在书房的条幅:"见山是山,见水是水,见山不是山,见水不是水,见山还是山,见水还是水。"

之二,夜读《八大山人画集》,忽见八大山人,字个山,画像下几行小字:"木土金☉咦,个有个而立于-=≡$\frac{=}{=}$×之间也,个无个而超于×$\frac{=}{=}$≡=-之外也,个山个山,形上形下,圆中一点。"

说 花 钱

中国传统的文化里,有一路子是善于吹的,如中医大夫,如气功师,街头摆摊卜卦的,酒桌上的饮者,路灯下拥簇着的一堆博弈人和观弈人,一分的本事吹成了十二分的能耐,连破棉袄里扪出一只虱来,也是珍养的,有双眼皮的俊。依我们的经验,凡是太显山露水的,都不足怕,一个小孩子在街上说他是毛泽东,由他说去,谁信呢,人不信,鬼也不信。先前的年里,戴口罩很卫生,很文明,许多人脖子上吊着白系儿,口罩却掖在衣服里,就为着露出那白系儿。后来又兴墨镜,也并不戴的,或者高高架在脑门上,或者将一只镜腿儿挂在胸前衣扣上。而现在却是行立坐卧什么也不带的,带大哥大,越是人多广众,越是大呼小叫地对讲。——这些都是要显示身份的,显示有钱的,却也暴露了轻薄和贫相。金口玉言的只能是皇帝而不是补了金牙的人,浑身上下皆是名牌的服饰的没有一个是名家贵族,领兵打仗了大半生的毛泽东主席从不带一刀一枪,亿万富翁大概也不会有个精美的钱夹装在身上。

越不是艺术家的人,其做派越更像艺术家;越是没钱的人,越是要做出是有钱的主儿。说句好话,钱是不能说就证明一切,但也不能说钱就不是一种价值的证明,说难听点,还是怕旁人看不起。过日子的禀性是,过不好,受耻笑,过好了,遭嫉妒。豪华宾馆的门口总竖着牌子写着"衣着不整,不得入内",所谓不整者,其实是不华丽的衣着,虽然世上有凡人的邋遢是肮脏、名流的邋遢是不修边幅之说,但常常有不修边幅的名流在旁人说出名姓后接待者的脸面方由冷清到生动。于是,那些不失漂亮的女子,精致的手袋里塞满了卫生纸,她们不敢进澡堂,剥了华丽的外套,得缩身捂住破旧不堪的内衣,锃亮的高跟皮鞋不能脱,袜子被脚趾捅出个洞。她们得赶快谈恋爱,谈恋爱了,去花男朋友的钱,或者不结婚,或者结了婚搞婚外恋,傍大款,今天猎住这个,明日瞄准了那位,藤缠树,树有多高,藤有多高,男人们"下海"在水里扑腾,她们"下海"了,在男人的船上。社会越来越发展到以法律和金钱维系,有定数的钱就在世上流通,聚聚散散,来来往往,人就在钱上穷富沉浮。若将每一张钞票当一部小说来读,都有一段传奇的吧。

如果平静地来讲,现在可爱的倒不是那些年轻的女子了,老太太更显得真实、本质,做小市民有小市民的味:头梳得油光光地去菜市,问过了这一摊位的价格,又去问那一摊位的价格,仰头看天,低首数钱,为一分两分与摊主争吵,要揭发呀要告状呀地瞧摊主的秤星秤锤,剥菜叶子,掐葱根,末了要走了还随手捏去几棵豆芽。年轻的女子在市民里仍有个"小"字,行为做事却要充大。越是小,越怕人说小,如小日本偏自称大日本帝国,一个长江口上的滩城偏要叫做大上海。

依一般的家庭,能花钱的都是女人,女人在家庭有没有地位就看是否掌握花钱的权力,如今的"气管炎"日益增多,是丈夫们越来越多地失去了经济的独立。事实是,真正的男人是不花钱的。日本的一位首相说过,好男人出门在外身上只装十元钱。他有能力去挣钱,挣了钱就让女人去花吧,看着女人去花钱,是把烦琐的家庭日常安排之任交她去完成了。即使女人们将钱花在衣着上、脸面上,那更是男人的快乐,试想,一个人被他救过命又救过另外人的命,他是从内心深处不愿常见到恩人而企望被救过的那人常出现在他面前的。不管如何地否认和掩饰,今日的社会还是以男人为中心的社会,女人——如张爱玲所说——即使往前奔跑,前面遇到的还是男人。所以,有了自己钱的,做了强人的女人,实指望一切要主动,却一切皆不主动,尤其是爱情。

  钱的属性既然是流通的,钱就如人身上的垢痂,人又是泥捏的,洗了生,生了洗。李白说,千金散去还复来。守财奴全是没钱的。人没钱不行,而有人挣得钱多,有人挣得钱少,表面上似乎是能力的大小,实则是人的品种所致。蚂蚁中有配种的蚁王,有工蚁,也有兵蚁;狗不下蛋,鸡却下蛋,不让鸡下蛋鸡就憋死。百行百业,人生来各归其位,生命是不分贵贱和轻微的。钱对于我们来说,来者不拒,去者不惜,花多花少皆不受累,何况每个人不会穷到没有一分钱(没有一分钱的是死了的人),每个人更不会聚积所有的钱。钱过多了,钱就不属于自己,钱如空气如水,人只长着两个鼻孔一张嘴的。如果这样了,我们就可以笑那些穷得只剩下钱的人,笑那些没钱而猴急的人,就可以心平气和地去完成各自生存的意义了。古人讲"安贫乐道"并不是一种无奈后的放达和贫穷的幽默,"安贫"实在是对钱产生出的浮躁之所戒,"乐道"则更是对满园生命的伟大呼唤。

佛

春水图

说 生 病

有一种病,在身上七年八年不愈,要想想,这一定是有原因了。泄露了不该泄露的天的机密?说破了不该说破的人的隐私?上帝的阴谋最多可以意会而不能言传的。那么,这病就特别的有意义,自感是一位先知先觉,勇敢的普罗米修斯,甘受惩罚吧。或许,人是由灵魂和肉体两方结合的,病便是灵魂与天与地与大自然的契合出了问题,灵魂已不能领导了肉体所致,一切都明白了吧,生出难受的病来,原来是灵魂与天地自然在做微调哩。

真如果这么对待了生病,有病在身就是一种审美。静静地躺在床上,四面的墙涂得素白,定着眼看白墙墙便不成墙——如盯着一个熟悉的汉字就要怀疑这不是那个汉字——墙幻作驻云,恰有穿白衣白帽白口罩的"天使"女子送了药来。吊针的输液管里晶莹的东西滴滴下注,作想这管子一头在天上,是甘露进入身子。有人来探视,都突然温柔多情,说许多受感动的话,送食品,送鲜花。生了病如立了功,多么富有,该干的事都不干了,不该享受的都享受了,且四肢清闲,指甲疯长,放下一切,心境恬淡,陶渊明追求的也不过这般悠然。

最妙的是太阳暖和,一片光从窗子里进来跌在地上,正好窗外有一株含苞的梅,梅枝落雪,苞蕾血红,看做是敛羽静立的丹顶鹤,就下床来,一边披了下坠的衣襟一边在光里捉那鹤影。刚一闷住,鹤影已移,就体会了身上的病是什么形状儿的,如针隙透风,如香炉细烟,如蚕抽丝,慢慢地离你而去的呢。

暂不要来人的好,人越多越寂寞,摆一架古琴也不必装弦,用心随情随意地弹。直挨到太阳转黑月亮升起,插一盘小电炉来煎中药,把带耳带嘴的砂锅用清水涤了又涤,药浸泡了,香点燃了,选一个八卦中的方位和时分,放上砂锅就听叽叽咕咕的响声吧。药是山上的灵根异草,采来就召来了山川丛林中的钟毓光气,它们叽咕是酝酿着怎么扶助你,是你的神仙和兵卒。煎过头遍,再煎二遍,满屋里浓浓的味,虽然搅药不能用筷子,更不得用双筷——双筷是吃饭的——用一根干桃棍儿慢慢地搅,那透过蘸湿了的蒙在砂锅上的麻纸蒸气弥漫,你似乎就看到了山之精灵在舞蹈,在歌唱,唱你的生命之曲。

躺在床上吧,心可以到处流浪,你无处不在,无所不能,从未有过这般的勇敢和伟大,简直可以要作一部类屈原的《离骚》。当你游历了天上地下,前世和来世,熄了灯要睡去了,你不妨再说一些话,给病着的某一部位说话。你告诉它:×呀,你对我太好了,好得使我一直不觉得你的存在。当我知道了你的部位,你却是病了。这都是我的错,请你原谅。我终于明白了在整个身子里你是多么的重要,现在我要依靠你了,要好好保护你了,一切都拜托你了,×! 人的身体每一处都会说话,除嘴有声外,各部无音,但所有的部位都能听懂话的,于是感受会告诉心和大脑,那有病的部位精神焕发,有了千军万马的英雄在同病毒战斗。什么"用人不疑"的仁,什么"士为知己者死"的义,瞬间里全体会得真切和深刻。

生病到这个份上,真是人生难得生病,西施那么美,林妹妹那么好,全是生病生出了境界,若活着没生个病,多贫穷而缺憾。佛不在西天和经卷,佛不在深山寺庙里,佛在熙熙攘攘的人群里,生病只要不死,就要生出个现世的活佛是你的。

1993年12月1日午

孙犁论

　　读孙犁的文章，如读《石门铭》的书帖，其一笔一画，令人舒服，也能想见到书家书时的自在，是没有任何病疾的自在。好文章好在了不觉得它是文章，所以在孙犁那里难寻着技巧，也无法看到才华横溢处。《爨宝子》虽然也好，郑燮的六分半也好，但都好在奇与怪上，失之于清正。而世上最难得的就是清正。孙犁一生有野心，不在官场，也不往热闹地去，却没有仙风道骨气，还是一个儒，一个大儒。这样的一个人物，出现在时下的中国，尤其天津大码头上，真是不可思议。

　　数十年的文坛，题材在决定着作品的高低，过去是，现在变个法儿仍是，以此走红过许多人。孙犁的文章从来是能发表了就好，不在乎什么报刊和报刊的什么位置，他是什么都能写得，写出来的又都是文学。一生中凡是白纸上写出的黑字都敢堂而皇之地收在文集里，既不损其人亦不损其文，国中几个能如此？作品起码能活半个世纪的作家，才可以谈得上有创造，孙犁虽然未大红大紫过，作品却始终被人学习，且活到老，写到老，笔力未曾丝毫减弱，可见他创造的能量多大！

　　评论界素有"荷花淀派"之说，其实哪里有派而流？孙犁只是一个孙犁，孙犁是孤家寡人。他的模仿者纵然万千，但模仿者只看到他的风格,看不到他的风格是他生命的外化,只看到他的语言,看不到他的语言有他情操的内涵,便把清误认为了浅,把简误认为了少。因此,模仿他的人要么易成名而不成功,为一株未长大就结穗的麦子,麦穗只能有蝇头大,要么望洋兴叹,半途改弦。天下的好文章不是谁要怎么就可以怎么的,除了有天才,有夙命,还得有深厚的修养,佛是修出来的,不是练出来的。常常有这样的情形,初学者都喜欢拥集孙门,学到一定水平了,就背弃其师,甚至生轻看之心,待最后有了一定成就,又不得不再来尊他。孙犁是最易让模仿者上当的作家,孙犁也是易被社会误解的作家。

　　孙犁不是个写史诗的人(文坛上常常把史诗作家看得过重,那怎么还有史学家呢?),但他的作品直逼心灵。到了晚年,他的文章越发老辣得没有几人能够匹敌。举一个例子,舞台上有人演诸葛,演得惟妙惟肖,可以称得"活诸葛",但"活诸葛"毕竟不是真正的诸葛。明白了要做"活诸葛"和诸葛本身就是诸葛的含义,也就明白了孙犁的道行和价值所在。

1993年2月24日

安妥我灵魂的这本书

　　一晃荡,我在城里已经住罢了二十年,但还未写出过一部关于城的小说。越是有一种内疚,越是不敢贸然下笔,甚至连商州的小说也懒得作了。依我在四十岁的觉悟,如果文章是千古的事——文章并不是谁要怎么写就可以怎么写的——它是一段故事,属天地早有了的,只是有没有夙命可得到。姑且不以国外的事作例子,中国的《西厢记》《红楼梦》,读它的时候,哪里会觉它是作家的杜撰呢?恍惚如所经历,如在梦境。好的文章,囫囵囵是一脉山,山不需要雕琢,也不需要机巧地在这儿让长一株白桦,那儿又该栽一棵兰草的。这种觉悟使我陷于了尴尬,我看不起了我以前的作品,也失却了对世上很多作品的敬畏,虽然清清楚楚这样的文章究竟还是人用笔写出来的,但为什么天下有了这样的文章而我却不能呢?!检讨起来,往日企羡的什么词章灿烂,情趣盎然,风格独特,其实正是阻碍着天才的发展。鬼魅狰狞,上帝无言。奇才是冬雪夏雷,大才是四季转换。我已是四十岁的人,到了一日不刮脸就面目全非的年纪,不能说头脑不成熟,笔下不流畅,即使一块石头,石头也要生出一层苔衣的,而舍去了一般人能享受的升官发财、吃喝嫖赌,那么搔秃了头发,淘虚了身子,仍没美文出来,是我真个没有夙命吗?

我为我深感悲哀。这悲哀又无人与我论说。所以,出门在外,总有人知道了我是某某后要说许多恭维话,我脸烧如炭;当去书店,一发现那儿有我的书,就赶忙走开。我愈是这样,别人还以为我在谦逊。我谦逊什么呢?我实实在在地觉得我是浪了个虚名,而这虚名又使我苦楚难言。

有这种思想,作为现实生活中的一个人来说,我知道是不祥的兆头。事实也真如此。这些年里,灾难接踵而来,先是我患乙肝不愈,度过了变相牢狱的一年多医院生活,注射的针眼集中起来,又可以说经受了万箭穿身;吃过大包小包的中药草,这些草足能喂大一头牛的。再是母亲染病动手术;再是父亲得癌症又亡故;再是妹夫死去、可怜的妹妹拖着幼儿又回住在娘家;再是一场官司没完没了地纠缠我;再是为了他人而卷入单位的是是非非中受尽屈辱,直至又陷入到另一种更可怕的困境里,流言蜚语铺天盖地而来……我没有儿子,父亲死后,我曾说过我前无古人后无来者了。现在,该走的未走,不该走的都走了,几十年奋斗的营造的一切稀里哗啦都打碎了,只剩下了肉体上精神上都有着毒病的我和我的三个字的姓名,而名字又常常被别人叫着写着用着骂着。

这个时候开始写这本书了。

要在这本书里写这个城了,这个城里却已没有了供我写这本书的一张桌子。

在一九九二年最热的天气里,托朋友安黎的关系,我逃离到了耀县。耀县是药王孙思邈的故乡,我兴奋的是在药王山上的药王洞里看到一个"坐虎针龙"的彩塑,彩塑的原意是讲药王当年曾经骑着虎为一条病龙治好了病的。我便认为我的病要好了,因为我是属龙相。后来我同另一位搞戏剧的老景被安排到一座水库管理站住,这是很吉祥的一个地方。不要说我是水命,水又历来与文学有关,且那条沟叫锦阳川就很灿烂辉煌;水库地名又是叫桃曲坡,曲有文的含义,我写的又多是女人之事,这桃便更好了。在那里,远离村庄,少鸡没狗,绿树成阴,繁花遍地,十数名管理人员待我又敬而远之,实在是难得的清静处。整整一个月里,没有广播可听,没有报纸可看,没有麻将,没有扑克。每日早晨起来去树林里掏一股黄亮亮的小便了,透着树干看远处的库面上晨雾蒸腾,直到波光粼粼了一片银的铜的,然后回来洗漱,去伙房里提开水,敲着碗筷去吃饭。夏天的苍蝇极多。饭一盛在碗里,苍蝇也站在了碗沿上,后来听说这是一种饭苍蝇,从此也不在乎了。吃过第一顿饭,我们就各在各的房间里写作,规定了谁也不能打扰谁的,于是一直到下午四点,除了大小便,再不出门。我写起来喜欢关门关窗,窗帘也要拉得严严实实,如果是一个地下的洞穴那就更好。烟是一根接一根地抽,每当老景在外边喊吃饭了,推开门直感烟雾笼罩了你了!再吃过了第二顿饭,这一天里是该轻松轻松了,就趿个拖鞋去库区里游泳。六点钟的太阳还毒着,远近并没有人,虽然勇敢着脱光了衣服,却只会狗刨式,只能在浅水里手脚乱打,打得腥臭的淤泥上来。岸上的蒿草丛里嘎嘎地有嘲笑声,原来早有人在那里窥视。他们说,水库十多年来,每年要淹死三个人的,今年只死过一个,还有两个指标的。我们就毛骨悚然,忙爬出水来穿了裤头就走。再不敢去耍水,饭后的时光就拿了长长的竹竿去打崖畔儿上的酸枣。当第一颗酸枣红起来,我们就把它打下来了,红红的酸枣是我们惟一能吃到的水果。后来很奢侈,竟能贮存很多,专等待山梁背后的一个女孩子来了吃。这女孩子是安黎的同学,人漂亮,性格也开朗,她受安黎之托常来看望我们,送笔呀纸呀药片呀,有时会带来几片烙饼。夜里,这里的夜特别黑,真正的伸手不见五指,我们就互相念着写过的章节,念着念着,我们常害肚子饥,但并没有什么可吃的。我们曾经设计过去偷附近村庄农民的南瓜和土豆,终是害怕了那里的狗,未能实施。管理站前的丁字路口边是有一棵核桃树的,树之顶尖上有一颗青皮核桃,我去告诉了老景,老景说他早已发现。黄昏的时候我们去那里抛着石头掷打,但总是目标不中,歇歇气,搜集了好大一堆石块瓦片,掷完了还是打不下来,倒累得脖子疼胳膊疼,只好一边回头看着一边走开。这个晚上,已经是十一点了,老景馋得不行,说知了的幼虫是可以油炸了吃的,并厚了脸借来了电炉子、小锅、油、盐,似乎手到擒来,一顿美味就要到口了。他领着我去树林子;用手电在这棵树上照照,又到那棵树上照照,树干上是有着蝉的壳,却没有发现一只幼虫。这样为着觅食而去,觅食的过程却获得了另一番快感。往后的每个晚上这成了我们的一项工作。不知为什么,幼虫还是一只未能捉到,捉到的倒是许多萤火虫,这里的萤火虫到处在飞,星星点点又非常的亮,我们从林子中的小路上走过,常恍惚是身在了银河的。

老景长得白净,我戏谑他是唐僧,果然有一夜一只蝎子就钻进他的被窝咬了他,这使我们都提心吊胆起来,睡觉前翻来覆去地检查屋之四壁,抖动被褥。蝎子是再也没有出现的,而草蚊飞蛾每晚在我们的窗外聚会,黑乎乎地一疙瘩一疙瘩的,用灭害灵去喷,尸体一扫一簸箕的。我们便认为这是不吉利的事。我开始打磨我在香山捡到的一块石头,这石头很奇特,上边天然形成一个"大"字,间架结构又颇似柳体。我把"大"字石头雕刻了一个人头模样系在脖子上,当作我的护身符。这护身符一直系着,直到我写完了这部书。老景却在树林子里捡到了一条七寸蛇的干尸,那干尸弯曲得特别好,他挂在白墙上,样子极像一个凝视的美妙的少女。我每天去他房间看一次蛇美人,想入非非。但他要送我,我不敢要。

在耀县锦阳川桃曲坡水库——我永远不会忘记这个地名的——待过了整整一个月,人明显是瘦多了,却完成了三十万字的草稿。那间房子的门口,初来时是开绽了一朵灼灼的大理花的,现在它已经枯萎。我摘下一片花瓣夹在书稿里下山。一到耀县,我坐在一家咸汤面馆门口,长出了一口气,说:"让我好好吃顿面条吧!"吃了两海碗,口里还想要,肚子已经不行了,坐在那里立不起来。

回到西安,我是奉命参加这个城市的古文化艺术节书市活动的。书市上设有我的专门书柜,疯狂的读者抱着一摞一摞的书让我签名,秩序大乱,人潮翻涌,我被围在那里几乎要被挤得粉碎。几个小时后幸得十名警察用警棍组成一个圆圈,护送了我钻进大门外的一辆车中急速遁去。那样子回想起来极其可笑。事后我的一个朋友告诉说,他骑车从书市大门口经过时,正瞧着我被警察拥着下来,吓了一跳,还以为我犯了什么罪。我那时确实有犯罪的心理,虽然我不能对着读者说我太对不起你们了,但我的脸上没有一丝笑容。离开了被人拥簇的热闹之地,一个人回来,却寡寡地窝在沙发上吸烟落泪。人人都有一本难念的经,我的经比别人更难念。对谁去说?谁又能理解?这本书并没有写完,但我再没有了耀县的清静,我便第一次出去约人打麻将,第一次夜不归宿,那一夜我输了个精光。但写起这本书来我可以忘记打麻将,而打起麻将了又可以忘记这本书的写作。我这么神不守舍地握着日子,白天害怕天黑。天黑了又害怕天亮。我感觉有鬼在暗中逼我,我要彻底毁掉我自己了,但我不知道我该怎么办。这时候,我收到一位朋友的信,他在信中骂我迷醉于声名之中,为什么不加紧把这本书写完?!我并没有迷醉于声名之中,正是我知道成名不等于成功,才痛苦得不被人理解,不理解又要以自己的想法去做,才一步步陷入了众要叛亲要离的境地!但我是多么感激这位朋友的责骂,他的骂使我下狠心摆脱一切干扰,再一次逃离这个城市去完成和改抄这本书的全稿了。我虽然还不敢保险这本书到底会写成什么模样,但我起码得完成它!

于是我带着未完稿又开始了时间更长更久的流亡写作。

我先是投奔了户县李连成的家。李氏夫妇是我的乡党,待人热情,又能做一手我喜爱吃的家乡饭菜。一九八六年我改抄长篇小说《浮躁》就在他家。去后,我被安排在计生委楼上的一间空屋里。计生委的领导极其关照,拿出了他们崭新的被褥,又买了电炉子专供我取暖,我对他们的接纳十分感激,说我实在没法回报他们,如果我是一个妇女,我宁愿让他们在我肚子上开一刀,完成一个计划生育的指标。一天两顿饭,除了按时去连成家吃饭,我就待在房子里改写这本书,整层楼上再没有住人,老鼠在过道里爬过,我也能听得它的声音。窗外临着街道,因不是繁华地段,又是寒冷的冬天,并没有喧嚣。只是太阳出来的中午,有一个黑脸的老头总在窗外楼下的固定的树下卖鼠药,老头从不吆喝,却有节奏地一直敲一种竹板。那梆梆的声音先是心烦,由心烦而去欣赏,倒觉得这竹板响如寺院禅房的木鱼声,竟使我愈发心神安静了。先头的日子里,电炉子常要烧断,一天要修理六至八次;我不会修,就得喊连成来。那一日连成去乡下出了公差,电炉子又坏了,外边又刮风下雪,窗子的一块玻璃又撞碎在楼下,我冻得握不住笔,起身拿报纸去夹在窗纱扇里挡风;刚夹好,风又把它张开;再去夹,再张开,只好拉闭了门往连成家去。袖手缩脖下得楼来,回头看三楼那个还飘动着破报纸的窗户,心里突然体会到了杜甫的《茅屋为秋风所破歌》的境界。

　　住过了二十余天。大荔县的一位朋友来看我,硬要我到他家去住,说他新置了一院新宅,有好几间空余的房子。于是连成亲自开车送我去了渭北的一个叫邓庄的村庄,我又在那里住过了二十天。这位朋友姓马,也是一位作家,我所住的是他家二楼上的一间小房。白日里,他在楼下看书写文章,或者逗弄他一岁的孩子;我在楼上关门写作,我们谁也不理谁。只有到了晚上,两人在一处走六盘象棋。我们的棋艺都很臭,但我们下得认真,从来没有悔过子儿。渭北的天气比户县还要冷,他家的楼房又在村头,后墙之外就是一眼望不到边的大平原,房子里虽然有煤火炉,我依然得借穿了他的一件羊皮背心,又买了一条棉裤,穿得臃臃肿肿。我个子原本不高,几乎成了一个圆球,每次下那陡陡的楼梯就想到如果一脚不慎滚下去,一定会骨碌碌直滚到院门口去的。邓庄距县城五里多路,老马每日骑车进城去采买肉呀菜呀粉条呀什么的。他不在,他的媳妇抱了孩子也在村中串门去了。我的小房里烟气太大,打开门敞着,我就站立在楼栏杆处看着这个村子。正是天近黄昏,田野里浓雾又开始弥漫,村巷里有许多狗咬,邻家的鸡就扑扑棱棱往树上爬,这些鸡夜里要栖在树上,但竟要栖在四五丈高的杨树梢上,使我感到十分惊奇。

二十天里,我烧掉了他家好大一堆煤块,每顿的饭里都有豆腐,以致卖豆腐的小贩每日数次在大门外吆喝。他家的孩子刚刚走步,正是一刻也不安静地动手动脚,这孩子就与我熟了,常常偷偷从水泥楼梯台爬上来,冲着我不会说话地微笑。老马的媳妇笑着说:"这孩子喜欢你,怕将来也要学文学的。"我说,孩子长大干什么都可以,千万别让弄文学。这话或许不应该对老马的媳妇说,因为老马就是弄文学的,但我那时说这样的话是一片真诚。渭北农村的供电并不正常,动不动就停电了,没有电的晚上是可怕的,我静静地长坐在藤椅上不起,大睁着夜一样黑的眼睛。这个夜晚自然是失眠了,天亮时方睡着。已经是十一点了,迷迷糊糊睁开眼,第一个感觉里竟不知自己是在哪儿。听得楼下的老马媳妇对老马说:"怎不听见他叔的咳嗽声,你去敲敲门,不敢中了煤气了!"我赶忙穿衣起来,走下楼去,说我是不会死的,上帝也不会让我无知无觉地自在死去的,却问:"我咳嗽得厉害吗?"老马的媳妇说:"是厉害,难道你不觉得?!"我对我的咳嗽确实没有经意,也是从那次以后留心起来,才知道我不停地咳嗽着。这恐怕是我抽烟太多的缘故。我曾经想,如果把这本书从构思到最后完稿的多半年时间里所抽的烟支接连起来,绝对得有一条长长的铁路那么长。

当我所带的稿纸用完了最后的一张,我又返回到了户县,住在了先前住过的房间里。这时已经月满,年也将尽,"五豆"、"腊八"、二十三,县城里的人多起来,忙忙碌碌筹办年货。我也抓紧着我的工作,每日无论如何不能少于七千字的速度。李氏夫妇瞧我脸面发胀,食欲不振,想方设法地变换饭菜的花样,但我还是病了,而且严重地失眠。我知道一走近书桌,书里的庄之蝶、唐宛儿、柳月在纠缠我;一离开书桌躺在床上,又是现实生活中纷乱的人事在困扰我。为了摆脱现实生活中人事的困扰,我只有面对了庄之蝶和庄之蝶的女人,我也就常常处于一种现实与幻想混在一起无法分清的境界里。这本书的写作,实在是上帝给我大大的安慰和太大的惩罚,明明是一朵光亮美艳的火焰,给了我这只黑暗中的飞蛾兴奋和追求,但诱我近去了却把我烧毁。

腊月二十九的晚上,我终于写完了全书的最后一个字。

对我来说,多事的一九九二年终于让我写完了,我不知道新的一年我将会如何地生活,我也不知道这部苦难之作命运又是怎样。从大年的三十到正月的十五,我每日回坐在书桌前目注着那四十万字的书稿,我不愿动手翻开一页。这一部比我以前的作品更优秀呢,还是情况更糟?是完成了一桩夙命呢,还是上苍的一场戏弄?一切都是茫然,茫然如我不知我生前为何物所变、死后又变何物。我便在未作全书最后的一次润色工作前写下这篇短文,目的是让我记住这本书带给我的无法向人说清的苦难,记住在生命的苦难中又惟一能安定我破碎了的灵魂的这本书。

1993年1月下旬

说　话

　　我出门不大说话,是因为我不会说普通话。人一稠,只有安静着听,能笑的也笑,能恼的也恼,或者不动声色。口舌的功能失去了重要的一面,吸烟就特别多,更好吃辣子,吃醋。

　　我曾经努力学过普通话,最早是我补过一次金牙的时候,再是我恋爱的时候,再是我有些名声,常常被人邀请。但我一学说,舌头就发硬,像大街上走模特儿的一字步,有醋熘过的味儿。自己都恶心自己的声调,也便羞于出口让别人听,所以终没有学成。后来想,毛主席都不说普通话,我也不说了。而我的家乡话外人听不懂,常要一边说一边用笔写些字眼,说话的思维便要隔断,越发说话没了激情,也没了情趣,于是就干脆不说了。

　　数年前同一个朋友上京,他会普通话,一切应酬由他说,遗憾的是他口吃,话虽说得很慢,仍结结巴巴,常让人有没气儿了,要过去了的危险感觉。偏有一日在长安街上有人问路,这人竟也是口吃,我的朋友就一语不发,过后我问怎么不说,他说,人家也是口吃,我要回答了,那人以为我是在模仿戏弄,所以他是封了口的。受朋友的启示,以后我更不愿说话。有一年夏天,北京的作家叫莫言的去新疆,突然给我发了电报,让我去西安火车站接他,那时我还未见过莫言,就在一个纸牌上写了"莫言"二字在车站转来转去等他,一个上午我没有说一句话,好多人直瞅着我也不说话。那日莫言因故未能到西安,直到快下午了,我迫不得已问一个人×次列车到站了没有,那人先把我手中的纸牌翻了过儿,说:"现在我可以对你说话了,我不知道。"我才猛然醒悟到纸牌上写着莫言二字。这两个字真好,可惜让别人用了笔名。我现在常提一个提包,是一家聋哑学校送我的,我每每把有"聋哑学校"的字样亮出来,出门在外觉得很自在。

不会说普通话,有口难言,我就不去见领导,见女人,见生人,慢慢乏于社交,越发瓜呆。但我会骂人,用家乡的土话骂,很觉畅美。我这么说的时候,其实心里很悲哀,恨自己太不行,自己就又给自己鼓劲,所以在许多文章中,我写我的出生地绝不写是贫困的山地,而写"出生的地方如同韶山",写不会说普通话时偏写道:普通话是普通人说的话嘛!

一个和尚曾给我传授过成就大事的秘诀:心系一处,守口如瓶。我的女儿在她的卧房里也写了这八个字的座右铭,但她写成"心系一处,守口如平",平是我的乳名,她说她也要守口如爸爸。

不会说普通话,我失去了许多好事,也避了诸多是非。世上有流言和留言——流言凭嘴,留言靠笔——我不会去流言,而滚滚流言对我而来时,我只能沉默。

说 奉 承

奉承领袖是喊万岁,奉承女人是说漂亮,一般的人,称作同志的,老师的,师傅的,夸他是雷锋,这雷锋就帮你干许多你懒得干的琐碎杂事。人需要奉承,鬼也奠祀着安宁,打麻将不能怨牌臭,论形势今年要比去年好,给牛弹琴,牛都多下奶,渴了望梅,望梅果然止渴。

每个人少不了有奉承,再是英雄,多么正直,最少他在恋爱时有奉承行为。一首歌词,是写少年追求一个牧羊女的,说:"我愿做一只小羊,让你用鞭子轻轻地抽在身上。"现实生活中,我们常常在拥挤的电车上看到有的乘客不慎踩了别的乘客的脚,如果是男人踩了男人的脚那就不得了,是丑女人踩了男人的脚那也不得了,但是个漂亮的女子踩的,被踩的男人反倒客气了:对不起,我把你的脚垫疼了!世上的女人如小贩筐里的桃子,被挑到底,也被卖到完,所以,女人是最多彩的风景,大到开天辟地,产生了人类,发生了战争,小到男人们有了羞耻去盖厕所。女人已敏感于奉承,也习惯了奉承,对女人最大的残酷不是服苦役,坐大牢,而是所有的男人都不去奉承。

对于女人的奉承——我们可以继续说奉承话吧——并不是错误,它发乎于天性,出自于真诚的热爱美好。最多是我们听到那些奉承的话,看到那些奉承的事,背过身去轻轻窃笑。而不能忍受的,浑身要起鸡皮疙瘩,发麻的,是对一些并不发乎于真诚的奉承。有一位熟人,他不止一次地向我发过牢骚,批评他的领导未在位之前,是不学无术的,"他老婆都瞧不起他,"他说,"连老婆都瞧不起的男人,谁还瞧得起他呢?"可这样的人阴差阳错到了位上,却什么都懂了,任何门科的业务会议上,他都讲话,讲了话你就得记录,贯彻执行!以至于他们同伴之间讥讽,也是"你别精能得像咱领导!"可是,偏是这样的领导,我的那位熟人,在批评与自我批评的会上来奉承了:"我给咱头儿提个意见吧:你太不爱惜自己的身体了!你的身体难道是你个人的吗?不,是大家的,是集体的!"

我曾参加过许多全国性的会议,出席者胸前都要戴贴着照片的证牌的,我偶然一次往一位已经是七十多岁的老太太的证牌上看了一眼,看到的照片是四五十年前的她,于是留心,竟发现所有的老太太们的照片没一张是现时的。照片当然是自己提供的,老太太们都是名人,年轻时又都是美人,不愿意退出美的舞台是可以理解的,但已经鸡皮鹤首了还戴二三十岁的照片,这实在也太奉承自己了。也就在这次会上,我与一位写书的领导住隔壁,墙不隔音,我每天都能听到来访者对领导的头发、西服以及领导所著的叫《××××》的一本书的奉承。我静静地听,不敢笑,也不敢咳嗽,评价着奉承的高明与低下。大多是智商不高,惟有一日出现个口吃的声音,先是寒暄了一会儿,接着就沉默,接着就是要打破沉默的"啃儿""啃儿"的笑,接着说:"我给你说件真真,真实的事。昨天我上,上街,两个人打打打架了,一个把一个打倒在在地,在地上的要往起扑,头头一扬,一扬的。那人打了三三三拳,头往上扬,扬的,再用脚踢,头还是扬的,那人在地上摸摸砖,还是扬,正好旁边有个书书摊,捡了本书去头上一、一、一拍,头不扬了!你知道那是什什么书?是《××××》!"

奉承是要得法的,会奉承的人都是语言大师。见秃头说聪明绝顶,坏一只眼是一目了然。某人长相像一个名人,要奉承,说你真像××,不如说××真像你。工会的主席姓王,王姓好呀,正写倒写都是王,如果说:你这王主席,长个小尾巴就好了!王字长了小尾巴成毛字。瞧这话说得多水平!有人奉承就不得法,人总是要死的,你却不能祝寿时说哎呀,离死又近了一年。领导去基层,可以说你亲自去考察呀!领导上厕所,怎么也不该说你亲自去尿呀!我害病住过院,有人来探视,说:听说你病了,我好难过,路上心里想,自古才子命短……他虽然称我是才子,可我正怕死,他说命短,我怎么高兴?有一度关于我的谣言颇多,甚至有了我的桃色新闻,一个人来安慰我,说:你那些事我听说了,真让我生气!名人嘛,有几个女人是应该的嘛,你千万不要往心上去!他这不是肯定了我的桃色新闻?!

每一个生命之所以为生命,是有其自信和自尊的,一旦宁肯牺牲自己的自信与自尊去奉承,那就有了企图。企图可以硬取,刺刀见红,企图也可以软赚,奉承为事。寓言里的狐狸奉承乌鸦的嗓音好,是想得到乌鸦叼着的一块肉,说"站惯了"的奴才贾桂,是想早日做坐下的主子。善奉承的眼光雪亮,他绝不肯奉承比他位低的,势小的。科长只能奉承处长,处长只能奉承局长,一级撵一级,只要有官之阶,人就往高处走。委屈者求的是全,忍小事者为的是大谋。人的生活中是需要一些虚幻的精神的,有人疼痛,相信止痛针,给注射些蒸馏水,就说是止痛药,那疼痛也就不疼痛了,被奉承的为了荣誉、利益乐于让他人奉承,待发觉给鸡送来了饲养却拿走了鸡蛋时,被奉承者才明白了奉承。

当然,话有三说,巧说为妙,巧说不一定就是奉承。灶王爷之所以是人间普遍喜爱的神,是灶王爷"上天言好事,下界降吉祥",也正因为灶王爷是没私利的言好事,降吉祥,灶王爷永远未升官晋级。看多了世间的奉承者和接受奉承者,有许多激愤,想想,人本身有私欲,社会又注重权与势,哪里又能消灭奉承者和接受奉承者?奉承换句话说是献媚,献媚就是送上女之色,是妓的行为,那么,既然有了妓,妓使许多人变成了嫖客,嫖客得性病就让他自受去吧。

1994年3月28日夜

说　请　客

　　请客半日忙。大包小袋地从街上买着东西回来了,就操心自己的手艺,能否把一桌饭菜烹饪得有形有色有味？再是操心要请的客人会不会到来？今日真是个好日子！一切该按心愿的都按心愿进行了,送走客人,满屋狼藉,心身仍是不累的,立在房门口要给邻居家诉说:"他是×××呀！"×××总是有权有势或者有名的人。如果是男娶女嫁,孩子满月,老人过寿,以及分到了房子、评上了职称,请客是熟人来,把一个欢乐扩大成十个欢乐。可×××是何等人物,席好摆,客难请的。于是,请过了客的夫妇在这个晚上吃残汤剩水时,一个在说:"我真怕他不来的。"一个在说:"他总算是吃过咱们的了！"拿上等的饭菜给人家吃了,似乎那饭菜是多余的,像门口的垃圾,垃圾车来拉走了,就得感谢呀的。

　　在这个世界上,有坐轿的就有抬轿的,有想瞌睡的就有递枕头的,有人请吃,有人吃请,这如同狗吃得那么多狗不下蛋,鸡虽然刨着吃,蛋却一天一个,鸡就是下蛋的品种嘛！请吃和吃请,都是一个吃字,人活着当然不是为了吃,但吃是活着的一个过程,人乐趣于所有事情的过程。在西方,社会靠金钱和法律维系,中国讲究权势和人情,一切又都表现在吃。最早的握手起源于人与人的不信任,在普遍没有吃的时候,你冒着生命危险捕获到食物让我吃,这岂能不让我感动?当我们看见母鸡辛辛苦苦啄死了一条蜈蚣,锐声叫唤着小鸡来吃,就想到最初请客也就是这样吧。

最初的请客是一种抚养或贡献,而现在的请客则沦落到一种公关,除了给神像,再也没有贡献,抚养自己孩子也为着防老,雷锋绝对没有了,虽然那个雷锋还有厚厚的日记要记下一切。请客就请吧,帖子越来越精美,言语越说越诚恳,几乎如信男信女朝山拜佛,如面对了现场发功的气功大师,闭目屏息,迎掌端坐。但是,十分讲究虔诚的信徒们其实是何等自私的人们,他们虔诚的目的只是索取!请客者大多是有求于别人,或者在求人前,或者在求人后,深谋的还有个早些渗渠,短见的只要个立竿见影,吃一次饭当然是送蝇头以图牛头。我们常常会看到有不得不请客的人家请过客了,仍一脸无声的笑,拉拉扯扯地,一边送客走,一边要说:哎呀,天还早的,多坐会嘛!心里想的是"客走主人安,跳蚤蹦了狗喜欢"。若请吃了事未办成,吃过这一次再不会有第二次,这一次也是"全当喂了狗啦!"吃请的呢,有帮了你的,就等着你有什么表示,连一顿饭也不请吗?或许也知道君子不吃嗟来之食,他家里并不缺一顿吃的,吃请是一种身份和荣誉呀。有的人却是吃请吃烦了,饭菜是人家的,肠胃是自己的,花时间,穷应酬,说免了免了,会给帮忙的。但不吃人家不相信,这饭是一种凭证。吃吧,实在是把自己做了人质,把肚子做了坟墓,一股脑地埋葬那些鸡鱼猪羊的尸体了。

一个多么会吃的民族,并且自诩吃出了一种灿烂的文化,可请吃的和吃请的哪里又会明白,人是离不得吃的,吃食的不同却要改变人的品种的。秃隼之所以形容恶丑、性情暴戾,秃隼的食物是腐肉,凤凰吃的是洁莲之果,清竹之实,凤凰才气质高贵,美丽绝伦。人对食品有好有恶,和尚没有不高古的,酒鬼没有不丧德的,湖南人吃辣多革命,山西人吃醋少铺张,请吃者什么都让你吃,吃请者有什么吃什么,凡是胃囊什么食物都能盛的,少悟性,乏技艺,只能平庸,只能什么也干不了,去干一般的官儿,只能肥头大耳。肥头大耳又容易是什么呢?鱼就是为了吃,吃下了钓钩,狐狸就是为了皮毛美丽的那点荣誉,死亡于猎人的枪口。

说请客,社会上相当多的聪明能干之人其实是善请客而已,而被请者又有哪一个是讨妇乞儿?为请客如何费尽心机,赴吃请又怎样丑态百出,这其中生动的例子,随便在任何地方稍加留意,就能看到和听到,令人捧腹一笑。笑过了却一想,在目下的中国,如同城市人每人都有一辆自行车一样,我们每一个人,或许没有被吃请过,却谁是没有请吃过呢?笑别人就笑自己吧,骂别人就骂自己吧。那么,我们会说,我们算什么呀,吃请还不是大吃请,请吃还不是大请吃,全中国最有名的吃请者只有一个,他就是那个钟馗。

是的,是钟馗。请吃就请钟馗,吃请就吃小鬼。

1994年1月11日于病室

菩萨

秋季的傍晚

读张爱玲

先读的散文,一本《流言》,一本《张看》;书名就劈面惊艳。天下的文章谁敢这样起名,又能起出这样的名,恐怕只有个张爱玲。女人的散文现在是极其的多,细细密密的碎步儿如戏台上的旦角,性急的人看不得,喜欢的又有一班只看颜色的看客,噢儿噢儿叫好,且不论了那些油头粉面,单是正经的角儿,秦香莲,白素贞,七仙女……哪一个又能比得崔莺莺?张的散文短可以不足几百字,长则万言,你难以揣度她的那些怪念头从哪儿来的,连续性的感觉不停地闪,组成了石片在水面一连串地漂过去,溅一连串的水花。一些很著名的散文家,也是这般贯通了天地,看似胡乱说,其实骨子里尽是道教的写法——散文家到了大家,往往文体不纯而类如杂说——但大多如在晴朗的日子,窗明几净,一边茗茶一边瞧着外边;总是隔了一层,有学者气或佛道气。张是一个俗女人的心性和口气,嘟嘟嘟地唠叨不已,又风趣,又刻薄,要离开又想听,是会说是非的女狐子。

看了张的散文,就寻张的小说,但到处寻不着。那一年到香港,什么书也没买,只买了她的几本,先看过一个长篇,有些失望,待看到《倾城之恋》、《金锁记》、《沉香屑》那一系列,中她的毒已经日深。——世上的毒品不一定就是鸦片,茶是毒品,酒是毒品,大凡嗜好上瘾的东西都是毒品。张的性情和素质，离我很远，明明知道读她只乱我心，但偏是要读。使我常常想起画家石鲁的故事。石鲁脑子病了的时候，几天里拒绝吃食，说："门前的树只喝水，我也喝水！"古今中外的一些大作家，有的人的作品读得多了，可以探出其思维规律，循法可学，有的则不能，这就是真正的天才。张的天才是发展得最好者之一，洛水上的神女回眸一望，再看则是水波浩渺，鹤在云中就是鹤在云中，沈三白如何在烟雾里看蚊飞，那神气毕竟不同。我往往读她的一部书，读完了如逛大的园子，弄不清了从哪儿进门的，又如何穿径过桥走到这里？又像是醒来回忆梦，一部分清楚，一部分无法理会，恍恍惚惚。她明显地有曹霑的才情，又有现今人的思考，就和曹氏有了距离，她没有曹氏的气势，浑淳也不及沈从文，但她的作品的切入角度，行文的诡谲以及弥漫的一层神气，又是旁人无以类比。

　　天才的长处特长，短处极短，孔雀开屏最美丽的时候也暴露了屁股，何况张又是个执拗的人。时下的人，尤其是也稍要弄些文的人，已经有了毛病，读作品不是浸淫作品，不是学人家的精华，启迪自家的智慧，而是卖石灰就见不得卖面粉，还没看原著，只听别人说着好了，就来气，带气入读，就只有横挑鼻子竖挑眼。这无损于天才，却害了自家。张的书是可以收藏了常读的。

　　与许多人来谈张的作品，都感觉离我们很远，这不指所描叙的内容，而是那种才分如云，以为她是很古的人。当知道张现在还活着，还和我们同在一个时候，这多少让我们感到形秽和丧气。

　　《西厢记》上说：不会相思，学会相思，就害相思！《西厢记》上又说：好思量，不思量，怎不思量？嗨，与张爱玲同活在一个世上，也是幸运，有她的书读，这就够了！

1994年12月17日早

朋　友

朋友是磁石吸来的铁片儿,钉子,螺丝帽和小别针,只要愿意,从俗世上的任何尘土里都能吸来。现在,街上的小青年有江湖义气,喜欢把朋友的关系叫"铁哥们",第一次听到这么说,以为是铁焊了那种牢不可破,但一想,磁石吸的就是关于铁的东西呀。这些东西,有的用力甩甩就掉了,有的怎么也甩不掉,可你没了磁性它们就全没有喽! 昨天夜里,端了盆热水在凉台上洗脚,天上一个月亮,盆水里也有一个月亮,突然想到这就是朋友么。

我在乡下的时候,有过许多朋友,至今二十年过去,来往的还有一二,八九皆已记不起姓名,却时常怀念一位已经死去的朋友。我个子低,打篮球时他肯传球给我,我们就成了朋友,数年间形影不离。后来分手,是为着从树上摘下一堆桑葚,说好一人吃一半的,我去洗手时他吃了他的一半,又吃了我的一半的一半。那时人穷,吃是第一重要的。现在是过城里人的日子,人与人见面再不问"吃过了吗"的话。在名与利的奋斗中,我又有了相当多的朋友,但也在奋斗名与利的过程中,我的朋友变换如四季。……走的走,来的来,你面前总有几张板凳,板凳总没空过。我做过大概的统计,有危难时护佑过我的朋友,有贫困时周济过我的朋友,有帮我处理过鸡零狗碎事的朋友,有利用过我又反过来踹我一脚的朋友,有诬陷过我的朋友,有加盐加醋传播过我不该传播的隐私而给我制造了巨大的麻烦的朋友。成我事的是我的朋友,坏我事的也是我的朋友。有的人认为我没有用了不再前来,有些人我看着恶心了主动与他断交,但难处理的是那些帮我忙越帮越乱的人,是那些对我有过恩却又没完没了地向我讨人情的人。地球上人类最多,但你一生的交往最多的却不外乎方圆几里或十几里,朋友的圈子其实就是你人生的世界,你的为名为利的奋斗历程就是朋友的好与恶的历史。有人说,我是最能交朋友的,殊不知我的相当多的时间却是被铁朋友占有,常常感觉里我是一条端上饭桌的鱼,你来搅一筷子,他来挖一勺子,我被他们吃剩下一副骨架。当我一个人坐在厕所的马桶上独自享受清静的时候,我想象坐监狱是美好的,当然是坐单人号子。但有一次我独自化名去住了医院,只和戴了口罩的大夫护士见面,病床的号码就是我的一切,我却再也熬不了一个月,第二十七天里翻院墙回家给所有的朋友打电话。也就有人说啦:你最大的不幸就是不会交友。这我便不同意了,我的朋友中是有相当一些人令我吃尽了苦头,但更多的朋友是让我欣慰和自豪的。过去的一个故事讲,有人得了病看医生,正好两个医生一条街住着,他看见一家医生门前鬼特别多,认为这医生必是医术不高,把那么多人医死了,就去门前只有两个鬼的另一位医生家看病,结果病没有治好。旁边人推荐他去鬼多的那家医生看病,他说那家门口鬼多这家门口鬼少,旁边人说:那家医生看过万人病,死鬼五十个,这家医生在你之前就只看过两个病人呀!我想,我恐怕是门前鬼多的那个医生。根据我的性情、职业、地位和环境,我的朋友可以归两大类:一类是生活关照型。人家给我办过事,比如买了煤,把煤一块一块搬上楼,家人病了找车去医院,介绍孩子入托。我当然也给人家办过事,写一幅字让他去巴结他的领导,画一张画让他去银行打通贷款的关节,出席他岳父的寿宴。或许人家帮我的多,或许我帮人家的多,但只要相互诚实,谁吃亏谁占便宜就无所谓,我们就是长朋友,久朋友。一类是精神交流型。具体事都干不来,只有一张八哥嘴,或是我慕他才,或是他慕我才,在一块谈文道艺,吃茶聊天。在相当长的时间里,我把我的朋友看得非常重要,为此冷落了我的亲戚,甚至我的父母和妻子儿女。可我渐渐发现,一个人活着其实仅仅是一个人的事,生活关照型的朋友可能了解我身上的每一个痣,不一定了解我的心,精神交流型的朋友可能了解我的心,却又常常拂我的意。快乐来了,最快乐的是自己。苦难来了,最苦难的也是自己。

然而我还是交朋友,朋友多多益善,孤独的灵魂在空荡的天空中游弋,但人之所以是人,有灵魂同时有身躯的皮囊,要生活就不能没有朋友,因为出了门,门外的路泥泞,树丛和墙根又有狗吠。

西班牙有个毕加索,一生才大名大,朋友是很多的,有许多朋友似乎天生就是来扶助他的,但他经常换女人也换朋友。这样的人我们效法不来,而他说过一句话:朋友是走了的好。我对于曾经是我朋友后断交或疏远的那些人,时常想起来寒心,也时常想到他们的好处。如今倒坦然多了,因为当时寒心,是把朋友看成了自己和自己的家人,殊不知朋友毕竟是朋友,朋友是春天的花,冬天就都没有了,朋友不一定是知己,知己不一定是朋友,知己也不一定总是人,他既然吃我,耗我,毁我,那又算得了什么呢?皇帝能养一国之众,我能给几个人好处呢?这么想想,就想到他们的好处了。

今天上午,我又结识了一个新朋友,他向我诉苦说他的老婆工作在城郊外县,家人十多年不能团聚,让我写几幅字,他去贡献给人事部门的掌权人。我立即写了,他留下一罐清茶一条特级烟。待他一走,我就拨电话邀三四位旧的朋友来有福同享。这时候,我的朋友正骑了车子向我这儿赶来,我等待着他们,却小小私心勃动,先自己沏一杯喝起,燃一支吸起,便忽然体会了真朋友是无言的牺牲,如这茶这烟,于是站在门口迎接喧哗到来的朋友而仰天嗬嗬大笑了。

草于1997年2月5日晚

药师琉璃光佛图

一夜春风华罗列 正是清茶品饮时

进 山 东

第一回进山东,春正发生,出潼关沿着黄河古道走,同车里坐着几个和尚——和尚使我们与古代亲近——恍惚里,春秋战国的风云依然演义,我这是去了鲁国之境了。鲁国的土地果然肥沃,人物果然礼仪,狼虎的秦人能被接纳吗?深沉的胡琴从那一簇蓝瓦黄墙的村庄里传来,音韵绵长,和那一条并不知名的河,在暮色苍茫里蜿蜒而来又蜿蜒而去,弥漫着,如麦田上浓得化也化不开的雾气,我听见了在泗水岸上,有了"逝者如斯夫"的声音,从孔子一直说到了现在。

我的祖先,那个秦嬴政,在他的生前是曾经焚书坑儒过的,但居山高为秦城,秦城已坏,凿池深为秦坑,自坑其国,江海可以涸竭,乾坤可以倾侧,惟斯文用之不息,如今,他的后人如我者,却千里迢迢来拜孔子了。其实,秦嬴政在统一天下后也是来过鲁国旧地,他在泰山上祀天,封禅是帝王们的举动,我来山东,除了拜孔,当然也得去登泰山,只是祈求上天给我以艺术上的想象和力量。接待我的济宁市的朋友,说:哈,你终于来了!我是来了,孔门弟子三千,我算不算三千零一呢?我没有给伟大的先师带一束干肉,当年的苏轼可以唱"执瓢从之,忽焉在后",我带来的惟是一颗头颅,在孔子的墓前叩一个重响。

一出潼关,地倾东南,风沙于后,黄河在前,是有了这么广大的平原才使黄河远去,还是有了黄河才有了这平原?哐啷哐啷的车轮整整响了一夜,天明看车外,圆天之下是铅色的低云,方地之上是深绿的麦田,哪里有紫白色的桐花哪里就有村庄,粗糙的土坯院墙,砖雕的门楼,脚步迟缓的有着黑红颜色而褶纹深刻的后脖的农民,和那叫声依然如豹的走狗——山东的风光竟与陕西关中如此相似!这种惊奇使我必然思想,为什么山东能产生孔子呢?那年去新疆,爱上了吃新疆的馕,怀里揣着一块在沙漠上走了一天,遇见一条河水了,蹲下来洗脸,日地将馕抛向河的上游,开始洗脸,洗毕时馕已顺水而至,捡起泡软了的馕就水而吃,那时我歌颂过这种食品,正是吃这种食品产生了包括穆罕默德在内的多少伟人!而山东也是吃大饼的,葱卷大饼,就也产生了孔子这样的圣人吗?古书上也讲,泰山在中原独高,所以生孔子。圣人或许是吃简单的粗糙的食品而出的,但孔子的一部《论语》能治天下,儒家的文化何以又能在这里产生呢?望着这大的平原,我醒悟到平原里黄天厚土,它深沉博大,它平坦辽阔,它正规,它也保守而滞板,儒文化是大平原的产物,大平原只能产生儒文化。那么,老庄的哲学呢?就产生于山地和沼泽吧。

　　在曲阜,我已经无法觅寻到孔子当年真正生活过的环境,如今以孔庙孔府孔林组合的这个城市,看到的是历朝历代皇帝营造起来的孔家的赫然大势。一个文人,身后能达到如此的豪华气派,在整个地球上怕再也没有第二个了。这是文人的骄傲。但看看孔子的身世,他的生前凄凄惶惶的形状,又让我们文人感到了一份心酸。司马迁是这样的,曹雪芹也是这样,文人都是与富贵无缘,都是生前得不到公正的。在济宁,意外地得知,李白竟也是在济宁住过了二十余年啊!遥想在四川参观杜甫草堂,听那里人在说,流离失所的杜甫到成都去拜会他的一位已经做了大官的昔日朋友,门子却怎么也不传禀,好不容易见着了朋友,朋友正宴请上司,只是冷冷地让他先去客栈里住下好了。杜甫蒙受羞辱,就出城到郊外,仰躺在田埂上对天浩叹。尊诗圣的是因为需要诗圣,做诗圣的只能贫困潦倒。我是多么崇拜英雄豪杰呀,但英雄豪杰辈出的时代斯文是扫地的。孔庙里,我并不感兴趣那些大大小小的皇帝为孔子竖立的石碑,独对那面藏书墙钟情,孔老夫子当周之衰则否,属鲁之乱则晦,及秦之暴则废,遇汉之王则兴,乾坤不可以久否,日月不可以久晦,文籍不可以久废啊!

当我立于藏书墙下留影拍照时,我吟诵的是米芾的赞词:"孔子孔子,大哉孔子!孔子以前,既无孔子;孔子以后,更无孔子。孔子孔子,大哉孔子!"出得孔府,回首看府门上的对联,一边有富贵二字,将富字写成"冨",一边有文章二字,将章字写成"章"。据说"冨"字没一点,意在富贵不可封顶,"章"字出头,意在文章可以通天。唏,这只是孔门后代的得意。衍圣公也是一代一代的,这如现在一些文化名人的纪念馆,遗孀或子女大都能当个纪念馆长一样的。做人是不是伟大的人,生前姑且不论,死后能福及子孙后代和国人的就是伟大的人。孔子是这样,秦嬴政是这样,毛泽东也是这样,看着繁荣富裕的曲阜,我就想到了秦兵马俑所在地临潼的热闹。

在孔庙里我睁大眼睛察看圣迹图,中国最早的这组石刻连环画,孔子的相貌并不俊美,头凹脸阔,豁牙露齿。因父亲与一个年龄相差数十岁的女子结婚,他被称为野合所生,身世的不合俗理和相貌的丑陋,以及生存困窘,造就了千古素王。而秦嬴政呢,竟也是野合所得。有意思的是秦嬴政做了始皇,焚书坑儒,却也能到泰山封禅,他到了这里,不知对孔子作何感想?他登泰山而天降大雨,想没想到过因泰山而有了孔子,也可以说因了孔子而有了泰山,在泰山上他能祀天而求得以武功得天下又以武功能守天下吗?

我在泰山上觅寻我的祖先遇雨而避的山崖和古松,遗憾地没有找到这个景点。听导游的人解说,我的祖先毕竟还是登上了山顶,在那里燃起熊熊大火与天接通,天给了他什么昭示,后人恐怕不可得知,而事实是秦亡后就在泰山之下孔庙孔府孔林如皇宫一样矗起而千万年里香火不绝。孔子就是五岳独尊的泰山吗?泰山就是永远的孔子吗?登泰山者,人多如蚁,而几多人真正配得上登泰山呢?我站在北拱石下向北面的峰头上看,我许下了我的宏愿,如果我有了完成凤命的能力和机会,我就要在那个峰头上造一个大庙的。我抚摸着北拱石,我以为这块石头是高贵的,坚强的,是一个阳具,是一个拳头,是一个冲天的惊叹号。

古人讲:登泰山而一览众山小。周围的山确实是小的,小的不仅仅是周围的山,也小的是天下。我这时是懂得了当年孔子登山时的心境,也知道了他之所以惶惶如丧家之犬一样到处游说的那一份自信的。

我带回了一块石头,泰山上的石头。过去的皇亲自以为他们是天之骄子,一旦登基了就来泰山封禅的,但有的定都地远,他们可以来泰山祀天,也可以在自家门前筑一个土丘作为泰山来祀,而我只带回一块石头——泰山石是敢当的——泰山就永远属于我,给我拔地通天的信仰了。

进山东的时候,我是带了一批《土门》要参加签名售书活动的,在济宁城里搞了一场,书店的人又动员我能再到曲阜搞一次,我断然拒绝了。孔子门前怎能卖书呢?我带的是《土门》,我要上泰山登天门,莫地了还要祀天啊!我站在山顶的一节石阶上往天边看去,据说孔子当年就站在这儿,能看到苏州城门洞口的人物,可我什么也看不见,我是没有孔子的好眼力,但孔子教育了我放开了眼量,我需要一副好的眼力去看花开花落,看云聚云散,看透尘世的一切。

怀着拜孔子、登泰山的愿望进山东,额外地在济宁参观了武氏祠的汉画像石,多么惊天动地的艺术!数百块的石刻中,令我惊异的是最多的画像竟是孔子见老子图。中国最伟大的会见,历史的瞬间凝固在天地间动人的一幕,年轻的孔子恭敬地站在那里,大袖筒中伸出两只雁头,这是他要送给老子的见面礼。孔子身后是颜回等二十人,四人手捧简册,而子路头有雄鸡,可能是子路生性喜辩爱斗的吧。这次会见,两人具体说了些什么,史料没有详载,民间也甚不传说,而礼仪之邦的芸芸众生却津津乐道,于此不疲,以至于这么多的石刻图案。老子在西,孔子在东,孔子能如此地去见老子,但孔子生前为什么竟不去秦呢?这个问题我站在泰山顶上了还在追问自己,仍是究竟不出,孔子在说登泰山而赋,我要赋什么呢?我要赋的就只有这一腔疑惑和惆怅了。

1997年5月10日夜记

孤独地走向未来

好多人在说自己孤独,说自己孤独的人其实并不孤独。孤独不是受到了冷落和遗弃,而是无知己,不被理解。真正的孤独者不言孤独,偶尔做些长啸,如我们看到的兽。

弱者都是群居着,所以有芸芸众生。弱者奋斗的目的是转化为强者,像蛹向蛾的转化,但一旦转化成功了,就失去了原本满足和享受欲望的要求。国王是这样,名人是这样,巨富们的挣钱成了一种职业,种猪们的配种更不是为了爱情。

我见过相当多的郁郁寡欢者,也见过一些把皮肤和毛发弄得怪异的人,似乎要做孤独,这不是孤独,是孤僻,他们想成为六月的麦子,却在仅长出一尺余高就出穗孕粒,结的只是蝇子头般大的实。

每个行当里都有着孤独人,在文学界我遇到了一位。他的声名流布全国,对他的诽谤也铺天盖地,他总是默默,宠辱不惊,过着日子和进行着写作,但我知道他是孤独的。

"先生,"我有一天走近了他,说,"你想想,当一碗肉大家都在眼睛盯着并努力去要吃到,你却首先将肉端跑了,能避免不被群起而攻之吗?"

他听了我的话,没有说是或者不是,也没有停下来握一下我的手,突然间泪流满脸。

"先生,先生……"我撑着他还要说。

"我并不孤独。"他说,匆匆地走掉了。

我以为我要成为他的知己,但我失败了,那他为什么要流泪呢?"我并不孤独"又是什么意思呢?

一年后这位作家又出版了新作,在书中的某一页上我读到了"圣贤庸行,大人小心"八个字,我终于明白了,尘世并不会轻易让一个人孤独的,群居需要一种平衡,嫉妒而引发的诽谤,扼杀,羞辱,打击和迫害,你若不再脱颖,你将平凡,你若继续走,走,终于使众生无法赶超了,众生就会向你欢呼和崇拜,尊你是神圣。神圣是真正的孤独。

走向孤独的人难以接受怜悯和同情。

藏　者

　　我有一个朋友,是外地人。一个月两个月就来一次电话,我问你在哪儿,他说在你家楼下,你有空没空,不速而至,偏偏有礼貌,我不见他也没了办法。

　　他的脸长,颧骨高,原本是强项角色,却一身的橡皮,你夸他,损他,甚至骂他,他都是笑。这样的好脾气像清澈见底的湖水,你一走进去,它就把你淹了。

　　我的缺点是太爱吃茶,每年春天,清明未到,他就把茶送来,大致吃到五斤至十斤。给他钱,他是不收的,只要字,一斤茶一个字,而且是单纸上写单字。我把这些茶装在专门的冰箱里,招待天南海北的客人,没有不称道的,这时候,我就觉得我是不是给他写的字少了?

　　到了冬天,他就穿着那件宽大的皮夹克来了,皮夹克总是拉着拉链,从里边掏出一张拓片给我显派。我要的时候,他偏不给,我已经不要了,他却说送了你吧,还有同样的一张,你在上边题个款吧。我题过了,他又从皮夹克里掏出一张,比前一张更好,我便写一幅字要换,才换了,他又从皮夹克里掏出一张。我突然把他抱住,拉开了拉链,里边竟还有三四张,一张比一张精彩,接下来倒是我写好字去央求他了。整个一响,我愉快地和他争闹,待他走了,就大觉后悔,我的字是很能变作钱的,却成了一头牛,被他一小勺一小勺巧妙着吃了。

有一日与一帮书画家闲聊,说起了他,大家竟与他熟,都如此地被他打劫了许多书画,骂道:这贼东西!却又说:他几时来啊?有一月半不见!

我去过他家一次,要瞧瞧他一共收藏了多少古董字画,但他家里仅有可怜的几张。问他是不是做字画买卖,他老婆抱怨不迭:他若能存一万元,我就烧高香了!他就是千辛万苦地采买茶叶和收集本地一些碑刻和画像砖拓片向西安的书画家嘻嘻哈哈地换取书画,又慷慷慨慨地分送给另一些朋友、同志。他生活需要钱却不为钱所累,他酷爱字画亦不做字画之奴,他是真正的字画爱好者和收藏者。

真正的爱好者和收藏者是不把所爱之物和藏品藏于家中而藏于眼中,凡是收藏文物古董的其实都是被文物古董所收藏。人活着最大的目的是为了死,而最大的人生意义却在生到死的过程。朋友被朋友们骂着又爱着,是因了这个朋友的真诚和有趣。他姓谭,叫宗林。

1999年3月25日

释　画(六篇)

前　言

　　冬天里画了许多画,热心着想出一本有图有文的书,但文写了六篇便兴尽,兴尽则无味,压在抽屉里让纸霉去。六月搬家,又翻出来,倒想起两件事,一是世上的艺术大而化之讲境界相通,但毕竟相互独立,文人作画,多在画面上写话,是画难以达意的可怜。二是一个人一生写多少文字有着定数,一旦写出,当不可糟蹋。

龙　之　弟

　　我属相为龙,又生在古历的二月,依了"二月二龙抬头"的谚语,大家都说我的命要好,我也慢慢地以龙人得意了。但研究了龙是马蛇鱼牛鹿鹰猪的形象综合物,而综合之物除了做图腾而威武外,蜥蜴、壁虎等皆为渺小可怜虫,便倒羡慕起了属相中真有其物的老虎了。

　　云从龙,风从虎。龙是天上的,它只神秘;虎是地上的,真正的有力量。

因为无端的干扰太多,影响着读书和写作,除了窄而霉的房子拥挤了老人和妻儿,我在外租借了两处小屋,平日三处跑动,有人就说我"狡兔三窟"了。我说:兔子弱小,兔子才有三窟啊,你见过老虎有固定住处吗?老虎走到哪儿,哪儿就是它的家!

民间的故事有"狐假虎威"之说,假虎威的岂止是狐呢?我这属龙的,就认作虎是龙之弟了。

鹰

鹰仅仅是一个符号。

那是一个夜晚,我在大街的十字路口等人,人是陌生的,又是女性,但我们总是搞错方位,不断地通过电话联系。我们都是在这个不大的城市生活了几十年,平日每一棵树都熟知身影,却偏偏在十字路口犯迷怔,简直是中了邪了!我望着头上的天,月亮是三分之二的圆,但一朵云倏忽飘过来,恰恰掩在月上,这时候有一个黑影从对面的楼台上蹿上了空中,是麻雀或是蝙蝠我不知道,而瞬间里我却认定它是一只鹰。鬼晓得哪儿来的这种感觉,我想起了写过《浮生六记》的沈三白,他是在蚊帐里吸香烟,烟缕袅袅,他说过那烟里飞动的蚊子是云里的鹤。鹰,这座城市里的鹰,今夜飞临在我的头顶,它在空中飞行了数圈,样子徐缓优美。

这一夜一定是有意义的。

人是出现了。我还在四处张望,一辆车疾快地向我驶来。在我的意识里,街上的车都是有了灵魂的,是狼虫虎豹所变,这辆车却分明是一匹马。马有长而密的鬃,有结实滚圆的臀和健拔的腿。这马不是本地的劣等马,它应该是从徐悲鸿的画里跑出来的,是大宛的,腿上生云,背上有翅,出汗香而为血。车在我面前戛然停住,车窗摇下去,陌生人冲着我微笑。月亮在这一刻里光华了,月亮在车里,我明白天上的月亮为什么有了云掩,古老的成语原来是有着形成的原因。

我们就那么站在路边,相互交代着事情,匆匆分别了。原本是一位叫欣的朋友委托的一宗小事,我们的会见却如此周折,我却庄重地行事,似乎欣是个上帝,这样的相见是上百年的安排,一个地球上的人等待着另一个星球上的使者。车在夜色里消失了,它真的会永远消失了吗?我伫立在微寒的风里,觉得几分残酷。惆惆怅怅地回来,睡是无法睡的,便在清洁的纸上作画,我先画着了那只鹰,再要画一匹大宛马的,但马立起来成了一个女人。我想,我们是会再见面的,因为我的志向豪华,我的远行里不能没有鹰和马。

于是,这个古老的城市将演绎着一段美丽的故事。

莲花和藕

莲花是藕的喜悦。

小时候我们乡里都穿家织布,又没有染坊,白布料就在塘中的污泥里沤,然后再用荆棘灰水煮,衣裤就一律的淡灰颜色。池塘里的水总是黑水,生出的鱼是黑脊梁,蜉蝣是黑腿,鳖就更黑得难看了,如果缩着头不动,像厕所里的石头。娘说鬼是黑的,我每每傍晚坐在门首,望着塘面害怕:鬼的家一定住在那里。

但春天里塘里有了荷叶,秋天里开了莲花,莲花非常鲜艳;腊月里放了塘水挖泥,泥里的藕却又嫩又白。娘说:塘里只有莲藕白。上了学,课本上写着"出于污泥而不染",指的就是莲藕。

腊月里若是不挖藕,谁也不知道污泥里有肥白的藕。

藕在污泥里守着它的白,于是莲开放了它的精神。

今天的我坐在书房,思考着形而下与形而上的哲学,也想起了世俗中的日子和世俗日子里的饮食男女……

菩提与凉花图

在中国的文坛上,我是著名的病人。几十年过去了,虽活得不痛快,但却总活着,而且是越活越见了精神。许多人都在询问我治病的良方,良方是有的,以前秘而不宣,现在可以悄声说:多帮助人。多帮助了人,心情愉快,慢性的病它慢慢地就好起来了。

己卯年的十月五日,有熟人向我提说了一位落难的朋友,正在生死攸关之际,落难者我以前仅见过一面,但未说话,甚至在听说了一些事体后还哀其不幸怒其不争。现在处于难中,我就生恻隐之心了,立即提供了帮助。此事做完,非常快乐,遂画了此图。

我并不是佛教徒,但我好佛。一位教徒说,佛法是从来没有表示自己垄断真理,也从来没有说发现了什么新东西,在佛法之中,问题不是如何建立教条,而是如何运用心的科学,透过修行,完成个人的转化和对事物究竟本性的认识。他说得是好啊!

画完了此图,我向案桌上的石刻佛像焚香,感谢佛。

酸枣好个秋

虫子转化成了蝴蝶,种子转化成了大树,我们呢,一生都在做着自己的转化。

二十四年前,我在黄土高原的一个小山村里,见到了一位少女,她长得非常漂亮,又有一副清亮的嗓子,但家境贫寒,已经辍学了,跟着一位弹三弦的盲人卖唱。我记下了她的名字和家庭住址,返回省城后向某演出单位推荐。我推荐时的想法并不在意她将来能成为一个大的人才,我只是怜惜了一朵花在荒山沟里自开了又要自谢去。二十多年过去了,南方的歌坛上红火着一位歌手,她的形象在电视上、报纸上频频出现,我并不知道她就是我曾经推荐过的人,因为她改了名,如今珠光宝气的形象也难以使我联想到山村小女孩的模样。当她突然地和一个男人出现在我家门口的时候,谈及了当年的事,我为她而祝福了。她是怎样被人接到了省城,又如何没进入省城的演出单位而又去了南方,在南方怎样地被包装,怎样地被富豪婚娶,有着怎样的名车和别墅。她大略地向我叙述,我没有询问这其中的细节,脑海里却不停地闪现了黄土高原的那小山村。小山村的旁边是一条桃花水,村子里的女孩儿都纯真美丽。村口的土崖畔上到处是野枣丛,秋天里酸枣红得像繁星。

歌手拜访我的那天,是四月二日,我正好在起草着一部长篇的提纲。

自　钓

当你爱上一个人的时候,其实你已经成了俘虏,欢乐如烛芯跳跃,蜡泪流尽,夜归复了更深沉的黑暗。一件古董,是秦代的或是唐朝的,辗转了无数的人到了我们手里,想想,我们几十年后就死了,古董又会落入谁家呢?与其向来客显示得意,我们收藏了这件古董,不如确切地说:古董更是在收藏了我们。昨晚上我又做了一个梦,渭河的水风波不兴,有人坐在一块石头上钓鱼。钓者是背着我的,我无法看清他的眉眼,但他差不多已经是坐了很久的时辰了,人没有动,钓竿也没有动。我立即知道他是姜太公。鬼晓得我怎么就认做他是姜太公呢?这么一想,梦却醒来了。梦里是不能思想的,一思想梦就醒的,这如人在算计着什么的时候,上帝肯定在发笑。早晨的阳光一派灿烂,把窗上整面的玻璃都染上了红色,我开始在纸上涂抹梦境,但我画出来的并不是姜太公,因为鱼钩一笔画下来竟落在了钓者的衣领上,同时我的脖子像蚊子叮了一下发痛。

这是很奇怪的事。

但是,我说了一句:这就好。

声音传到墙上,墙上正有一只白色的旱蜗牛爬动,爬动后的液痕闪闪发亮,我听见了蜗牛的叹息:是的,人在钓鱼的时候都是在钓着自己。

灵 山 寺

我是坐在灵山寺的银杏树下,仰望着寺后的凤岭,想起了你。自从认识了你,又听捏骨师说你身上有九块凤骨,我一见到凤这个词就敏感。凤当然是虚幻的动物,人的身上怎么能有着凤骨呢?但我却觉得捏骨师说得好,花红天染,荧光自照,你的高傲引动着众多的追逐,你的冷艳却又使一切邪念止步,你应该是凤的托变。寺是小寺,寺后的岭也是小岭,而岭形绝对是一只飞来的凤,那长长翅正在欲收未收之时,尤其凤头突出的直指着大雄宝殿的檐角,一丛枫燃得像一团焰。我刚才在寺里转遍了每一座殿堂,脚起脚落都带了空洞的回响,有一股细风,是从那个小偏门洞溜进来的,它吹拂了香案上的烟缕,烟缕就活活地动,弯着到了那一棵丁香树下,纠缠在丁香枝条上了。你叫系风,我还笑过怎么起这么个名呢,风会系得住吗?但那时烟缕让风显形,给我看到了。也就踏了石板地,从那偏门洞出去,你知道我发现什么了,门外有一个很大的水池,水清得几近墨色,原本平静如镜,但池底下有拳大的喷泉,池面上泛着涟漪,像始终浮着的一朵大的莲花。我太兴奋呀,称这是醴泉,因为凤是非练实不食非醴泉不饮的,如果凤岭是飞来的凤,一定为这醴泉来的。我就趴在池边,盛满了一陶瓶,发愿要带回给你的。

小心翼翼地提着水瓶坐到银杏树下,一直蹲在那一块小菜圃里拔草的尼姑开始看我,说:"你要带回去烹茶吗?"

"不,"我说,"我要送给一个人。"

"路途远吗?"

"路途很远。"

她站起来了,长得多么干净的尼姑,阳光下却对我瘪了一下嘴。

"就用这么个瓶?"

"这是只陶瓶。"

"半老了。"

我哦了一声,脸似乎有些烧。陶瓶是我在县城买的,它确实是丑陋了点,也正是丑陋的缘故,它在商店的货橱上长久地无人理会,上面积落了厚厚的灰尘,我买它却图的是人间的奇丑,旷世的孤独。任何的器皿一制造出来就有了自己的灵魂和命运,陶瓶是活该要遇见我,也活该要来盛装醴泉的。尼姑的话分明是猜到了水是要送一位美丽的女子的,而她嘲笑陶瓶也正是嘲笑着我。我是半老了吗?我的确已半老了。半老之人还惦记着一位女子,千里迢迢为其送水,是一种浪漫呢还是一种荒唐?

但我立即觉得"半老"二字的好处,它可以做我以后的别名罢了。

我再一次望着寺后的凤岭,岭上空就悠然有着一朵云,那云像是挂在那里,不停地变化着形态,有些如你或立或坐的身影。来灵山寺的时候,经过了洛河,《洛神赋》的诗句便涌上心头,一时便想:甄妃是像你那么个模样吗?现在又想起了你,你是否也是想到了我而以云来昭示呢?如果真是这样,我将水带回去,你会高兴吗?

我这么想着,心里就生了怯意,你知道我是很卑怯的,有多少人在歌颂你,送你奇珍异宝,你都是淡漠地一笑,咱们在一起吃饭,你吃得那么少,而我见什么都吃,你说过什么都能吃的人一定是平庸之辈,当一个平庸人给你送去了水,你能相信这是凤岭下的醴泉吗?"怎么,是给我带的吗?"你或许这么说,笑纳了,却将水倒进盆里,把陶瓶退还了我。

我用陶瓶盛水,当然想的是把陶瓶一并送你,你不肯将陶瓶留下,我是多么地伤感。银杏树下,我茫然地站着,太阳将树阴从我的右肩移过了左肩,我自己觉得我颓废的样子有些可怜。

我就是这样情绪复杂着走出了灵山寺,但手里依然提着陶瓶,陶瓶里是随瓶形而圆的醴泉。

寺外的漫坡下去有一条小河,河面上石桥拱得很高,上去下来都有台阶。我是准备着过了桥去那边的乡间小集市要找饭馆,才过了桥,一家饭馆里轰出来了一男一女两个乞丐。乞丐的年纪已经大了,蓬头垢面地站在那里,先是无奈地咧咧嘴,然后男的却一下子把女的背了起来,从桥的这边上去,从桥的那边下来,自转了一下,又从那边上去,从这边下来,被背着的女的就格格地笑,她笑得有些傻,饭馆门口就出来许多人看着,看着也笑了。

"这乞丐疯了!"有人在说。

"我们没疯!"男乞丐听见了,立即反驳,"今日是我老婆生日哩!"

"是我的生日,"女乞丐也郑重地说,"他要给我过生日的!"

我一下子怔在了那里,人间还有这样的一对乞丐啊,欢乐并不拒绝着贫贱!我羡慕着他们的俗气,羡慕着俗气中的融融情意,在那一刻里,请你原谅我,我是突然决定了把这一陶瓶的醴泉送给了他们。

但他们没有接受。

"能给一碗饭吗?"

"这可是醴泉!"

"明明是水么,水不是用河用井装着吗?"

这话让我明白了,他们原是不配享用醴泉的。

我提着水瓶尴尬地站在太阳底下,趔脚向小集市上走,奇迹就在这时发生了,我无意地拐过一个墙角,那里堆放了一大堆根雕,卖主因无人过问,斜躺在那里开始打盹了。根雕里什么飞禽走兽的造型都有,竟然有了一只惟妙惟肖的凤,它没有任何雕琢痕迹,完全是一块古松,松的纹路将凤的骨骼和羽毛表现得十分传神。我立即将它买下。我是为你而买的,我兴奋得有些晕眩,为什么这个时候又让我获得这只凤呢?是天之赐予,还是我真有这缘分?我说,我是没有梧桐树的,但我现在有了醴泉,我有醴泉啊,饮醴泉你会更高洁的。

我明日就赶回去,你等着一个送醴泉的人吧,我已做好心理准备,如果你肯连陶瓶一并接受,那将是我的幸福,如果你接受了醴泉退还了陶瓶,我并不会沮丧,盛过了醴泉的陶瓶不再寂寞而变得从此高古,它将永远悬挂在我的书房,蓄满的是对你的爱恋和对那一对乞丐的记忆,以及发生在灵山寺的一系列故事。

2001 年 6 月 19 日

通渭人家

　　通渭是甘肃的一个县。我去的时候正是五月,途经关中平原,到处是麦浪滚滚,成批成批的麦客蝗虫一般从东往西撵场子,他们背着铺盖,拿着镰刀,涌聚在车站、镇街的屋檐下和地头,与雇主谈条件,讲价钱,争吵,咒骂,甚或就大打出手。环境的污杂,交通的混乱,让人急迫而烦躁,却也感到收获的紧张和兴奋。一进入陇东高原,渐渐就清寂了,尤其过了会宁,车沿着苦丁河在千万个峁塬沟岭间弯来拐去,路上没有麦客,田里也没有麦子,甚至连一点绿的颜色都没有,看来,这个地区又是一个大旱年,颗粒无收了。太阳还是红堂堂地照着,风也像刚从火炉里喷出来,透过车窗玻璃,满世界里摇曳的是丝丝缕缕的白雾,搞不清是太阳下注的光线,还是从地上蒸腾的气焰,一切都变形了,开始是山,是路,是路边卷了叶子的树,再后是蹴在路边崖塄上发痴的人和人正看着不远处铁道上疾驶而过的火车。火车一吼长笛,然后是轰然的哐哐声。司机说:你听你听,火车都在说,甘肃——穷,穷,穷,穷……

　　我就是这样到了通渭。

　　通渭缺水,这在我来之前就听说的,来到通渭,其严重的缺水程度令我瞠目结舌。我住的宾馆里没有水,服务员关照了,提了一桶水放在房间供我洗脸和冲马桶,而别的住客则跑下楼去上旱厕。

小小的县城正改造着一条老街,干燥的浮土像面粉一样,脚踩下去噗噗地就钻一鞋壳。小巷里一群人拥挤着在一个水龙头下接水,似乎是有人插队,引起众怒,铝盆被踢出来咣啷啷在路道上滚。一间私人诊所里,一老头趴在桌沿上接受肌肉注射,擦了一个棉球,又擦一个棉球,大夫训道:五个棉球都擦不净?!老头说:河里没水了嘛。城外河里是没水了,衣服洗不成,擦澡也不能,一只鸭子从已是一片糨糊的滩上往过走,看见了盆子大的一个水潭,潭里还聚着一团蝌蚪,中间的尾巴在极快地摆动,四边的却越摆越慢,最后就不动了,鸭子伸脖子去啄,泥粘得跌倒,白鸭子变成了黄鸭子。城里城外溜达了一圈,我趔近街房屋檐下的货摊上买矿泉水喝,摊边卧着的一条狗吐了舌头呼哧呼哧不停地喘,摊主骂道:你呼哧得烦不烦!然后就望着天问我那一疙瘩云能不能落下雨来?天上是有一疙瘩乌云,但飘着飘着,还没有飘过街的上空就散了。

  我懦懦地回宾馆去,后悔着不该接受朋友的邀请,在这个时候来到了通渭,但是,我又一次驻脚在那个丁字路口了,因为斜对面的院门里,一个老太太正在为一个姑娘用线绞拔额上的汗毛,我知道这是在"开脸",出嫁前必须做的工作。在这么热的天气里,她即将要做新娘了吗?姑娘开罢了脸,就站在那里梳头,那是多么长的一头黑发呀,她立在那里无法梳,便站在了凳子上,梳着梳着,一扭头,望见了我正在看她,赶忙过来把院门关了。院门的门环在晃荡着,安装门环的包铁突出饱圆,使我联想到了女人成熟的双乳。"往这儿看!"一个声音在说,我脸刷地红起来,扭过脖子,才发现这声音并不是在说我,而一个剃着光头的男人脖子上架了小儿就在我前面走。光头是一边走一边让小儿认街两边店铺门上的字,认得一个了,小儿用指头就在光头顶上写,写了一个又一个。大人问怎么不写了?小儿说:后边有人看着我哩。我是笑着,一直跟他们走过了西街。

这天晚上,我见到了通渭县的县长,他的后脖是酱红颜色,有着几道褶纹,脖子伸长了,褶纹就成白的。县长是天黑才从乡下检查蓄水节溉工程回来,听说我来了就又赶到宾馆。我们一见如故,自然就聊起今年的旱情,聊起通渭的状况,他几乎一直在说通渭的好话,比如通渭人的生存史就是抗旱的历史,为了保住一瓢水,他们可以花万千力气,而一旦有了一瓢水,却又能干出万千的事来。比如,干旱和交通的不便使通渭成为整个甘肃最贫困的县,但通渭的民风却质朴淳厚,使你能想到陶潜的《桃花源记》。

"是吗?"我有些不以为然地冲着他笑,"孟子可是说过:衣食足,知礼仪。"

"孟子是不知道通渭的!"

"我也是到过许多农村,如果哪个地方民风淳厚,那个地方往往是和愚昧落后连在一起的……"

"可通渭恰恰是甘肃文化普及程度最高的县!"县长几乎有些生气了,他说明日他还要去乡下的,让我跟着他去亲眼看看,就不会说这样的话了。

我真的跟着县长去乡下了,转了一天,又转了一天。在走过的沟沟岔岔里,没有一块不是梯田的,且都是外高内低,挖着蓄水的塘,进入大的小的村庄,场畔有引水渠,巷道里有引水渠,分别通往人家门口的水窖。可以想象,天上如果下雨,雨水是不能浪费的,全然会流进地里和窖里。农民的一生,最大的业绩是在自己手里盖一院房子,而盖房子很重要的一项工程就是修水窖,于是便产生了窖工的职业。小的水窖可以盛几十立方水,大的则容量达到数千立方,能管待一村的人与畜的全年饮用。一户人家富裕不富裕,不仅看其家里有着多少大缸装着包谷和麦子,有多少羊和农具衣物,还要看蓄有多少水。当然,他们的生活是非常简单的,待客最豪华的仪式是杀鸡,有公鸡杀公鸡,没公鸡就杀还在下蛋的母鸡,然后烙油饼。但是,无论什么人到了门口,首先会问道:你喝了没?不管你回答是渴着或是不渴,主人已经在为你熬茶了。通渭不产茶叶,窖水也不甘甜,虽然熬茶的火盆和茶具极其精致,熬出的茶都是黑红色,糊状的,能吊出线,而且就那么半杯。这种茶立即能止渴和提起神来,既节约了水又维系了人与人之间的亲情。

我出身于乡下,这几十年里也不知走过了多少村庄,但我从未见过像通渭人的农舍收拾得这么整洁,他们的房子有砖墙瓦顶的,更多的还是泥抹的土屋,但农具放的是地方,柴草放的是地方,连楔在墙上的木橛也似乎经过了精心的设计。厨房里大都有三个瓮按程序地沉淀着水,所有的碗碟涮洗干净了,碗口朝下错落地垒起来,灶火口也扫得干干净净。越是缺水,越是喜欢着花草树木,广大的山上即便无能力植被,自家的院子里却一定要种几棵树,栽几朵花,天天省着水去浇,一枝一叶精心得像照看自己的儿女。我经过一个卧在半山窝的小村庄时,一抬头,一堵土院墙内高高的长着一株牡丹,虽不是花开的季节,枝叶隆起却如一个笸篮那么大。山沟人家能栽牡丹,牡丹竟长得这般高大,我惊得大呼小叫,说:这家肯定生养了漂亮女人!敲门进去,果然女主人长得明眸皓齿,正翻来覆去在一些盆里倒换着水。我不明白这是干啥,她笑着说穷折腾哩,指着这个盆里是洗过脸洗过手的水,那个盆里是涮过锅净过碗的水,这么过滤着,把清亮的水喂牲口和洗衣服,洗过衣服了再浇牡丹的。水要这么合理利用,使我感慨不已,对着县长说:瞧呀,鞋都摆得这么整齐!台阶上是有着七八双鞋,差不多都破得有了补丁,却大小分开摆成一溜儿。女主人倒有些不好意思了,说:图个心里干净嘛!

正是心里干净,通渭人处处表现着他们精神的高贵。你可以顿顿吃野菜喝稀汤,但家里不能没有一张饭桌;你可以出门了穿的衣裳破旧,但不能不洗不浆;你可以一个大字不识,但中堂上不能不挂字画。有好几次饭时我经过村庄的巷道,两边门口蹲着吃饭的老老少少全站起来招呼,我当然是要吃那么一个蒸熟的洋芋的,蘸着盐巴和他们说几句天气和收成,总能听到说谁家的门风好,出了孝子。我先是不解这话的意思,后来才弄清他们把能考上大学的孩子称做孝子,是说一个孩子若能考上大学就为父母省去好多熬煎,若是这孩子考不上学,父母就遭罪了。重视教育这在中国许多贫困地区是共同的特点,往往最贫穷的地方升学率最高,这可以看做是人们把极力摆脱贫困的希望放在了升学上。通渭也是这样,它的高考升学率一直在甘肃是名列前茅,但通渭除了重视教育外,已经扩而大之到尊重文字,以至于对书法的收藏发展到了一种难以想象的疯狂地步。在过去,各地都有焚纸炉,除了官府衙门焚化作废的公文档案外,民间有专门捡拾废纸的人,捡了废纸就集中焚烧,许多村镇还贴有"敬惜字纸"的警示标语,以为不珍惜字与纸的,便会沦为文盲,即使已经是文人学子也将退化学识。现在全县九万户人家,不敢说百分之百家里收藏书法作品,却可以肯定百分之九十五的人家墙上挂有中堂和条幅。我到过一些家境富裕的农民家,正房里,厦屋里每面墙上悬挂了装裱得极好的书法作品,也去过那些日子苦焦的人家,什么家当都没有,墙上仍挂着字。仔细看了,有些是明清时一些国内大家的作品,相当有价值,而更多的则是通渭县现当代书家所写。县长说,通渭人爱字成风,写字也成风,仅现在成为全国书法家协会会员的人数,通渭是全省第一,而成为省书协会员的人数,在省内各县中通渭又是第一。书法有市场,书法家就多,书法家多,装饰店就多,小小县城里就有十多家,而且生意都好。我在一个只有十几户人家的小山村里,见到了其中三家挂有于右任和左宗棠的字,而一家的主人并不认字,墙上的对联竟是"玉楼宴罢醉和春,千杯饮后娇伺夜"。在另一家,一幅巨大的中堂,几乎占了半面墙壁,而且纸张发黄变脆,烟熏火燎得字已经模糊不清。我问这是谁的作品,主人说不知道,他爷爷在世时就挂在老宅里,他父亲手里重新裱糊过一次,待他重盖了新屋,又拿来挂的。我仔细地辨了落款是"靖仁",去讨教村中老者,问靖仁是谁,老者说:靖仁呀,是前沟拴子他爷么,老汉活着的时候是小学的教书先生!把一个小学教师的字几代人挂在墙上,这令我吃惊。县长说,通渭有许多大的收藏家,那确实是不得了的宝贝,而一般人家贴挂字是不讲究什么名家不名家的,但一定得要求写字人的德行和长相,德行不高的人家写得再好,那不能挂在正堂,长相丑恶者也只能挂在偏屋,因为正堂的字前常年要摆香火的。

从乡下回到县城,许多人已经知道我来通渭了,便缠着要我为他们写字,可我怎么也想不到,来的有县上领导也有摆杂货摊的小贩,连宾馆看守院门的老头也三番五次地来。我越写来的人越多,邀我来的朋友见我不得安宁,就宣布谁再让写字就得掏钱,便真的有人拿了钱来买,也有人揣一个瓷碗,提一个陶罐,说是文物来换字,还有掏不出钱的,给我说好话,说得甚至要下跪,不给一个两个字就抱住门框不走。我已经写烦了,再不敢待在宾馆,去朋友家玩到半夜回来,房间门口还是站着五六个人。我说我不写字了,他们说他们坚决不向我索字,只是想看看我怎么写字。

在西安城里,书画的市场是很大的,书画却往往作为了贿品,去办升迁,调动,打官司或者贷款,我的情况就是如此,我也曾戏谑自己的字画推波助澜了腐败现象。但是在通渭,字画更多的是普通老百姓自己收藏,他们的喜爱成了风俗,甚至是一种教化和信仰。

在一个村里,县长领我去见一位老者,说老者虽不是村长,但威望很高。六月的天是晒丝绸的,村人没有丝绸,晒的却是字画,这位老者院子里晒的字画最多,惹得好多人都去看,他家老少出来脸面犹如盆子大。我对老者说,你在村里能主持公道,是不是因为藏字画最多?他说:连字画都没有,谁还听你说话呀?县长就来劲了,叫嚷着他也为村人写几幅字,立即笔墨纸砚就摆开了,县长的字写得还真好,他写的是"一等人忠臣孝子,两件事读书耕田",写毕了,问道:怎么样?我说:好!他说:是字好还是内容好?我说字好内容好通渭好,在别的地方,维系社会或许靠法律和金钱,而通渭崇尚的是耕读道德。县长就让我也写写,讲明是不能收钱的,我提笔写了几张,写得高兴了,竟写了我曾在华山上见到的吉祥联:太华顶上玉井莲,花开十丈藕如船。

这天下午,一场雨就哗哗地降临了。村人欢乐得如过年节,我却躺在一面土炕上睡着了,醒来,县长还在旁边鼾声如雷。

几天后,我离开了通渭,临走时县长拉着我,一边搓着我胳膊上晒得脱下的皮屑,一边说:你来的不是好季节,又拉着你到处跑,让你受热受渴了。我告诉他:我来通渭正是时候!我还要来通渭,带上我那些文朋书友,他们厌恶着城市的颓废和堕落,却又不得不置身于城市里那些充满铜臭与权柄操作的艺术事业中而浮躁痛苦着,我要让他们都来一回通渭!

佛

南宫山

山中王者

我在《美文》杂志当主编,副主编是从河北石家庄调来的穆涛,他是个蛮有智慧又有一肚子谐趣的人。一天,我们驱车到外县去,经过秦岭北麓,他发感慨:你们陕西人谦虚,这么大的山竟不称山,叫个岭。我知道他又要作践陕西了,就说:说谦虚那比不上你们河北,那么大个省会不称城,叫个庄!车到一个山弯,忽然公路上奔跑着一只野兔,车一鸣喇叭,它就蹿向路右边的半崖上,双耳翘起,小脑袋左右扭动,又跑下公路,竟在车前疾奔。车一加速,又一转身蹿到左边的坡下,没想到跌了跟斗,一疙瘩毛肉滚将下去,穆涛就笑着野兔的机警和急,却也就说到老虎,说,老虎之所以是老虎,它是没这份机警的,它总是慵懒地卧在那里,似乎在打盹睡,可一旦猎物出现,它一下子就捕获了,然后又卧在那里安安静静地什么也不作理。我说穆涛你说得好,我回去给你画张虎。穆涛说:这可是你主动说的,你是君子!我说我当然是君子。穆涛就快乐了,话也多得很,全说老虎的王者之气,最后说道:你瞧瞧咱这汉语,词下得多准,给虎之前就加一个老字!我说:是吗?鼠之前也加一个老字哩。

从外县返回,我真的画了一张虎,画好了却舍不得再给穆涛。穆涛骂我画虎者有鼠气,我说,正因为有鼠气才把虎画留下要补虎气啊。

数幅木刻年画

西安古玩城里一家姓程的门面,突然一日挂出了一幅木刻年画,明末清初制品,三尺开方,题"天仙送子"。古时年画的情形不知道,现在年节里出售的画多是下边印着日历,上边是当红的女影星照或男影星照,但五十年代,即我六岁七岁的时候,赶集会买年画却是一件大事,牵着父亲的手在那街西头铺了一大片的画幅里挑过来选过去,最后买下小孩抱着一条鱼的,骑着一只鸡的——既"吉庆"又"有余"——回来用糨糊贴在炕头墙上。年画是很难被人保存的,买来就贴上墙,三月四月也就损坏了。姓程的门面里挂出了木刻年画,既是古物,又画面上一主一仆一童,面目雅洁,衣饰华丽,足踩祥云,手持莲花、灯盏等物,更是染红、蓝、黄、白、紫、黑六色,生动有趣,温润高贵,立即吸引了好多人去观赏。有数位很著名的画家轮番前来讨价,主人一一回绝:此画属非卖品。画家仍不甘心,若不肯出售能否以画易画,或者以自己的画或者以他人的画,主人说:交易可以,我要贾平凹的书法。此话很快传到我耳里,我便去了,果然画是中国木刻年画中的佳品,顿生爱怜之心,遂和程氏达成条件,他取出十五张三十年代鲁迅郑振铎等人制作的华笺纸让我自存三张而随意在十二张上书写小字,他当下搭椅从墙上取下年画,连画框一并让我拿走了。

我很快在家写好了字给他送去,他显得十分高兴,又便宜卖给了我几幅姚伯多拓片,他说他年轻时就喜收藏,退休后无事,来古玩城租了这间门面,但他并不重在赚钱而是以此以物易物,进而收藏他喜欢的东西。这么看来,此年画落入我手自是一种缘分,也是程氏挂出年画故意要钓我!从此我和程氏就成了朋友,凡去古玩城,都往他的门面里喝杯茶,吸颗烟。年画挂在了我的书房,来人莫不说好,尤其是一些画家立在画前要端详半天,看着他们的神色,我就十分地得意。也就在四五个月之后吧,我再去程氏的门面,他竟又拿出了八幅装裱成轴的年画,全部是四川版的,虽也世间稀罕,但品相已大不如"天仙送子"图,我仍是以四幅字换了来。有了九幅古版年画,我倒想起了十多年前一件蠢事,当时有人从凤翔回来,给我带了一对宋代版印的门神年画,刀法流畅,套色鲜艳,我竟贴在了门上。现在门神还贴在门上,一边是秦琼一边是敬德,只是来我家的客人多,他们已被敲烂了。人在年轻的时候,崇尚所谓的"高雅",让人画油画,上街买油画框,甚至跑到北京去看那些大家名家的绘画展览,对于民间的花花绿绿的东西不屑一顾,宋版的神年画之所以用糨糊严严实实贴在门上也就是觉得庸俗而已。中年之后,却认作古版年画的好,俗到了极处便雅到了极处。"天仙送子"图上除了套色外,还有着印刷后的染色,可能是大批量的印刷,染色的人或许是技术太熟练,或许是工作了许久已经疲倦,那用淡墨染云的刷子就一下子刷下去,结果一半刷在云纹上,一半竟刷在云纹外。这种错误在那时肯定挨过老板的呵斥,但到了现在,却别有一番情趣可人了。年画是很难被收藏的,它的实用性更强,而这幅画完整无缺地被流传下来,是哪一家的蠢媳妇买回放在箱底被遗忘了呢,还是雕印坊积压下的制品?我每每读书写作之余对画凝思,就恍惚觉得画前有人影在动。

到了今年的清明,山西临汾的秦先生忽然来访,他是知我秉性的,带的礼是一卷土织布和一个画框,画框里竟是一幅平阳木刻年画《隋朝窈窕呈倾国之芳容》。这真是一幅好东西！平阳为中国四大雕印中心之一,此年画的原版现存于莫斯科博物馆。这幅年画与我所藏的年画绝然不同,画面是四大美人绿珠、王昭君、班姬、赵飞燕,绿珠左手提裙登阶,回眸又望右手所持的玉麒麟,风情毕现;王昭君身着异族服饰,执笔修书,神情沉郁;赵飞燕金饰玉佩,袖手昂头,志满意得;班姬持扇列后,文静矜持。整个画面素色,讲究线条,一派清穆之风。秦先生虽是官场之一人,酷爱文学,两人以文字交友,他能将如此佳品赠我,喜得我忙不迭地敬烟敬茶。

　　我是平头百姓,从未做过登临天安门城楼的梦,喜欢收藏以来,只好民间的物事。《天仙送子》洋溢的是温馨和喜悦,《隋朝窈窕呈倾国之芳容》题材虽皇家内容,但将汉晋两朝人物于一图,这也是民间的视角和态度。正因为是纯民间的东西,它有它的鲜活感,其经济价值并不高,却让我视之家宝。两年之间,陡然有两位天仙四大美人来我陋屋,试想想,古往今来谁有过此等福分？可收藏其实是藏品在收藏人,我的福分却正是让我来护佑和奉敬她们的。今夜里,在两幅年画前设案焚香,默想着那些雕刻木板的人,印制的人,数百年曾辗转护佑的人,能否在什么时候两位天仙四大美人破纸而出就坐在我的书房里慢声细语呢？看着香烟袅袅而起,我席地而坐,也燃起了一支烟吸着,便两句话生出心头——

　　焚香供仙,
　　吸烟自敬。

2000 年 4 月 8 日

春风得意马蹄疾 一日看尽长安花

大萝卜

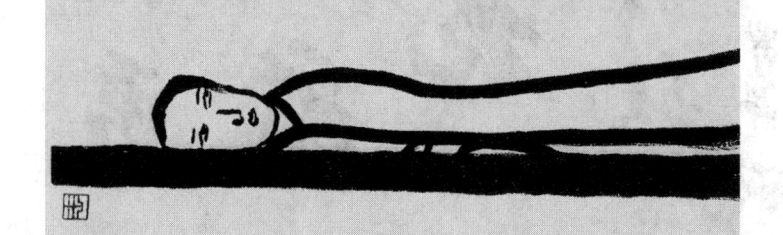

吉祥的一次

2000年秋天,我沿古丝绸之路走了一趟。在嘉峪关,接待我的是部队上的同志,说他们偶尔发现了一个怪坡,上去容易下来难,外界还没人知道,问有没有兴趣去看看。这当然有兴趣啦,水往低处流,人往高处走,而往高处走又不费力气,那是多好的事!下午便驱车往嘉峪关南的文殊山赶去。

文殊山外是一大片戈壁。介绍说这里曾出没过黄羊,但二十年来作为了某装甲部队的训练演习基地,便什么也没有了。车子往前走,颠簸得如浪中的船,果然除了沙石、骆驼草和作为靶点的土墩,天上没见到一只麻雀,地上拉一泡大便也招不来个苍蝇。西边天地苍茫处有一股直直的白烟,才念了一句"大漠孤烟直",白烟就到了眼前,原来是小的龙卷风。

一小时后,车靠近了文殊山,能看见了山上的积雪。到一面长长的斜坡上,陪同的人说:到了。坡面确实是陡的,车加大了马力,下行仍是缓慢,到坡底调过车头,已经熄灭了火,仅仅松开闸,却急速地往坡上滑去。这情形若不是亲眼见到,说给谁都以为在说谎。司机让我亲自试试,我不敢,因为我从未摸过方向盘,但我将一只备用的车轮从坡上往上一推,车轮竟快得追不上。我大呼小叫同伴快给我照相啊,天下若都有这样的路,我哪儿也能上去了。

我毫不费力地跑上坡顶,卧在那里,感觉我是高人。

我提议这怪坡不要公开。

天近了黄昏,我们恋恋不舍地要返回,回去了三四里又停下来扭头看,企图再从远处给怪坡拍一张相,但更奇异的事就发生了,在距我十米外的一条干水沟畔出现了两只小黄羊!黄羊刚才在什么地方,怎么就突然站在那里,我们全都回不过神来,待齐声惊叫:黄羊!黄羊!黄羊向前跑了数米,四肢轻巧得如舞蹈,又立定了,又回头看我们,遂一股风般跑远,最后和戈壁的颜色融在一起,什么也没有了。同伴说二十年了从来还未见过有黄羊呀,今日怎么就这般奇怪,又遗憾没有带枪来,要不晚上就可以有一顿野味餐了。

我说:就是带枪,也不能打的,它是瑞兽,绝对是瑞兽。

这一天是九月的十五日。

2000 年 10 月 13 日记

五十大话

过了旧历二月二十一日,我今年是五十岁。到了五十,人便是大人,寿便是大寿,可以当众说些大话了。

差不多半个多月的光景吧,我开始睡得不踏实,一到半夜四点就醒来,骨碌碌睁着眼睛睡不着,又突然地爱起了钱,我知道我是在老了。明显地腿沉,看东西离不开眼镜,每一个槽牙都补过窟窿,头发也秃掉一半。老了的身子如同陈年旧屋,椽头腐朽,四处漏雨。人在身体好的时候,身体和灵魂是统一的也可以说灵魂是安详的,从不理会身体的各个部位,等到灵魂清楚身体的各个部位,这些部位肯定是出了毛病,灵魂就与身体分裂,出现烦躁,时不时准备着离开了。我常常在爬楼时觉得,身子还在第八个梯台,灵魂已站在第十个梯台,甚至身子是坐在椅子上,能眼瞧着灵魂在房间里走来走去。曾经约过一些朋友去吃饭,席间有个漂亮的女人让我赏心悦目,可她一走近我,便"贾老贾老"的叫,气得我说:你要拒绝我是可以的,但你不能这样叫呀!我真是害怕身子太糟糕了,灵魂一离开就不再回来。往后再不敢熬夜了,即便是最好的朋友邀打麻将,说好放牌让我赢,也不去了。吃饭要讲究,胃虽然是有感情的,也不能只记着小时在乡下吃过的糊汤和捞面,要喝牛奶,让老婆煲乌鸡人参汤,再是吃海鲜和水果。听隔壁老田的话,早晨去跑步,倒退着跑步,还有,蹲厕所时不吸烟,闭上嘴不吭声,勤搓裆部,往热里搓,没事就拿舌头抵着牙根汪口水,汪有口水了,便咽下去。级别工资还能不能高不在意了,小心着不能让血压血脂高,业绩突出不突出已无所谓了,注意椎间盘的突出。当学生能考上大学便是父母的孝顺孩子,现在自己把自己健康了,子女才会亲近。

二十岁时我从乡下来到了西安城里,一晃数十年就过去了,虽然总是还觉得从大学毕业是不久前的事情,事实是我的孩子也即将从大学毕业。人的一生到底能做些什么事情呢?当五十岁的时候,不,在四十岁之后,你会明白人的一生其实干不了几样事情,而且所干的事情都是在寻找自己的位置。造物主按照这世上的需要造物,物是不知道的,都以为自己是英雄,但是你是勺,无论怎样地盛水,勺是盛不过桶的。性格为生命密码排列了定数,所以性格的发展就是整个命运的轨迹。不晓得这一点,必然沦成弱者,弱者是使强用狠,是残忍的,同样也是徒劳的。我终于晓得了,我就是强者,强者是温柔的,于是我很幸福地过我的日子。不再去提着烟酒到当官的门上蹭磨,或者抱上自己的书和字画求当官的斧正,当然,也不再动不动坐在家里骂官,官让干什么事偏不干。诣固可耻,傲亦非分,最好的还是萧然自远。别人说我好话,我感谢人家,必要自问我是不是有他说的那样?遇人轻我,肯定是我无可重处。不再会为文坛上的是是非非烦恼了,做车子的人盼别人富贵,做刀子的人盼别人伤害,这是技术本身的要求。若有诽谤和诋毁,全然是自己未成正果,一只兔子在前边跑,后边肯定有百人追逐,不是一只兔子可以分成百只,是因为这只兔子的名分不确定啊。在屋前种一片竹子不一定就清高,突然门前客人稀少,也不是远俗了,还是平平常常着好,春到了看花开,秋来了就扫叶。

大家都知道,我的病多,总是莫名其妙的这不舒服那不舒服。

但病使我躲过了许多尴尬,比如有人问,你应该担任某某职务呀,或者说你怎么没有得奖呀和没有情人呀,我都回答我有病!更重要的,病是生与死之间的一种微调,它让我懂得了生死的意义,像不停地上着哲学课。除了病多,再就是骂我的人多。我老不明白:我招谁惹谁了,为什么骂我?后来看到古人的一副对联,便会心而笑了。左联这么写:著书竟二十万言,才未尽也;得谤遍九州四海,名亦随之。我何不这样呢?声名既大,谤亦随焉,骂者越多,名更大哉。世上哪里仅是单纯的好事或是坏事呢?我写文章,现在才知道文章该怎么写了,活人也能活得出个滋味了,所以我提醒自己:要会欣赏。鸟儿在树上叫着,鸟儿在说什么话呢?鸟的语言我是不懂的,我只觉得它叫得好听就是了,做一个倾听者。还有:多做好事,把做的好事当做治病的良方;不再恨人,对待仇人应视为他是来督促自己成功者,对待朋友亦不能要求他像家人一样。钱当然还是要爱的,如古人说的那样,巨大的胸襟,爱小零钱么。以文字立身用字画养性,收藏古董让古董收藏我,热爱女人为女人尊重,不浪费时间不糟蹋粮食。到底还是一句老话:平生一片心,不因人热,文章千古事,聊以自娱。

十 篇 短 信

一

盛夏人皮是破竹篓,出汗淋漓如漏。老母坐不住家,一日数次下楼去寻老太太们闲聊,倒不嫌热。我也以写书避暑。(坐桌前以唾液沾双乳上,便有凉风通体。此秘诀你可试试,不要与玩麻将者说。)写书宜写闲情书。能闲聊是真知己,闲情书易成美文。但母亲没喝水习惯,怕她上火,劝多喝水,她说口里不要,肚里也不要。我和妹妹都是能喝水的,来家的那些朋友,也无一不能喝。今早忽然醒悟,蹲机关的人上了班都是一支烟,一杯水,一张报的,母亲则是从来没有工作过!

二

来时不必带土产,有便车捎些西瓜给母亲即可。切切。我倒不信你能江郎才尽,瞧照片上,腰又大了一圈,那里边装什么?文坛上有人是晨鸡暮犬,他们出于职责,当可闻鸡而起,听吠安睡,有人则是老鼠磨牙,咬你的箱子磨他的牙罢了。前年你写那部书一成功,我就知道你要坏了人缘的,现在果然是,但麻将桌上连坐五庄,必然要得罪人,输家是有资格发脾气,也可以欠账,也可以骂人母。只担心你那口疮,治得如何？口要善待才是,除了吃饭,除了在领导面前说"是"外,将来那些人还要请你去谈创作经验啊!

三

因养了一盆郁金香,会开到一半我就溜了,听说×××颇有微词？我这屁股坐惯了书桌前的椅子,坐主席台上的椅子不自在。你几时来看花？美人不说话就是花,花一说话就是美人。

四

我当主编,忙的却是你们,几次想卸了这帽子,但卸不了,这也是不理事当不了官,能当大官不要理事。天这么热,办公室又没空调,不知买没买仁丹丸？我赶了半天写下这期"读稿人语",让小史捎去,再让捎去一盘五色冰淇淋。六块,一人三块。吃罢将盘子一定还我。

五

儿女小时可以打,如拍打衣服上土,稍大了就是皮球,越打越蹦得高。我大学毕了业,先父还踢我一脚,待到后来一日,他吸烟,也递我一支,我才知道我从此不挨打了。但有人说父子如兄弟,如同志,那倒又过分,因为儿女的秉性是永远不崇拜父母的。我女儿看三流电视剧也伤心落泪,读我的书却总认为是她看着我写的,不是真的。让他去吧,龙种或许生跳蚤,丑猪或许养麒麟,只须叮咛

"吃喝嫖赌不能抽(大烟),坑蒙拐骗不能偷(东西)"就罢了。窑炉只管烧瓷罐,瓷罐到社会上去,你能管得着去做油罐还是尿罐?老江说组织一次南山游的,又不见了动静,如果南山去不成,三月十五日午时去豪门菜馆吃海鲜,我做东。

六

空气装在皮圈里即为轮胎,我如果能手一抓就一把风,掷去砸人,先砸倒那姓曹的!盛世的皇帝寿命都高,因为他为国人谋福利。损人利己者则如通缉的逃犯,惶惶不可终日,岂能身体安康?发不义之财,若不做慈善业消耗,如人只吃饭而不长肛门,终有一日自己把自己憋死。

七

那只鳖不能让山兄去放生,他会放生到他的肚腹去。

不要嫌老婆脸黑,黑是黑,是本色,将来生子,还能卖好价钱的面粉。那日到×校开会,去了那么多作家,主持人要我站起来让学生们看看,我站起来躬腰点头,掌声雷动,主持人又说:同学们这么欢迎你,你站起来么!我说我是站起来的呀!主持人说:噢,你个子低。掌声更是雷动。我不嫌我个头矮,人不是白菜,大了好卖。做人不要心存自己是女人或是男人,也不必心存自己丑或自己美,一存心就坏了事。以貌取人者是奴才,与小奴才什么计较?

八

我要闭门写作呀,有事三十天后见。若有人寻到你打问我的行踪,只说我自杀了。记住,是安乐死,不是上吊,上吊吐舌头形象不佳。

九

能让别人利用,也是好事。研究《红楼梦》可以当博士,画钟馗可以逼鬼,给当官的当秘书可以自己当官。藤蔓多正因着你是乔木。无山不起云,起云山显得更高,若你周围没那些营营之辈,你又会是何等面目?朋友都是走了的好。今夜月光满地,刚才开窗我还以为巷口的下水道又堵塞,是水漫淹,就想你若踏水来访多好!我可教你作曲解烦。作曲并不难,"言之不尽歌咏之",曲就是把说不尽的话从心里起便放慢音节哼出来,记下便可了,如记不下,旁边放录音机来录。学那钢琴就非是一月半月能操作,且十个指头,怎能按得住一百零八个键呢?

十

买书不要买豪华本,豪华本的书那是卖给不读书的人的。读书也不必只读纸做的书,山水可以读,云雨可以读,官场可以读,商界可以读。赌徒和妓女也都是书。只在家读书本,读了书还是读书,无异于整日喝酒、打牌和吸烟土,于社会、家人有什么好处?

得空来吃茶,我前日得明前茶一罐。

说 舍 得

世界是阴与阳的构成,人在世上活着也就是一舍一得的过程。我们不否认我们有着强烈的欲望,比如面对了金钱,权势,声名和感情,欲望是人的本性,也是社会前进的动力。但是,欲望这头猛兽常常使我们难以把握,不是不及,便是过之,于是产生了太多的悲剧:有人愈是要获得愈是获得不了;有人终于获得了却大受其害。会活的人,或者说取得成功的人,其实懂得了两个字:舍得。不舍不得,小舍小得,大舍大得。翻读古书,历史上有过了许多著名人物,韩信能胯下受辱方成大器;勾践卧薪尝胆终得灭吴;田忌与齐王赛马,以下肆对齐上肆,上肆对齐中肆,中肆对齐下肆,舍了小负之悲,得了全胜之喜。人是如此,万事万物何尝不也是这样呢?蛇是在蜕皮中长大,金是在沙砾中淘出,按摩是疼痛后的舒服,春天是走过冬天的繁荣。回顾我们经历过的事吧,许多时候我们因没有小忍而坏了大谋,许多时候我们吃了一点亏懊丧不已不久却赢取了利好,为了保持我们的本身没有被一时的浮华迷惑,声名太盛则又使我们失去了行动的自在。舍舍得得,得得舍舍就充满在我们琐碎的日常生活中,演绎着成功和失败的故事啊,舍得实在是一种哲学,也是一种艺术。

2002 年 4 月 8 日下午

我的廿一世纪

穿一件战国时期的衣裳是什么样儿

抚仙湖里的鱼

如此近地坐在海边,看海水摇曳出一片一片光波,如无数的刀在飞舞,而刹那间恍惚整个海面陡然翘起,似乎要颠覆过来,这还是平生第一次。两千年的七月十五日下午,我就是这样坐在尖山下的小渔村口,面对着云南的抚仙湖。抚仙湖当地人称之是湖,我却认做它是海的,因为陕西缺水,少见多怪,把湖都叫做了海。海是这么的蓝!原以为水清无色,清得太过分了竟这般蓝,映得榕树也苍色深了一层。有人就坐在树下的石砌岸上,将赤着的腿浸在海里,上身的白衫发着荧光,却能看见水中那如藕的腿和染成绛红的脚的指甲。屋主用一种大的捞勺从海里舀水冲洗石子走道,舀上来的水里有一尾青脊梁的小鱼,欢乐着蹦,然后就蹦到了海里。而榕树枝上就挂着了一个如罐似的铜锅,锅里正为我们烹着辣汁的鱼。

今天能吃到最鲜美的鱼了,我是这么想着,异常地兴奋。一份考古杂志上讲,人并不是猴子所变,而是来自水里,如果这种结论成立,鱼与人类应该算最亲近的,是鱼养活了人。花的开放是为着蜂蝶来采,鱼的生成就为着把坟墓建在人腹吗?那么,铜锅里的鱼来自海的哪一角呢?它活了多少岁月在等待着了我这个北方的人?!

我环顾着海的周边，午后的霞光和水气使群山虚化成水墨画中的皴染，惟独尖山就在屋后，真实明显，它无基无序，拔地而起，阴影就铺了全部的渔村。将眼光尽量地往远处看，海的那边影影糊糊能看到有着楼房的县城，半个小时前，我们就是从那里驱车绕道从尖山的背后过来的。同来的云南人告诉说，她就是海那边县城的人，数百年前，海水并没有到尖山下，旧城就在这里，如果运气好，逢着个好的天气，清晨依稀能看见在海面上有原来县城的幻影。但我没福看到。我看到的只是这么几户人家的小渔村。或许这地方原本就是一个小渔村，小渔村发展成了旧城，旧城又发展成了小渔村。沧桑变化，变化成如今的模样真是再好不过的事了。据说那次旧城沉没，正好是一个晚上，除一对无眠的老夫妇逃出外，屋舍、人物、家畜全无消息。人是从水里爬上岸的动物，而那么一城的人又复归于水里，它们是变成了人鱼吗？一只水鸟贴着海面飞过来，兜一个圈儿，又贴着海面飞了去，在偶然望见的那一个崖头下，石头上坐着了一个人，我想象那会不会坐着一个人首鱼身的美人鱼呢？

"那是捞鱼的。"陪我的人说。

"捞鱼的？"我怎么能相信呢？"坐在崖头下捞鱼？！"

原来这里的人很少荡船在海里张网捕鱼，古老的时候，他们用勺能连鱼带水舀上来，或者用竹茅在水里扎，如今鱼的需求量多了，也只是在崖头下的小石穴里等着鱼钻竹篓，这如同猎人的守株待兔。小石穴里，都是有泉水往海里流的，流出的泉和海的颜色不同，水质也不同，鱼顺着泉水往上游，只消在那儿放一个竹篓，鱼就进去了。泉水在海水中的光亮，如佛在尘世的召唤，海里那么多的鱼，能不能完满自己的生命，将坟墓修建在人的肚腹，就看它的造化了。

关于这个海里的鱼，是怎样的一种社会，有怎样的生存方式和信仰,真是无法想象的神秘。我提议能否去海上看看呢,于是搭乘了汽艇,遗憾地并没有见到一条鱼,鱼一定是沉潜在海底,海底里有水晶宫一样的去处吧?汽艇开得快起来,柔软的水面竟成了坚强的陆地,颠簸得身子生疼。陪同的人说要看鱼得阴历十五月圆的夜里,所有的鱼都游近了远处的那个孤岛下,若站在孤岛上可以看见四周一圈几米宽的鱼群带,白花花一片,鱼的划水声响成一种轰轰声。但那天不是阴历的十五,天又不是晚上,我仍是没有看到鱼,上得了孤岛,岛上住着一座佛庙,佛庙的门掩着,庙的花坛边坐着一群鲜艳的年轻女子,我弄不明白那是来庙里烧香的游客,还是鱼上了岸的化身?

汽艇又开始了在海上漫无目的地游弋,几乎是到了海的一角,海水变成了一条河向山垭间漫过去,陪我的人告诉说山垭那边仍是还有一个湖的,面积比这个湖还要大,两个湖便通过这条河连通的。天近了黄昏,穿过河去另一个海是不可能了,却生了玄想,如果要捞鱼,只站在那河里张一个网,那鱼就千船万担地收获了。

"不,"陪我的人叫起来,"两个湖的鱼从不相互往来的,河中间有一块礁石,就叫分鱼石,各自湖里的鱼游到那儿,全都掉头又游走了。"

"这是为什么?"

"这谁又知道为什么,恐怕各有各的地盘,各有各的家园,从不混乱的。"

这话说得真好。我说,鱼不混乱,人却混乱了,人污染了自己生存的地方,又以旅游的名义,到处去污染了。我一到云南听说这里环境优美,驱车就来了,从尖山后绕过来时,山脚那边已经是一个很繁华的小镇,有那么多现代的设施和那么多的游客,如果这里向外并没有道路,就那么几户的小渔村,该是多好呢?我一时也烦起了我和我一样丑恶的游客,蓦地倒醒悟了旧城沉没的秘密:是不是当旧城发展得人越来越多,他们就讨厌了作为人的生活而集体变成鱼了呢?

  从海上返回小渔村,在一家厅室里,我看见了展示的两条青鱼的标本。鱼真是大,大到像一个人躺在那玻璃罩里。介绍的文字说,这两条鱼先后都是从湖里钓上来的。鱼是涂上了防腐剂,看上去如活的一样,我看着鱼眼,鱼眼也看着我,我最后是不敢再看它的眼睛了,退出了厅室,鱼的眼睛还在看着我。

  夜里,我睡在了昆明市的豪华宾馆的床上,做了一个梦,我梦见了那两条大青鱼,大青鱼似乎在对我说什么,可我终听不明白鱼话,醒来我想起了小的时候看过的一出戏,戏是《柳生传书》。我是不是也该是那个柳生呢?可我给谁传书,传给谁去,怎么个传法?心中总有一团疑窦压着,所以写下了这篇文章求释然了。

2000 年 7 月 29 日

六骏图

读书图

茶　事

以茶闹出过许多事来：

我的家乡不产茶，人渴了就都喝生水。生水是用泉盛着的，冬天里泉口白腾腾冒热气，夏季里水却凉得渗牙。大人们在麦场上忙活，派我反反复复地用瓦罐去泉里提水，喝毕了，用袄袖子擦着嘴，一起说：咱这儿水咋这么甜呢！村口核桃树旁的四合院里住着阿花，她那时小，脖子上总生痱子，在泉的洗衣池中洗脖子，密而长的头发就免不了浸了水面，我想去帮她，却有些不敢，拿树叶叠成小斗舀水喝，一眼一眼看她，王伯家的狗也来泉里喝水，就将我的瓦罐撞碎了。我气得打狗，也对阿花说：你赔我，你赔我！阿花说：我赔你什么，是我撞碎你的罐子吗？后来阿花大了，我每日都想能见到她，见到了却窘得想赶紧逃走，逃到避人处就又发恨，自己扇自己耳光。阿花的一个亲戚在关中平原，我们称山外人的，他突然来到阿花家，村人都在议论小伙子是来阿花家提媒了。这事使我打击很大，但我不敢去问阿花，伺机要报复那山外的人。山外没有核桃，我们摘了青皮核桃让他吃，他以为任何果子都是肉包核，当下就啃了一口，涩得舌头吐出来。又在他钻进水茅房大便的时候，拿了石头往尿窖子里一丢，尿水从尿槽子里溅上去，弄了他一身的肮脏。他一嘴黄牙，这是我最瞧不上的，他说他们那儿的水盐碱重,味苦,没有山里的水甜,他说这话时样子很老实,让我好生得意。可是第二天,我从泉里提了一大桶凉水往麦场送的时候,他看见了,却说:你们不喝茶啊?我说这儿不产茶。他说:我们山外吃饭就吃蒸馍,渴了要喝茶的。他的话把我噎住了,晚上思来思去觉得窝火,天明的时候突然想出了一句对付的话:山外的水苦才用茶遮味哩,我们这儿水甜用得着泡茶吗?中午要把这话对他说,但没有寻着他,碰着小三,小三说:你知道不,山外黄牙走了,早上坐车回去啦!我兴奋他终于走了,却遗憾没把想了一夜的话当面回顶他。

到了七十年代末,我从家乡到了西安上大学,西安的水不苦,但也不甜,我开始喝开水,仍没有喝茶的历史。暑假里回老家,父亲也从外地的学校回来,傍晚本家的几位伯叔堂兄来聊天,父亲对娘说:烧些煎水吧。水烧开了,他却在一只特别大的搪瓷缸里泡起了茶。父亲喝茶,这是我以前并不晓得的,或许他是在学校里喝,但把茶拿回家来喝,这是第一次。伯叔堂兄们都说:喝茶呀?这可是公家人的事!茶叶干燥燥的,闻着有一股花香味,开水一冲就泛了暗红颜色。这便是我喝到的头口茶,感觉并不好,而且伯叔堂兄们也龇牙咧嘴。但是,那天的茶缸续了四次水,毕竟喝茶是一种身份地位的待遇。父亲待过几天就往学校去了,剩下的茶娘包起来放在柜里,那一年大旱,自留地里的辣子茄子旱得发蔫,我和弟弟从河里挑水去浇,一下午挑了数十担,累得几乎要趴在地上,一回家弟弟就说:咱慰劳慰劳自己吧。于是取了茶来泡了喝。剩下的茶就这么每天寻理由慰劳着喝了,待上了瘾,茶却没有了。因为所见到的茶叶模样极像干蓖麻叶末或干芝麻叶末,我们就弄了些干蓖麻叶揉碎了用开水泡,麻得舌头都硬了,又试着泡芝麻叶,倒没有怪味道,但毕竟喝过半杯就不想再喝了。

在大学读书了三年,书上关于茶的描述很多,我却再没有喝过茶,真正地接触茶则是参加工作后,那时的办公室里大家各自有个办公桌,办公桌的抽屉是加了锁的,每人的面前有一只烟灰缸和一只茶杯。开水是共同的,热水瓶里没水了,他们就喊:小贾小贾,瓶里怎么没水了?!我提了瓶就去开水房打水,水打了回来,各自从抽屉里取了茶叶捏那么一点放在杯里,抽屉又锁上了,再是各自泡水喝。大家是互不让茶的。有一天办公室只有我和老赵,老赵喝茶是半缸子茶叶半缸子水,缸子里的茶垢已经厚得像刷了生漆,他冲了一杯,说:你喝茶不?我说我没茶。他给我捏了一点,我冲泡了喝起来,他告诉我谁喝的是铁观音茶,谁喝的是茉莉花茶,谁又是八宝茶,开始又嘟囔谁个最没意思,自己舍不得买茶却爱喝茶,总是沾他的便宜。我听了心里就发寒:他一定要记着今日给过我茶叶的事的。正是因为有了要还他茶叶的念头,也考虑了别人都喝茶我喝白开水显得寒酸的缘故,在月初发薪时,我咬咬牙从三十九元的工资里取出两元钱买了一筒茶,首先让老赵喝了一次。就是这一筒茶使我从此离不开了茶。好多年,我已经是很标准的办公室人员的形象了:准时上班,拖地擦桌子,然后泡一缸茶,吸一支烟,翻来覆去地看报纸。先后喝过的是花茶,砖茶,八宝茶,脑子里没有新茶陈茶的概念,只讲究浓茶和淡茶,也知道空腹不要喝茶,喝了心发慌,晚上不要喝浓茶,喝了失眠,隔夜茶不要喝,茶垢不要洗。惟一与办公室别的同志不一样的是喝八宝茶时得取出里面的枸杞,枸杞容易上火,老赵就说:给我给我。他把三四粒枸杞丢进口里嚼,说这可是好东西哩!

那年月干部常常要下乡,我从事的是出版社的编辑工作,要了解各县的文艺创作状况,就在苹果仅仅只有核桃般大的时节去一个县上,县委宣传部的一个干事接待了我,正是星期六,他要回家,安排我夜里睡在他办公兼卧室的房间里,临走时给了我去灶上吃饭的饭票,又叮咛:要喝水,去水房开水炉那儿灌,茶叶就在第二个抽屉里。夜里,宣传部的小院里寂静无人,我看了一会儿书,觉得无聊,出来摘院子里的青苹果吃,酸得牙根疼,就泡了他的茶喝。茶只有半盒,形状小小的,似乎有着白茸毛,我初以为这茶霉了,冲了一杯,杯面上就起一层白气,悠悠散开,一种清香味就钻进了口鼻,待端起杯再看时,杯底的茶叶已经舒展,鲜鲜活活如在枝头。这是我从未见过的茶叶,喝起来是那么地顺口,我一下子就喝完了,再续了水,又再续了水,直喝下三杯,额上泛了细汗,只觉目明神清,口齿间长长久久地留着一种爽味。第二天,一早起来我又泡了一杯,到了中午,又泡了一杯,眼见得茶盒里的茶剩下不多,但我控制不了欲望,天黑时主人还没有返回,我又泡了一杯。茶盒里的茶所剩无几了,我才担心起主人回来后怎么看待我,就决定再不能在这里待下去,将门钥匙交给了门房去街上旅舍去睡,第二天一早则搭车去了临县。那么干事到底是星期天的傍晚返回的还是第二天的黎明返回,我至今不知,他返回后发现茶叶几近全无是暗自笑了还是一腔怨恨,我也不知,我只是十几天后回到西安给他去了一信,表示了对他接待的感激,其中有句"你的茶真好",避免了当面见他的尴尬,兀自坐在案前满脸都是烫烧。

  贼一样喝过了自觉是平生最好的茶,我不敢面对主人却四处给人排说,听讲的人便说我喝过的那一定是陕青,因为那个县距产茶区很近,又因为是县委的人,能得到陕青中的上品,又可能是新茶。于是,我知道了所谓的陕青,就是产于陕西南部的青茶,陕西南部包括汉中、安康、商洛,而产茶最多的是安康。我大学的同学在安康有好几位,并且那里还有我熟悉的几个文学作者,我开始给他们写信,明目张胆地索贿,骂他们为什么每次来西安不给我送些陕青呢,说我现在要做君子呀,宁可三日无肉,不能一晌无茶啊!结果,一包两包的茶叶从安康捎来,虽每次不多,却也不断,但都不是陕青中的上品,没有我在宣传干事那儿喝到的好。再差的陕青毕竟是陕青,喝得多了,档次再降不下来,才醒悟真正的茶是原本色味的,以前喝过的花茶、胡茶皆为茶质不好用别的味道来调剂,而似乎很豪华的流行于甘、宁、青一带的八宝茶,实在是那里不产茶,才陈茶变着法儿来喝罢了。从此以后,花茶是不能入口了,宁喝白开水也不再喝八宝茶,每季的衣着是十分简陋,每日的饭菜也极粗糙,但茶必须是陕南青茶,在生活水平还普遍低下的年月里,我感觉我已经有点贵族的味道了。

当我成了作家,可以天南海北走遍,喝的茶品种就多了,比如在杭州喝龙井茶,在厦门喝铁观音茶,在成都喝峨眉茶,在云南喝普洱茶,在合肥喝黄山茶,有的茶价五百元一斤,有的甚至两千元。这些茶叶也真好,多少买了回来,味道却就不一样了,末了还是觉得陕南青茶好。说实在的,陕青的制作很粗,茶的形状不好,包装也简陋,但它的味重,醇厚,合于我的口舌和肠胃,这或许是我推崇的原因吧。

为了能及时喝到陕青,喝到新鲜的陕青,我是常去安康的,而且结交了一批新的安康的朋友,以至有了一位叫谭宗林的专门在那里为我弄茶。谭先生因工作的缘故,有时间往安康各县跑,又常来西安,他总是在谷雨前后就去了茶农家购买茶叶及时捎来,可以说我每年是西安最早喝到新陕青的人。待谭先生捎了半斤一斤还潮潮的新茶在西安火车站一给我打电话,我便立即通知一帮朋友快来我家,我是素不请人去吃饭的,邀人品茶却是常事,那一日,众朋友必喝得神清气爽,思维敏捷,妙语迭出,似乎都成了君子雅士。谭先生捎过了谷雨茶,一到清明,他就会在茶农家几十斤地采购上等青茶,我将小部分分给周围的人,大部分包装好存放于专门购置的大冰柜里,可以供一年享用了。朋友们都知道我家有好茶叶,隔三岔五就吆喝着来,可以说,我的茶客是非常多的。

我也和谭先生数次参加一些城里的茶社庆典活动,西安城中的大小茶社没有我未去过的,为茶社题写店名,编撰对联,书写条幅,为了茶我愿意这般做,全不顾了斯文和尊严。我和谭先生也跑过安康许多茶厂,人家叫干什么就干什么,平日惜墨如金,任何人来索字都必要出重金购买,却主动要为茶厂留言,结果人家把题写的条幅印在茶袋上、茶盒上满世界销售,明明是侵犯了我的权益,又无故遭到外人说我拿了多少广告费,人是不敢有缺点的,我太嗜茶贪茶,也只有无话可说。

  人的一生要交结众多朋友,朋友是走一批来一批的,而最能长久的是以茶为友的人。我不大食肉,十几年前因病戒了酒后,只喜欢吸烟喝茶,过的是有茶请待客,无事乱翻书的日子。每当泡一杯陕青在家,看着茶叶鲜鲜活活的可爱,什么时候都觉得面对了春天,品享着春天。茶叶常常就喝完了,我在门上贴了字条"送礼不要送别的,可以送茶",但极少有送茶来的,来的都是些要喝我茶的人,这时候我就想起唐代快马加鞭昼夜不停从南宁往长安送荔枝的故事,可惜我不是那个杨贵妃,也不知谭先生现在哪?

古宅大院图

大河流过我的船

在女儿婚礼上的讲话

我二十七岁有了女儿,多少个艰辛和忙乱的日子里,总盼望着孩子长大,她就是长不大,但突然间她长大了,有了漂亮、有了健康、有了知识,今天又做了幸福的新娘!我的前半生,写下了百十余部作品,而让我最温暖的也最牵肠挂肚和最有压力的作品就是贾浅。她诞生于爱,成长于爱中,是我的淘气,是我的贴心小棉袄,也是我的朋友。我没有男孩,一直把她当男孩看,贾氏家族也一直把她当做希望之花。我是从困苦境域里一步步走过来的,我发誓不让我的孩子像我过去那样的贫穷和坎坷,但要在"长安居大不易",我要求她自强不息,又必须善良、宽容。二十多年里,我或许对她粗暴呵斥,或许对她无为而治,贾浅无疑是做到了这一点。当年我的父亲为我而欣慰过,今天,贾浅也让我有了做父亲的欣慰。因此,我祝福我的孩子,也感谢我的孩子。

女大当嫁,这几年里,随着孩子的年龄增长,我和她的母亲对孩子越发感情复杂,一方面是她将要离开我们,一方面是迎接她的又是怎样的一个未来?我们祈祷着她能受到爱神的光顾,觅寻到她的意中人,获得她应该有的幸福。终于,在今天,她寻到了,也是我们把她交给了一个优秀的俊朗的贾少龙!我们两家大人都是从乡下来到城里,虽然一个原籍在陕北,一个原籍在陕南,偏偏都姓贾,这就是神的旨意,是天定的良缘。两个孩子生活在富裕的年代,但他们没有染上浮华习气,成长于社会转型时期,他们依然纯真清明,他们是阳光的、进步的青年,他们的结合,以后的日子会快乐、灿烂!在这庄严而热烈的婚礼上,作为父母,我们向两个孩子说三句话。第一句,是一副对联:一等人忠臣孝子,两件事读书耕田。做对国家有用的人,做对家庭有责任的人。好读书能受用一生,认真工作就一辈子有饭吃。第二句话,仍是一句老话:"浴不必江海,要之去垢;马不必骐骥,要之善走。"做普通人,干正经事,可以爱小零钱,但必须有大胸怀。第三句话,还是老话:"心系一处。"在往后的岁月里,要创造、培养、磨合、建设、维护、完善你们自己的婚姻。今天,我万分感激着爱神的来临,它在天空星界,江河大地,也在这大厅里,我祈求着它永远地关照着两个孩子!我也万分感激着从四面八方赶来参加婚礼的各行各业的亲戚朋友,在十几年、几十年的岁月中,你们曾经关注、支持、帮助过我的写作、身体和生活,你们是我最尊重和铭记的人,我也希望你们在以后的岁月里关照、爱护、提携两个孩子,我拜托大家,向大家鞠躬!

从棣花到西安

秦岭的南边有棣花,秦岭的北边是西安,路在秦岭上约三百里。世上的大虫是虎,长虫是蛇,人实在是个走虫。几十年里,我在棣花和西安生活着,也写作着,这条路就反复往返。

父亲告诉过我,他十多岁去西安求学,是步行的,得走七天,一路上随处都能看见破坏的草鞋。他原以为三伏天了,石头烫得要咬手,后来才知道三九天的石头也咬手,不敢摸,一摸皮就粘上了。到我去西安上学的时候,有了公路,一个县可以每天通一趟班车,买票却十分难场,要头一天从棣花赶去县城,成夜在车站排队购买。班车的窗子玻璃从来没有完整过,夏天里还能受,冬天里风刮进来,无数的刀子在空中舞,把火车头帽子的两个帽耳拉下来系好,哈出的气就变成霜,帽檐是白的,眉毛也是白的。时速至多是四十里吧,吭吭唧唧在盘山路上摇晃,头就发昏,不一会儿有人晕车,前边的人趴在窗口呕吐,风把脏物又吹到后边窗里,前后便开始叫骂。司机吼一声:甭出声!大家明白夫和妻是荣辱关系,乘客和司机却是生死关系,出声会影响司机的,立即全不说话。路太窄太陡了,冰又瓷溜溜的,车要数次地停下来,不是需要挂防滑链,就是出了故障,司机爬到车底下,仰面躺着,露出两条腿来。到了秦岭主峰下,那个地方叫黑龙口,是解手和吃饭的固定点。穿着棉袄棉裤的乘客,一直是插萝卜一样挤在一起,要下车就都浑身麻木,必须揉腿。我才搬起一条腿来,旁边人说:那是我的腿。我就说:我那腿呢?我那腿呢?感觉我没了腿。一直挨到天黑,车才能进西安,从车顶上卸下行李了,所有人都在说:嗨,今日顺利!因为常有车在秦岭上翻了,死了的人在沟里冻硬,用不着抬,像捐椽一样捐上来。即使自己坐的车没有翻,前边的车出了事故,或者塌方了,那就得在山里没吃没喝冻一夜。

九十年代初,这条公路改造了,不再是沙土路,铺了柏油,而且很宽,车和车相会没有减速停下,灯眨一下眼就过去了。过去车少,麦收天沿村庄的公路上,农民都把割下的麦子摊着让碾,狗也跟着撑。改造后的路不准摊麦了,车经过刷的一声,路边的废纸就扇得贴在屋墙上,半会落不下。狼越来越少了,连野兔也没了,车却黑日白日不停息。各个路边的村子都死过人,是望着车还远着,才穿过路一半,车却瞬间过来轧住了。棣花几年里有五个人被轧死,村人说这是祭路哩,大工程都要用人祭哩。以前棣花有两三个司机,在县运输公司开班车,体面荣耀,他们把车停在路边,提了酒和肉回家,那毛领棉大衣不穿,披上,风张着好像要上天。沿途的人见了都给笑脸,问候你回来啦?所有人猫腰跟着,偷声换气地乞求明日能不能捎一个人去省城。可现在,公路上啥车都有,连棣花也有人买了私家车,才知道驾驶很容易的,几乎只要是个狗,爬上车都能开。那一年,我父亲的坟地选在公路边,母亲说离公路近,太吵吧,风水先生说:这可是好穴哇,坟前讲究要有水,你瞧,公路现在就是一条大河啊!

我每年十几次从西安到棣花,路经蓝关,就可怜了那个韩愈,他当年是"雪拥蓝关马不前"呀,便觉得我很幸福,坐车三个半小时就到了。

过了2000年,开始修铁路。棣花人听说过火车,没见过火车,通车的那天,各家在通知着外村的亲戚都来,热闹得像过会。中午时分,铁路西边人山人海,火车刚一过来,一人喊:来了——!所有人就像喊欢迎的口号:来了来了!等火车开过去了,一人喊:走了——!所有人又在喊口号:走了走了!但他们不走,还在敲锣打鼓。十天后我回棣花,邻居的一个老汉神秘地给我说:你知道火车过棣花说什么话吗?我说:说什么话?他就学着火车的响声,说:棣花——!不穷!不穷!不穷不穷,不穷不穷!我大笑,他也笑,他嘴里的牙脱落了,装了假牙,假牙床子就笑了出来。

有了火车,我却没有坐火车回过棣花,因为火车开通不久,一条高速路就开始修。那可是八车道的路面呀,洁净能晾了凉粉。村里人把这条路叫金路,传说着那是一捆子一捆子人民币铺过来的,惊叹着国家咋有这么多钱啊!每到黄昏,村后的铁路上过火车,拉着的货物像一连串的山头在移动。村人有的在唱秦腔,有的在门口咿咿呀呀拉胡琴,火车的鸣笛不是音乐,可一鸣笛把什么乐响都淹没了。火车过后,总有三五一伙端着老碗一边吃一边看村前的高速路,过来的车都是白光,过去的车都是红光,两条光就那么相对地奔流。他们遗憾的是高速路不能横穿,而谁家狗好奇,钻过铁丝网进去,竟迷糊得只顺着路跑,很快就被轧死了,一摊肉泥粘在路上。我第一回走高速路回棣花,没有打盹,头还扭来转去看车窗外的景色,车突然停了,司机说:到了。我说:到了?有些不相信,但我弟就站在老家门口,他正给我笑哩。我看看表,竟然仅一个半小时。从此,我更喜欢从西安回棣花了,经常是我给我弟打电话说我回去,我弟问:吃啥呀?我说:面条吧。我弟放下电话开始擀面,擀好面,烧开锅,一碗捞面端上桌了,我正好车停在门口。

在好长时间里,我老认为西安越来越大,像一张大嘴,吞吸着方圆几百里的财富和人才,而乡下,像我的老家棣花,却越来越小。但随着312公路改造后,铁路和高速路的相继修成,城与乡在拉近了,它吞吸去了棣花的好多东西,又呼吐了好多东西给棣花,曾经瘦了的棣花慢慢鼓起了肚子。棣花已经成了旅游点,农家乐小饭馆到处都有,小洋楼一幢一幢盖了,有汽车的人家也多了,甚至荒废了十几年的那条老街重新翻建,一间房价由原来的十几元猛增到上万元。以前西安的人来,皮鞋印子留在门口,舍不得扫,如今西安打一个喷嚏,棣花人就问:咱是不是要感冒啦?他们啥事都知道,啥想法也都有。而我,更勤地从西安到棣花,从棣花到西安。我不再以出生在山里而自卑,车每每经过秦岭,看山峦苍茫,白云弥漫,就要念那首诗:啊,给我个杠杆吧,我会撬动地球。给我一棵树吧,我能把山川变成绿洲。只要你愿意嫁我,咱们就繁衍一个民族。

就在上一个月,又得到一个消息,还有一条铁路要从西安经过棣花,秋季里动工。

2009年5月7日写

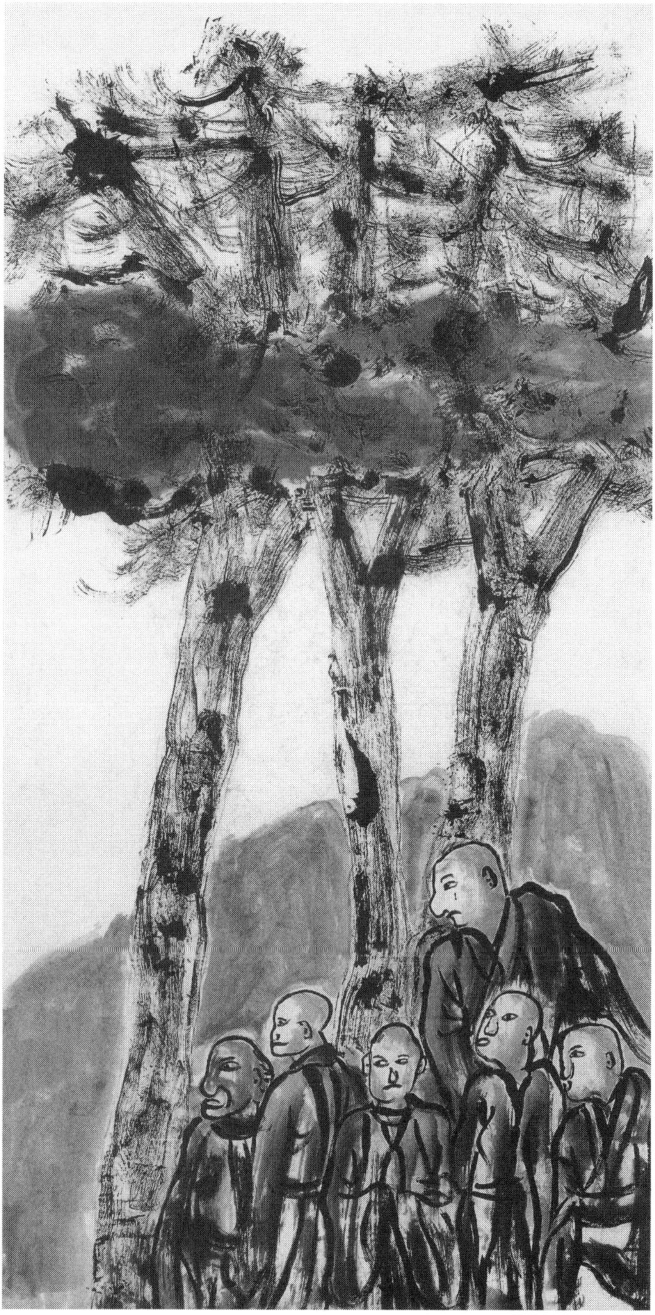

邻院的少妇

六 棵 树

回了一趟老家,发现村子里又少了几种树。我们村在商丹川道是有名的树园子,大约有四十多种树。自从炸药轰开了这个小盆地西边的牛背梁和东边的烽火台,一条一级公路穿过,再接着一条铁路穿过,又接着修起了一条高速公路,我们村子的地盘就不断地被占用。拆了的老院子还可以重盖,而毁去的树,尤其是那些唯一树种的,便再也没有了,这如同当年我离开村子时那些上辈人使用的那些农具,三十多年里就都消绝了。在巷道口我碰到了一群孩子,我不知道这都是谁家的子孙,问:知道你爷的名字吗?一半回答是知道的,一半回答不知道,再问:知道你老爷的名字吗?几乎都回答不上来。咳,乡下人最讲究的是传承香火,可孩子们却连爷或老爷的名字都不知道了。他们已不晓得村子里的四十多种树只剩下了二十多种,再也见不上枸树、槲树、棠棣、栎、桧、柞和银杏木、白皮松,更没见过纺线车、鞋耙子、捞兜、牛笼嘴、曳绳、桩枷、檐簸子。记得小时候我问过父亲,老虎是什么,熊是什么,黄羊和狐狸是什么,父亲就说不上来,一脸的尴尬和茫然。我害怕以后的孩子会不会只知道了村里的动物只是老鼠苍蝇和蚊子,村里的树木只是杨树柳树和榆树?所以,就有了想记录那些在三十年间消绝的花草树木、飞禽走兽、农耕用具的欲望。

现在,我先要记的是六棵树。

皂角树。我们从村子分涧上涧下,这棵皂角树就长在涧沿上。树不是很大,似乎老长不大,斜着往涧外,那细碎的叶子时常就落在涧根的泉里。这眼泉用石板箍成三个池子,最高处的池子是饮水,稍低的池子淘米洗菜,下边的池子洗衣服。我小时候喜欢在泉水里玩,娘在那里洗衣服,倒上些草木灰,揉搓一阵子了,抡着棒槌啪啪地捶打。我先是趴在饮水池边看池底的小虾游来游去,然后仰头看皂角树上的皂角。秋天的皂角还是绿的,若摘下来最容易捣烂了祛衣服上的垢甲,我就恨我的胳膊短,拿了石子往上掷,企图能打中一个下来,但打不中,皂角树下卧着的狗就一阵咬,秃子便端个碗蹴在门口了。

皂角树是属于秃子家的,秃子把皂角树看得很紧。那年月,村人很少有用肥皂的,皂角可以卖钱,五分钱一斤。秃子先是在树根堆了一捆野枣棘,不让人爬上去,但野草棘很快被谁放火烧了,秃子又在树身上抹屎,臭味在泉边都能闻见,村人一片骂声,秃子才把屎擦了。他在夹皂角的时候,好多人远远站着看,盼望他立脚不稳,从涧上摔下去。他家的狗就是从涧上摔下去过,摔成了跛子,而且从此成了亮鞭。亮鞭非常难看,后腿间吊着那个东西。大家都说秃子也是个亮鞭,所以他已经三十四五了,就是没人给他提亲。

秃子四十一岁上,去深山换包谷,我们那儿产米,二三月就拿了米去深山换包谷,一斤米能换二斤包谷,秃子就认识了那里一个寡妇。寡妇有一个娃,寡妇带着娃就来到了他家。那寡妇后来给人说:他哄了我,说顿顿吃米饭哩,一年到头却喝米角粥!

但秃子从此头上一年四季都戴个帽子,村里传出,那寡妇晚上睡觉都不允他卸下帽子,邻居还听到了,寡妇在高潮时就喊:卫东,卫东!村人问过寡妇的儿子:卫东是谁?儿子说是他爹,他爹打猎时火枪炸了,把他爹炸死了。大家就嘲笑秃子,夜夜替卫东干活哩,秃子说:替谁干都行,只要我在干着。

村人先是都不承认寡妇是秃子的媳妇,可那女人大方,摘皂角时看见谁就给谁几个皂角,常常有人在泉里洗衣服,她不言语,站在涧上就扔下两个皂角。秃子为此和女人吵,但女人有了威信,大家叫她的时候,开始说:喂,秃子的媳妇!

秃子的媳妇却害病死了,害的什么病谁也不知道,而秃子常常要到坟上去哭。有一年夏天我回去,晚上一伙人拿了席在麦场上睡,已经是半夜了,听见村后的坡根有哭声,我说:谁哭哩?大家说:秃子又想媳妇了。

又过了两年,我再一次回去,发觉皂角树没了,问村人,村人说:砍了。二婶告诉我,秃子死了媳妇后,和媳妇的那个儿子合不来,儿子出外再没有音讯,秃子一下子衰老了,五十多岁的人看上去有七十岁,他不戴帽子了,头上的疤红得像烧过的柿子,一天夜里就吊死在皂角树上,皂角落得泉边到处都是。这皂角树在涧上,村人来打水或洗衣服就容易想起秃子吊死的样子,便把皂角树砍了。

药树。药树在法性寺后的土崖上,寺殿的大梁上写着清康熙初年重建,药树最少在这里长了三百年。我记事起,法性寺里就没有和尚,是村小学校,铃声在敲那口铁铸的钟,每每钟声悠长,我就感觉是从药树上发出来的。药树特别粗,从土崖上斜着往空中长,树皮一片一片像鳞甲,村人称作龙树。那时候我们那儿还没有发现煤,柴禾紧张,大一点的孩子常常爬上树去扳干枯了的枝条,我爬不上去,但夜里一起风,第二天早晨我就往树下跑,希望树上的那个鸟巢能掉下来。鸟巢是可以做几顿饭的。

药树几乎是我们村的象征,人要问:你是哪儿的?我们说:棣花的。问:棣花哪个村?我们说:药树底下的。

我在寺里读了六年书,每天早晨上操听完校长训话,我抬头就看到药树。记得一次校长训话突然就提到了药树,说早年陕南游击队在这一带活动,有个共产党员受伤后在寺里养伤住了三年,解放后当了三年专员,因为寺里风水好,有这棵龙树。校长鼓励我们好好学习,将来也成龙变凤。母亲对我希望很大,大年初一早上总是让我去药树下烧香磕头,她说:你要给我考大学!

但是,我连初中还没有读完,"文化革命"就开始了,辍学务农,那时我十四岁。

我回到村里,法性寺小学也没了师生,驻扎了当地很大的一个造反派的指挥部。我们从此没有安宁过,经常是县城过来的另一个造反派的人来攻打,双方就在盆地东边的烽火台上打了几仗,好像是这个造反派的人赢了,结果势力越来越大。忽然有一天,一声爆炸,以为又武斗了,母亲赶紧关了院门,不让我们出去,巷道里有人喊:不是武斗,是炸药树了!等村人赶到寺后的土崖上,药树果然根部被炸药炸开,树干倒下去压塌了学校的后院墙。原来造反派每日有上百人在那里起灶做饭,没有了柴禾,就炸了药树。

村里人都傻了眼,但村里人没办法。到了晚上,传出消息,说造反派砍了药树的枝条,而药树身太粗砍不动也锯不开,正在树上掏洞再用炸药炸,队长就和几位老者去寺里和指挥部的人交涉,希望不要炸树身,结果每家出一百斤柴禾把树身保全下来。

树身太大,无法运出寺,就用土掩埋在土崖下,但树的断茬口不停地往出流水,流暗红色的水,把掩埋的土都浸湿了,二爷说那是血水。

村人背地里都在起毒咒:炸药树要报应的!果不其然,三个月后,烽火台又武斗了一场,这个造反派的人死了三个,两个就是在药树下点炸药包的人,而"文革"结束后,清理阶级队伍,两个造反派的武斗总指挥都被枪毙了。

我离开村子的那年,村人把药树挖出来,解成了板,这些板做了桥板就架设在村前的丹江上。

楸树。高达二十米,叶子呈三角形,叶边有锯齿,花冠白色。楸树的木质并不坚实,有点像杨树。这棵树在刘新来家的屋后,但树却属于李书富家。刘新来家和李书富家是隔壁,但李书富家地势高,刘新来家地势低,屋后的阴沟里老是湿津津的,很少有人去过。楸树占的地方狭窄,就顺着涧根往高里长,枝叶高过了涧畔。刘家人丁不旺,几辈单传,到了刘新来手里,他在外地工作,老婆和儿子在家,儿子就患了心脏病,一年四季嘴唇发青。阴阳先生说楸树吸了刘家精气,刘新来要求李书富能把楸树伐了,李书富不同意,刘新来说给你二百元钱把树伐了,李书富还是不同意。

刘新来的老婆带了儿子去了刘新来的单位,一去三年没有回来。那时候我和弟弟提了笼子拾柴禾,就钻进刘家屋后砍涧壁上的荆棘,也砍过楸树根。楸树根像蛇一样爬在涧壁上,砍一截下来,根就冒白水,很快颜色发黑,稠得像胶。我们隔院门缝往里看,院子里蒿草没了台阶,堂屋的门框上结个大蜘蛛网,如同挂了个筛子。

李书富在秋后打核桃的时候从树上掉下来,把脊梁跌断了,卧床了三年,临死前给老伴说:用楸树解板给我做棺材。他儿子在西安打工,探病回来就伐倒了楸树,伐楸树费老了劲,是一截一截锯断用绳吊着抬出来,解成了板。李书富一死,儿子却没有用楸树板给他爹做棺材,只是将家里一个老式板柜锯了腿,将爹装进去埋了。埋了爹,儿子又进城打工了,李书富的老伴还留在家里,对人说:儿子在城里找了个对象,这些木板留着做结婚家具呀。我也要进城呀,但我必须给他爹过了百天,百天里这些木板也就干了。

百天过后,李书富的儿子果然回来接走了老娘,也拉走了楸木板,也在这一天,刘新来家的堂屋倒坍了。

香椿。村里原来有许多椿树,我家茅坑边就有一棵,但都是臭椿,香椿只有一棵。这一棵长在莲菜池边的独院里,院里住着泥水匠,泥水匠常年在外揽活,他老婆年龄小得多,嫩面俊俏。每年春天,大家从墙外经过,就拿眼盯着看香椿的叶子。

男人们都说香椿好,前院的三婶就骂:不是香椿好,是人家的老婆好!于是她大肆攻击那老婆,说人家走路水上漂是因为泥水匠挣了钱给买了一双白胶底鞋,说人家奶大是衣服里塞了棉花,而且不会生男娃,不会生男娃算什么好女人?

三婶有一个嗜好,爱吃芫荽,她在地里种了案板大片的芫荽,每一顿饭,她掐几片芫荽叶子切碎了搅在饭碗里。我们总闻不惯芫荽的怪气味,还是说香椿好,香椿炒鸡蛋是世上最好的吃食。

社教的时候,村里重新划阶级成分,泥水匠原来的成分是中农,但村人说泥水匠的爹在解放前卖掉了十亩地,他是逮住要解放的风声才卖的地,他应该是漏划的地主,结果泥水匠家就定为地主成分。是地主成分就得抄家,抄家的那天村人几乎都去搬东西,五根子板柜抬到村饲养室给牛装了饲料,八仙桌成了生产队办公室的会议桌。那些盆盆罐罐都被砸了,院子里的花草被踏了。三婶用镰割断了爬满院墙的紫藤蔓,又去割那棵香椿,割不动,拿斧头砍,就把香椿树砍倒了。

从此村里只有臭椿,臭椿老生一种椿虫,逮住了,手上留一股臭味,像狐臭一样难闻。

苦楝树。苦楝树能长得非常高大,但枝叶稀疏,秋天里就结一种果,指头蛋儿大,一兜一兜地在风里摇曳,一直到腊月天还不脱落。

先前村里有过三棵苦楝树。一棵在村口的戏楼旁,戏楼倒塌的时候这树莫明其妙也死了。另一棵在涧上的一块场地上,村长的儿子要盖新院子,村长通融了乡政府,这场地就批给了村长的儿子作庄宅地。而且场地要盖新院子,就得伐了苦楝树,这棵苦楝树产权属于集体,又以最便宜的价处理给了村长的儿子。这事村人意见很大,但也只能背后说说而已,人家用这棵苦楝树做了椽子,新房上梁的时候大家又都去帮忙,拿了礼,燃放鞭炮。

最后的一棵苦楝树在村西头,树下是大青石碾盘。碾盘和石磨称做青龙白虎,村西头地势高,对着南头山岭的一个沟口,碾盘安在那儿是老祖先按风水设计的。碾盘旁边是雷家的院子,住着一个孤寡老人。我写完《怀念狼》那本书后回去过一次,见到那老汉,他给我讲了他爷爷的事。他小时候和他娘睡在上屋,上屋的窗外就是苦楝树和碾盘,夏天里他爷爷就睡在碾盘上,那时狼多,常到村里来吃鸡叼猪,有一夜他听见爷爷在碾盘上说话,掀窗看时,一只狼就卧在碾盘下,狼尾巴很长,直身坐着,用前爪不断地逗弄着他爷爷,他爷爷说:你走,你走,我一身干骨头。狼后来起身就走了。我觉得这个细节很好,遗憾《怀念狼》没用上。

这棵苦楝树是最大的一棵苦楝树,因为在碾盘旁可以遮风挡雨,谁也没想过砍伐它。小时候我们在碾盘上玩抓石子,苦楝蛋儿就时不时掉下来,嘣,一颗掉下来,在碾盘上跳几跳,嘣,又掉下来一颗。述君和我们玩时,一输,就用脚踹苦楝树,他力气大,苦楝蛋儿便下冰雹一样落下来。

苦楝蛋儿很苦,是一味药,邻村的郎中每年要来捡几次。后来苦楝树被人用斧头砍了一次,留下个疤,谁也不知道是谁砍的,不久姓王那家的小女儿突然死了,村里传言那小女儿还不到结婚年龄却怀了孕,她听别人说喝苦楝蛋儿熬出的水可以堕胎,结果把命丢了,于是大家就怀疑是姓王的来砍了树。

一级公路经过我们村北边,高速公路经过的是村前的水田,但高速公路要修一条连接一级公路的辅道,正好经过村西头,孤寡老人的院子就拆了,碾盘早废弃了多年,当然苦楝树也就伐了。老院子给补贴了二万元，碾盘一分钱也没赔，苦楝树赔了三千元，村人家家有份，每户分到一百元。

这次回去，我见到了那个郎中，他已经是老郎中了，再来捡苦楝蛋儿时没有了苦楝树，他给我扬扬手，苦笑着，却一句话都没有说。

痒痒树。这棵痒痒树是我们村独有的一棵痒痒树，也可以说是我们那儿方圆十里内独有的树。树在永娃家的院子里，是他爷爷年轻时去山阳县，从那儿带回来移栽的。树几十年长得有茶缸粗，树梢平过屋檐。树身上也是脱皮，像药树一样，但颜色始终灰白。因为这棵树和别的树不一样，村人凡是到永娃家来，都要用手搔一搔树根，看树梢颤颤巍巍地晃动。

树和人在一起时间长了，不是树影响了人，就是人影响了树。五魁家的院墙塌了一面，他没钱买砖补修，就栽了一排铁匠蛋树，这种树浑身长刺，但一般长刺却是软刺，他性情暴戾，铁匠蛋树长的刺就非常硬，人不能钻进去，猫儿狗儿也钻不进去。痒痒树长在永娃家的院子里，永娃的脾气也变了，竟然见人害羞，而且胆小。当一级公路改造时，原本老路从村后坡根经过，改造后却要向南移，占几十亩耕地，村人就去施工地闹事，永娃也参加了，但那次闹事被公安局来人强行压服，事后又要追究闹事人责任，别人还都没什么，永娃就吓得生病了，病后从此身上生了牛皮癣。他再没穿过短裤短袖，据说每天晚上让老婆用筷子给他刮身子，刮下屑皮就一大把。村人都说这病是痒痒树栽在院子里的缘故，他也成了痒痒树。他的儿子要砍痒痒树，他不同意，说，既然我是人肉痒痒树，你把树一砍，我不也就死了。他儿子也就不敢砍了。

前三年的春上，西安城里来了人，在村里寻着买树，听说了永娃家院子里有痒痒树，就来看了要买。永娃还是不舍得，那伙人就买了村里十二棵紫槐树，三棵桂花树。永娃的儿子后来打听了这是西安一个买树公司,他们专门在乡下买树,然后再卖给城里的房地产开发商,移栽到一些豪华别墅区里,从中谋利。永娃的儿子就寻着那伙人,同意卖痒痒树,说好价钱是一千元,几经讨价还价,最后以五百元成交,但条件是必须由永娃的儿子来挖,方圆带一米的土挖出。永娃的儿子那天将永娃哄说去了他舅家,然后挖树卖了,等永娃回来,院子里一个大深坑,没树了,永娃气得昏了过去。

永娃是那年腊八节去世的。

去年,永娃的儿媳妇患了胆结石来西安做手术,那儿子来看我,我问那棵痒痒树卖给了哪家公司,他说是神绿公司,树又卖给一个尚德别墅区,他爹去世前非要叫他去看看那棵树,他去看了,但树没栽活。

2007 年

松 云 寺

商州杨斜有一个寺,很小,就二百平方米的一个院子,也只住着一个和尚。和尚在每年的三月底或四月初,清早起来,要拿扫帚扫院里的花絮,花絮颜色深黄,像撒了一地金子。

这是松花。

一棵孤松,在院子西边,一搂多粗的腰,皮裂着如同鳞甲,能一片一片揭下来。树高到一丈多,股干就平着长,先是向东北方向发展,已经快挨着院墙了,又回转往西南方向伸张,并且不断曲折,生出枝节,每一枝节处都呈Z字状,整个院子的上空就被罩严了。

松树真的像条龙。

应该起名松龙寺吧,却叫松云寺。叫松云寺着好,因为松已是龙,则需云从,云起龙升,取的是腾达之意哈。

但寺院实在太小,松的股枝往复盘旋,似藤萝架一般,塞满了院子,倒感叹这松不是因寺而栽,是寺因松而建,寺的三面围墙竟将龙的腾达限制了。

2010年9月5日,我从商州城去寺里,去时倾盆大雨,到了却雨驻天晴,见松枝苍翠,从院墙头朴搭了许多,而门楼高脊翘角,使其受阻。我建议寺紧临大路,既然院墙不可能推倒,不妨砸掉门楼脊角,让松能平行着伸长出来。所幸和尚和乡政府干部都同意,并保证半月内完成,我才蔚然离开。离开时,雨又开始下,一直下到天黑。

当晚还住在商州,半夜做了一梦,梦见飞龙在天,醒来睁眼的一瞬间,竟然恍惚看到周围有一通碑子,有扫松花的扫帚,有和尚吃茶的石桌。很是惊奇,难道梦境在人睡着的时候是具现的?疑疑惑惑就直坐到天明。

2010 年

写给母亲

人活着的时候,只是事情多,不计较白天和黑夜。人一旦死了日子就堆起来:算一算,再有二十天,我妈就三周年了。

三年里,我一直有个奇怪的想法,就是觉得我妈没有死,而且还觉得我妈自己也不以为她就死了。常说人死如睡,可睡的人是知道要睡去,睡在了床上,却并不知道在什么时候睡着的呀。

我妈跟我在西安生活了十四年,大病后医生认定她的各个器官已在衰竭,我才送她回棣花老家维持治疗。每日在老家挂上液体了,她也清楚每一瓶液体完了,儿女们会换上另一瓶液体的,所以便放心地闭了眼躺着。

到了第三天的晚上,她闭着的眼是再没有睁开,但她肯定还是认为她在挂液体了,没有意识到从此再不醒来,因为她躺下时还让我妹把给她擦脸的毛巾洗一洗,梳子放在了枕边,系在裤带上的钥匙没有解,也没有交代任何后事啊。

三年以前我每打喷嚏,总要说一句:这是谁想我呀?我妈爱说笑,就接茬说:谁想哩,妈想哩!这三年里,我的喷嚏尤其多,往往错过吃饭时间,熬夜太久,就要打喷嚏,喷嚏一打,便想到我妈了,认定是我妈还在牵挂我哩。

我妈在牵挂着我,她并不以为她已经死了,我更是觉得我妈还在,尤其我一个人静静地待在家里,这种感觉就十分强烈。我常在写作时,突然能听到我妈在叫我,叫得很真切,一听到叫声我便习惯地朝右边扭过头去。

从前我妈坐在右边那个房间的床头上,我一伏案写作,她就不再走动,也不出声,却要一眼一眼看着我,看得时间久了,她要叫我一声,然后说:世上的字你能写完吗,出去转转么。现在,每听到我妈叫我,我就放下笔走进那个房间,心想我妈从棣花来西安了?

当然是房间里什么也没有,却要立上半天,自言自语我妈是来了又出门去街上,给我买我爱吃的青辣子和萝卜了。或许,她在逗我,故意藏到挂在墙上的她那张照片里,我便给照片前的香炉里上香,要说上一句:我不累。

整整三年了,我给别人写过十多篇文章,却始终没给我妈写过一个字,因为所有的母亲,儿女们都认为是伟大又善良,我不愿意重复这些词语。我妈是一位普通的妇女,缠过脚,没有文化,户籍还在乡下,但我妈对于我是那样的重要。

已经很长时间了,虽然再不为她的病而提心吊胆了,可我出远门,再没有人啰啰嗦嗦地叮咛着这样叮咛着那样,我有了好吃的好喝的,也不知道该送给谁去。

在西安的家里,我妈住过的那个房间,我没有动一件家具,一切摆设还原模原样,而我再没有看见过我妈的身影。我一次又一次难受着又给自己说,我妈没有死,她是住回乡下老家了。今年的夏天太湿太热,每晚被湿热醒来,恍惚里还想着该给我妈的房间换个新空调了。待清醒过来,又宽慰着我妈在乡下的新住处里,应该是清凉的吧。

三周年的日子一天天临近,乡下的风俗是要办一场仪式的,我准备着香烛花果,回一趟棣花了。但一回棣花,就要去坟上,现实告诉着我,妈是死了,我在地上,她在地下,阴阳两隔,母子再也难以相见,顿时热泪肆流,长声哭泣啊。

2010 年

修行图

寿桃

知 识 链 接

【文学常识】

一、作家介绍

贾平凹,一九五二年古历二月二十一日出生于陕西南部丹凤县棣花村。父亲是乡村教师,母亲是农民。"文革"中,沦为"可教子女",后辍学回到村里劳动。一九七二年以偶然的机遇,进入西北大学学习汉语言文学。此后,一直生活在西安,从事文学编辑兼写作。出版的主要作品:《浮躁》《废都》《白夜》《怀念狼》《秦腔》《高兴》《古炉》《带灯》《老生》《极花》等,以英、法、德、瑞典、意大利、俄、日、韩、越等文字翻译出版了三十余种版本。

作家本人及其作品曾多次获得全国文学奖和海内外大奖。主要有:

1978年《满月儿》获得首届全国优秀短篇小说奖;

1984年《腊月·正月》获中国作协第三届全国优秀中篇小说奖;

1989年《爱的踪迹》获第一届全国优秀散文(集)奖;

1997年长篇小说《废都》获法国费米娜文学奖;

1987年长篇小说《浮躁》获美国美孚飞马文学奖;

2005年《贾平凹长篇散文精选》获得第三届鲁迅文学奖、第四届华语文学传媒大奖；

2008年长篇小说《秦腔》获得第七届茅盾文学奖、首届世界中文长篇小说奖红楼梦文学奖等。

2011年长篇小说《古炉》获得施耐庵长篇小说奖、第四届世界中文长篇小说奖红楼梦文学奖等。

2013年贾平凹获得法国大使馆颁发的法兰西金棕榈文学艺术骑士勋章。2014年长篇小说《带灯》获评"2013年度中国好书"。

2016年《老生》获得第六届中华优秀出版物图书奖。

2017年贾平凹获得澳门大学为其颁授的荣誉博士学位。

二、作家评价

贾平凹其人

汪曾祺

贾平凹是当代中国作家里的奇才。他今年三十七岁，写了三十八本书。短篇、中篇、长篇都写。散文自成一格。间或也写诗。他的书摆在地下，可以超过他的膝盖。写得多的作家也有。有人长篇不过月，中篇不过周，短篇不过夜。写得多，而不滥，少。

平凹是商州人，对于中国古代文物古迹，尤其是秦汉时期的，有相当广博的知识，极高的鉴赏力，和少见的热情。平凹的书斋静虚村里就有好些坛坛罐罐，他朝夕和这些东西相对，摩挲拂拭，乐在其中。平凹是农家子，后来读了西北大学中文系，比较系统地泛览过中国古典文学。这样，他就不是一般意义上的"农民作家"。他读老子，读庄子，也读禅宗语录。他对三教九流、医卜星象都有兴趣,都懂一点。这些,他都是视为一种文化现象来理解,来探究的。他的《浮躁》写的是一条并不存在的州河两岸土著居民在开放改革的激变中的形形色色的文化心理的嬗递,没有停留在河上的乡镇企业、商业的隆替上。他把这种心理状态概括为"浮躁"。这样,这本小说就和同类的写改革的小说取了不同的角度,也更为深刻了。

平凹的小说取名《浮躁》,他的书斋却叫做"静虚村",这很有意思。"静虚"是老子思想。唯静与虚,冷冷淡淡,作者才能看清世态,洞悉人心。平凹确实是一个很平易淡泊的人。从我和他的接触中,他全无"作家气"。在稠人广众之中,他总是把自己缩小到最小限度。他很寡言,但在闲谈中极富机智,极富幽默感。作为"飞马奖"的评委,我觉得我们选了一本好书,也选了一个好人,我很高兴。

平凹的爱人小韩问平凹:你在创作上还有多少潜力?平凹说:我还刚刚才开始呢!他这样年轻,又有写不尽的、源源不竭的商州生活,这真是值得羡慕。但是我希望平凹重新开始时,写得轻松一点,缓慢一点,不要这样着急。从另一方面说,《浮躁》确实又写得还有些躁,尤其是后半部。人物心理,景物,都没有从容展开,忙于交待事件,有点草草收兵。作为象征的州河没有自始至终在小说里流动。

平凹将要改变"似乎严格的写实方法","去干一种自感受活的事"。我也觉得这种严格的写实方法对平凹是一种限制。我希望他以后的写作更为"受活"。首先,从容一点。

一九八八年十一月四日

注:汪曾祺(1920年3月5日—1997年5月16日),江苏高邮人,当代作家、散文家、戏剧家。早年毕业于西南联大,历任中学教师、北京市文联干部、《北京文艺》编辑、北京京剧院编辑。在短篇小说创作上颇有成就。著有小说集《邂逅集》,小说《受戒》《大淖记事》,散文集《蒲桥集》,大部分作品收录在《汪曾祺全

集》中。被誉为"抒情的人道主义者,中国最后一个纯粹的文人,中国最后一个士大夫"。

我眼里的贾平凹

莫　言

　　我跟平凹先生年龄差不多,出身也很相似,都是从小生活在农村,经历了上世纪五十年代末、六十年代初、七十年代以及以后的改革开放的全过程。我们也看到了很多社会的动乱,人和人之间的互相猜忌、斗争,以及在社会变革这种大浪潮当中,各种道德、价值观的碰撞、混乱、发展、进步、沉渣泛起以及光彩照人等各个方面。所以我想我们这一批人的作品,实际上是跟我们的时代密切相关的,也可以说如果没有这样一个时代,也就没有我们这样一批作家,当然也就没有我们写出来的这样的作品。

　　尽管我们有很多的共同点,但是我们还是有很多各自的特点。比如平凹先生的故乡在南北会合地,这种南方的灵秀、北方的粗犷之间,对一个作家的创作心理的影响,以及西北地区的文化跟中原、南方的文化之间非常微妙的一种结合,我觉得这形成了贾平凹先生的很多深层创作心得。这跟我们老家山东高密这个地方不太一样,他是听着秦腔、喝着秦岭的水长大的,我们可能是听着猫腔,流传在高密一带的地方戏长大的,他吃着稻米或者吃着小麦长大,我们可能吃红薯或者玉米长大,所以研究这些很具体很物质化的东西,也许是可以展开创作秘密的一把很有效的钥匙。

　　平凹先生上世纪八十年代在全国已经很有名气,改革开放他是最早冒出来的一批作家,但是我们现在想一下,跟贾平凹先生同时出道的很多作家已经不写作了,很少看到他们的新作,即便偶尔有新作也很难有新的气象,而能够一直坚持不懈地写下来的作家屈指可数,平凹兄是其中最耀眼的一颗明星。而平凹先生的这种低调、谦和、厚道我也是很有发言权的。

几年前,我曾经在日本读过一篇给日本人做教材的散文,就是贾平凹先生写的,他写的是关于名字的问题。1986年的夏天,他突然接到了一个叫莫言的人从新疆拍来的电报,让去迎接他。当时我跟他素不相识,没有任何交往,但是我们被困在兰州,要在西安落一下,找不到一个熟人。后来我说试一下,给贾平凹拍封电报,写陕西省作家协会贾平凹收。

火车晚点四个多小时,到广场一看已经没有人了,我们几个同学在广场上转了一圈,喊贾平凹的名字也喊不到人,后来他们说你别在那儿自作多情了,你也不认识人家,也没有任何交往,人家凭什么接了莫名其妙的电报跑这么远来接你呢?后来我觉得大家说得对。但是过了许多年之后,我看了这篇文章才知道,平凹真去接我了,他骑自行车去接我,举了一个皮包,皮包上写了两个字——"莫言",到处问,没人回答他。这真是一段佳话。我知道后也在想,换到我身上能不能做到这一点?我根本不认识这个人,干吗要接他?而且在广场转了很长时间。所以我觉得欠了平凹一顿饭。

平凹先生在陕西作家,甚至在中国作家里,在他这个级别的、这个年龄段的作家里,是出国最少的一个,他出了寥寥无几的几次国,而我们前几年经常一年出去五六次,最多的时候一年出去八九次。平凹兄在陕西省作家里面是出省最少的。他来北京的大学都是屈指可数。而我们这几年,可能全国起码三分之一的大学都到过了。平凹先生出国少、出省少、应酬少,但是一直在闷着头写作,所以他的作品最多,作品的质量一直保持着很高的水准,而且在不断地否定自己。从七十年代末到现在将近40年的历程,他对短篇、中篇、长篇、散文,在各个方面、各种文体都有创造性的贡献。

要研究中国当代文学,如果把贾平凹漏掉,那是不可想象的。

实际上,作为他的朋友兼他的读者,我出道要比他晚好几年,当年读他的《满月儿》《商州》那些大散文就感受到受益匪浅。我名字叫莫言,但实际上讲话很多,废话更多,平凹先生不叫莫言,他的讲话真少,但是名言很多。我记住他两段名言,一段是关于男人的装饰的问题。他说男人不要穿新衣服,男人关键在两个地方,一个是脚,一个是头,把皮鞋擦亮,把头发梳光就可以出门了,这让我们当年这些买不起衣服的人很受益。先买双新皮鞋,然后买一盒发蜡,出门把头发抹光,把皮鞋擦亮,就感觉到上下光彩照人了。

另外平凹也讲过,关于他的普通话的问题,平凹先生曾说,普通人才讲普通话。毛泽东讲普通话吗?林彪讲普通话吗?周恩来讲普通话吗?他们都不讲普通话。所以从这一点上说,我们也可以证明贾平凹先生是伟大的作家,不讲普通话。他的方言跟他的创作实际上也是一个很好的研究课题。

(《文学报》2014年11月27日第18版)

注:莫言,当代著名作家,1955年生于山东高密,现为中国作家协会副主席。1981年开始发表作品,1984年因《透明的红萝卜》而一举成名。1986年,在《人民文学》杂志发表中篇小说《红高粱家族》引起文坛极大轰动,1987年担任电影《红高粱》编剧,该片获得了第38届柏林国际电影节金熊奖。2011年长篇小说《蛙》获得茅盾文学奖。2012年获得诺贝尔文学奖。2017年获香港浸会大学荣誉文学博士学位,同年12月,作品《天下太平》获"2017汪曾祺华语小说奖"中的短篇小说奖。

三、作品评价

贾平凹肯定是当代文学屈指可数的大家,《古炉》是大家的大作品,当之无愧。这些年来,他的旺盛的创造活力几乎快成为中国当代文学中的一个奇观。《古炉》是一个大炉子,老贾有扛鼎之力,放在整个当代文学,特别是三十年文学关于"文革"表现的书写谱系中,《古炉》是很强大的、很独特的。《古炉》的写法,是他在量子力学的水平上做出的宏大叙事。谈到这部小说的寓言性和写实性,我想当我们达到在量子力学上写实的时候也就达到了高度的对世界的抽象,也就达到了寓言性。《红楼梦》一个重要的叙事传统或者说一个重要的精神传统,是它如此的具体,如此的微小,如此的固执和如此的实在,但它又是如此的虚,又是如此的空。能够同时达到这两个极端,这曾经是古典小说家在长篇小说艺术上达到的最高转变,在现代小说家中、当代小说家中,老贾从当年《废都》到《秦腔》《高兴》,直到《古炉》,都是在向这种方向迈进。到《古炉》可以说达到了相当高的境界。同时我相信,就《古炉》而言,放在三十年来文学的序列中,确实有很多很多的话要说,他在写那段历史,又是如此写,就给我们文学评论提出了文学究竟应该怎样进入历史,或说说历史究竟是怎样在文学中存在的挑战性的课题。

——李敬泽(著名文学评论家、中国作协副主席)

《古炉》让人印象最深也最难以忘怀的,是作品中的狗尿苔这个人物。在我们的当代小说中,像狗尿苔一类的人物,似乎也有一定的表现,但经常是在作品中一掠而过而已。像狗尿苔这样的人物担纲主角,而且写得那么典型、那么生动,那么完整、那么复杂、那么一言难尽,委实并不多见。我觉得在鲁迅之后,小人物形象的塑造上能够跟阿Q相比的和接近的,少之又少,几近没有。我觉得《古炉》里的狗尿苔这个人物,是比较接近于阿Q的一个堪称艺术典型的人物形象。

《古炉》的成功,很大程度上是因为整部作品选取了以狗尿苔这个人物为叙事视角,这个在政治上、人格上都十分低下和卑微的小人物，原是被地主婆捡来的孩子，身体本有残疾，又命定了要打入另册，在古炉村几乎被所有的人看不起，他的价值似乎就是拿上一条火绳，给抽烟的人点点火，间或被人们戏弄。这个小人物决定不了自己的命运，但却连缀起了古炉村的四行八作，由细微处看人际，由低视角看人性，于是，在这个看来既不对称也不正常的视角里，却格外真实地揭示出了乡村政治与乡村人性的异常风景。

——白烨（著名文学评论家、中国小说学会会长）

  文学最根本的一点就是写生命，写生命体验和生命境界，谈《古炉》就像当年读《秦腔》，读了三遍，觉得句子与句子之间有很大的空隙，恰恰在空隙里透出气来，形成了大气息。读得快不可能读好这部小说，你改变了阅读方法，你就有一种大气磅礴的感受。中国文学从"五四"以后基本上是临摹西方文艺复兴以后的现代小说模式，这套模式已确立了许多原则，至今仍作为主流原则，比如要好的故事，好的主题，要考虑典型环境，典型性格等等，很多理论阅读把我们全部封锁住了。王安忆提出"四个不"原则，不要典型环境、不要典型性格等，其实《古炉》全部做到了。再是，"五四"以来中国文学都是临摹借鉴西方现代小说那一套，而这些西方小说都是翻译体，在这之前中国文学使用的是文言文，那么，如何借鉴西方现代小说又写出的是中国式叙述，这个问题一直困扰着我们，努力在探索着，到了《古炉》，我觉得文学的中国叙述是成熟和完成了。《古炉》比《秦腔》更精辟，《秦腔》里有因果关系，《古炉》里连这个也没有了，他看到的是一个圆，俯视这个历史。谈到通天地问题，说到底是他的生命能量大，他所感觉到了的东西，一般人感受不到，这才是这部小说丰厚、独特的原因。

——陈思和（著名文学评论家、上海复旦大学教授）

鲁迅之后，小说家写到乡下生活，不自觉地延续着国民性审视的命题，阿Q相也时隐时现着。《爸爸爸》《陈奂生上城》都是。杂文家如邵燕祥、牧惠等也含有鲁迅遗风。阎连科的《受活》早已含有对民众的无奈，反讽与盘诘中，有自痛之处。对比一下"五四"人的心态，上述作品总有些相似的地方，也可以说是鲁迅意象的折射。近来读贾平凹的《古炉》，见其写陕西乡下的生活，也有意无意地延续了鲁迅的余脉，似乎是《阿Q正传》的另一种放大的版本。作者一改过去的体例，写实与梦幻相交，从乡土里打捞着历史的余绪，百年间乡村的人的苦乐之迹，于此历历在目矣。

《古炉》的笔法，是传奇式的，内涵比以往的乡土作品都要饱满，审美的维度也宏阔了。鲁迅写《阿Q正传》，用的是旧小说的白描和夏目漱石式的讽刺手法，贾平凹则有古中国志怪与录异的味道了。他们都不是一本正经地叙述故事，人物是怪怪的。阿Q的形象是搞笑的，有旧戏小丑的一面，也多西洋幽默小说的痕迹，给人的整体印象是超然于社会的上帝的笔意。贾平凹则是另一番隐喻，好像找到了中国式的魔幻，对悲剧的理解厚重了。

——孙郁（著名文学评论家、中国人民大学教授）

贾平凹的新作《老生》是对20世纪中国历史的一次还愿式书写。小说的四个故事拼合在一起，可以称得上是"短20世纪"的历史，它们都归属了20世纪的本质——关于"世道在变"的故事。

贾平凹在年逾花甲时又迅速出手《老生》，展示了他在文学上的创造力。《老生》着实令人惊叹，这是一个活得没有年岁的唱阴歌的唱师唱出的悲怆之歌，是20世纪中国的"悲怆奏鸣曲"，让人想起贝多芬耳聋后作出的那种旋律。这是21世纪初中国的腔调，历经百年沧桑，唱师的嗓音已经沙哑，但字字泣血，句句硬实，20世纪的历史，历历在目。对于唱师来说，说出是他的职责；对于贾平凹来说,那就是他的历史和命运。

擅长讲小故事的贾平凹如何面对大历史,这本是一个难题,但难不住鬼才贾平凹。他果然有想法,且手法凌厉大胆。20世纪的历史再大,也大不过《山海经》的历史。《山海经》作为导引的历史处理方式,给贾平凹提供了自由的空间,这是小说叙述方式上的,也是历史观和世界观意义上的。在祖坟上磕头磕出来的生死感悟,只有这样的历史才能容纳得下,才能浑然一体。贾平凹要把20世纪"变"的历史纳入《山海经》的史前史中去思考,这就是天道与人道的对话。

读这部小说,你会惊异于贾平凹对生活细节的捕捉,那么多的小故事,一个个小片段,那种笔法已然随心所欲,笔力所及,皆成妙趣。惨烈让人惊心动魄,伤痛中又有一丝丝的温热透示出来,足以让人感受到生活的质地。所以说,《老生》是年逾花甲的作家在文学创作上的新奇迹。

——陈晓明(著名文学评论家、北京大学中文系教授)

【延伸阅读】

贾平凹作品中的中国传统美学特质

贾平凹是当代文坛中创作数量和质量都惊人的作家,从上世纪七十年代公开发表作品以来,至今已经四十多年,写作题材和体裁都广泛,诗歌、散文、小说无一不精。其诗和散文汲取了中国传统文化的精妙,用现代语言融会贯通,呈现"既传统又现代,既写实又高远"的状态。小说成就巨大,仅长篇小说就有十七八部,近年来影响颇大的有《废都》《秦腔》《古炉》《带灯》《老生》《极花》等等,每一部又都用不同的艺术手段呈现不同的社会现实,可谓是当代长篇小说创作的几座高峰。同时他的书法绘画作品亦显示不凡气象,朴拙厚重气韵生动,极具古风。贾平凹承载了中国传统文化中诗书画一体的美学传统,不愧汪曾祺称他作"鬼才作家"。

当然,作家并不是一味追求这三种艺术的技术性获得,恰恰相反,他一直在努力打破技艺本身的束缚,力图达到诗书画意相融相生的境界。贾平凹曾说:"(它们)互相有一个思维调节、情绪调节的过程,互相有吸收。写字、画画能调节好多东西,受好多启发。""要想把画画好,实际上也是表达,和文学表达是一样的东西,也是创造一种格局。音乐、绘画、舞蹈,最高境界都是一回事情。"对于绘画和书法,他反对那种仅仅对书画技艺本身的追求,认为过于追求技法会使作品格局变小,千篇一律,"没有精神意象的现实作品不是现实主义作品……我画莲喜欢画出藕、茎和花,莲花就是藕的精神之花,这朵花是艳丽的、洁净的,艳丽和洁净得又无比哀伤。佛的眼是微闭的,佛的态就透着这种味道。"这是文人书画应该有的境界。他要追求的,是通过文字和笔墨等技术手段,将内心的世界外化,将我们所处的时代与社会等现实用艺术的形式表达出来。

在贾平凹的作品中,我们无数次感受到绘画的美好和意境,感受到他的文学创作来自绘画的启发与汲取,他多次说:"我一直以为我的写作与水墨画有关,以水墨而文学,文学是水墨的。在上个世纪八十年代,我的文学的最初营养,一方面来自中国戏曲和水墨画的审美,一方面来自西方现代美术的意识,以后的几十年里,也都是在这两方面纠结着拿捏着,做我文学上的活儿。"其早期的散文和小说画面感极强,最典型为《商州系列》。《商州又录》《静虚村记》《月迹》等,都是作者用玲珑丰富的语言,描述的一幅幅有形有色、诗情与画意相融的画面。但是,将绘画技法通用于诗和散文,还比较容易理解,毕竟都是情绪的集中展示,又有中国古代传统的先例。

而小说,作为更具现代叙事特点和写实追求的语言艺术,书画技巧的运用与借鉴就更显艰难,贾平凹在许多长篇小说的创作中进行了不懈探索和尝试。2014年出版的《老生》,是他首次以民间写史的方式创作的长篇小说,作品通过一位几乎长生不死的灵魂人物,以客观、冷静的视角,写了陕南自20世纪初至今的百年历史,成为现代中国历史的缩影。贾平凹很重视绘画手法在这部小说中的运用,他在《后记》里写到:"热衷在国画里寻找我小说的技法。西方现代派美术的思维和观念,中国传统美术的哲学和技术,如果结合了,如面能揉得到,那是让人兴奋而乐此不疲的。比如,怎样大面积地团块渲染,看似塞满,其实有层次脉络,渲染中既有西方的色彩,又隐着中国的线条,既有淋淋真气使得温暖,又显一派苍茫沉厚。比如,看似写实,其实写意,看似没秩序,没工整,胡摊乱堆,整体上却清明透澈。"而《老生》的阅读,的确让人感受到一种亦实亦虚的清明透彻。

2016年出版的长篇小说《极花》,是从拐卖事件入手、反思城市不断扩大农村日益凋敝的现实题材,具有极强的现实冲击力,但在写作手法上,贾平凹仍是力图推陈出新,将水墨画的手法运用进来。他说:"就在我常常疑惑我的小说写什么怎么写的时候,我总是抽身去一些美术馆逛逛,参加一些美术的学术会议,竟然受益颇多……当今的水墨画要呈现今天的文化、社会和审美精神的动向,不能漠然于现实,不能躲开它。水墨对现代有什么意义?跟其它当代艺术方式比的话,水墨画有什么独特性?水墨的本质是写意,什么是写意,通过艺术的笔触,展现艺术家长期的艺术训练和自我修养凝结而成的个人才气,这是水墨画的本质精髓。"

中国艺术历来有写实与写意相区别的传统,而贾平凹力争在这两者之间取得平衡,上面这段话正是他在力图用写意的艺术手法达到写实的艺术实践中获得的艺术结论。综观他的所有作品,尤其是近年来创作的大批小说与散文,无不是以民族、时代、国家等社会现实为大背景,从个人生活事件入手,用或白描,或水墨,或细碎,或混沌的各种艺术手段,来表达作家对社会现实的观察与思考,实现他一直倡导的作家的责任感和使命感,使其作品具有直指人心和触动社会内核的深度。如散文《定西笔记》,是2010年冬天,作家走访了目前尚为中国最贫困地区之一的甘肃定西地区而写下的长篇散文,那个地方保守、落后、贫穷的生存现状深深触动了作家的心灵,也悄悄撼动了中国的现实。从这个意义上说,贾平凹追求的写意,不是无病呻吟、寄情山水的小情小意,而是心怀国家与时代的大意,他要达到的是摆脱一切技术束缚的大象无形,是羚羊挂角,无迹可寻。

为了达到这个无迹可寻的境界,他几乎在每一篇作品上进行努力和尝试,以期达到内心追求的高度。进入2000年以后,已经功成名就的贾平凹又创作了大批长篇作品,2011年出版的《古炉》反复修改,耗时3年、用了300支笔才完成,"我感激着那三百多支签名笔,它们的血是黑水,流尽了,静静地死去在那个大筐里"。2013年的《带灯》,也经历了炼狱般的创作过程,他说"怕不能再进步而痛哭甚至欲搁笔,写它时只求进步一点点!"这样的求索塑造了作品的精彩,让小说达到了写实与写意合二为一的境界。在这部最为贴近现实的小说中,主人公带灯的精神世界一直是丰满鲜活的,没有被农村的鸡零狗碎填满,作家的愿望赋予了带灯超越于一个乡镇干部可能拥有的丰富才情,她行走在山林里,在幽谷的清风里对着远方的人说话:"我在山坡上已绿成风,我把空气净成了水,而你再没回来。在镇街寻找你当年的足迹,使我竟然迷失了巷道,吸了一肚子你的气息。"这些诗句是作品的灵魂,是小说轻灵向上的缘起,它们让小说具有了凄美忧伤的色彩,是《带灯》比作家其他作品更加细腻灵秀的根本所在。

贾平凹用自己的艺术实践承载了中国古典美学的传统,用诗书画的多种形式追求着传统审美最高的写意之境,用气韵生动的作品向王维、向苏东坡、向曹雪芹们致敬。在前辈作家中,贾平凹最推崇孙犁,在他看来,后者的作品达到了"无迹可寻"的艺术高度,"读孙犁的文章,如读《石门铭》的书帖,其一笔一画,令人舒服,也能想见书家书时的自在,是没有任何病疾的自在。好文章好在了不觉得它是文章,所以在孙犁那里难寻着技巧,也无法看到才华横溢处。"后来在自己的创作中,他也逐渐触摸到了这层境界的法门:"五十岁以后写的东西,猛地表面一看好像没啥华丽的东西,但是里边显示的一些东西,完全是我自己体悟的。在年轻的时候没有这些东西,都是属于几句话的启发,一幅画的启发,突然来的东西。特别讲究,文字上、技巧上讲究。后来年纪大了就说家常话,但是那个话都是经过人生磨砺出来的一些道理。"正如王国维在《人间词话》中提出的三个"境界",贾平凹已经切身经历了"昨夜西风凋碧树,独上高楼,望尽天涯路"和"衣带渐宽终不悔,为伊消得人憔悴"的求索,体悟到了"众里寻他千百度,蓦然回首,那人却在,灯火阑珊处"的最高境界。

(孔令燕 编写)